날 죽이지 말라고 말해줘!

창 비 세 계 문 학 단 편 선
스페인 · 라틴아메리카

창비세계문학 단편선 – 스페인·라틴아메리카편
날 죽이지 말라고 말해줘!

초판 1쇄 발행/2010년 1월 8일
초판 6쇄 발행/2020년 5월 18일

지은이/후안 룰포 외
엮고 옮긴이/김현균
펴낸이/강일우
책임편집/황혜숙
펴낸곳/(주)창비
등록/1986년 8월 5일 제85호
주소/10881 경기도 파주시 회동길 184
전화/031-955-3333
팩시밀리/영업 031-955-3399 · 편집 031-955-3400
홈페이지/www.changbi.com
전자우편/lit@changbi.com

한국어판 ⓒ (주)창비 2010
 ISBN 978-89-364-7177-4 03870
 ISBN 978-89-364-7975-6 (전9권)

날
죽이지 말라고
말해줘!

후안 룰포 외 지음

김현균 엮고 옮김

창 비 세 계 문 학 단 편 선
스페인 · 라틴아메리카

창비

스페인에서 꾸바에 이르기까지 총 10개국 19편의 작품을 선정했다. 가능하면 지역별·국가별 안배가 이루어지도록 배려하였지만 20개국이 넘는 나라들의 문학을 균형있게 고루 담아낸다는 것은 애초부터 불가능한 일이다. 작품 선정은 작가의 문학사적 위상과 개별 작품의 문학적 가치를 최우선적으로 고려했다. 물론 이것이 유일한 선정기준은 아니며, 동시에 스페인어권 단편문학의 여러 조류를 선보이기 위해 다양성도 중요한 요소로 삼았다. 작품의 질적 수준만 기준으로 삼는다면 홀리오 꼬르따사르나 가브리엘 가르시아 마르께스 등의 작품이 더 포함되어야 할 테고, 그에 따라 이 선집에서 배제되는 작가의 수도 늘어날 것이다. 스페인어권 문학이 현재진행형의 '젊은' 문학임을 고려하여 시기적으로는 주로 세계적 보편성을 갖춘 최근 경향을 반영하려고 했으며, 그 결과 선집에 포함된 19명 중에서 절대다수인 15명이 20세기에 태어난 작가들로 채워졌다. 특히, 라틴 아메리카의 경우 문학적 모더니티의 분기점으로 여겨지는 루벤 다리오 이전의 작가는 포함시키지 않았다. 이와 균형을 맞추기 위해 스페인의 경우도 세르반떼스처럼 시기적으로 동떨어진 작가들은 높은 문학적 가치에도 불구하고 배제했다. 또 20세기 후반에 두각을 나타낸 여성작가들의 중요성을 고려하여 모두 5명을 포함시켰다. 국내에 소개된 스페인어권 단편의 수가 워낙 적기 때문에 같은 작가의 작품이라도 대표성을 크게 훼손하지 않는 한 가급적 아직 우리말로 옮겨지지 않은 작품을 포함시키려고 했다.

차례

005 책을 엮으며

레오뽈도 알라스 (끌라린)
011 안녕, 꼬르데라!

삐오 바로하
027 마리 벨차

이그나시오 알데꼬아
033 영 산체스

아나 마리아 마뚜떼
079 태만의 죄

헤수스 페르난데스 산또스
089 까까머리

루벤 다리오
097 중국 여제의 죽음

오라시오 끼로가
109 목 잘린 암탉

알레호 까르뻰띠에르
123 씨앗으로 돌아가는 여행

아르뚜로 우슬라르 삐에뜨리
145 비

후안 까를로스 오네띠
167 환영해, 밥

마리아 루이사 봄발
나무 181

훌리오 꼬르따사르
드러누운 밤 199

후안 룰포
날 죽이지 말라고 말해줘! 213

후안 호세 아레올라
전철수 225

아우구스또 몬떼로소
일식 237

가브리엘 가르시아 마르께스
거대한 날개가 달린 상늙은이 241

루이사 발렌수엘라
검열관 253

끄리스띠나 뻬리 로씨
추락한 천사 261

이사벨 아옌데
두 마디 말 273

해설_지역주의와 세계주의, 이중의 유혹_김현균 285
수록작품 출전 296

Leopoldo Alas (Clarín)

| 레오뽈도 알라스 (끌라린) |

1852~1901

1852년 스페인의 사모라에서 태어났다. 마드리드에 잠시 체류한 것을 제외하면 거의 일생을 오비에도에서 보냈다. 오비에도대학에서 법학과 정치경제학을 가르쳤다. 자유주의 사상을 옹호했던 그는 '나팔'을 뜻하는 '끌라린'이라는 필명으로 신문과 잡지에 통렬한 정치비평과 문학비평을 발표하면서 19세기말 스페인의 가장 대표적인 논객으로 대단한 유명세를 누렸다. 베니또 뻬레스 갈도스, 에밀리아 빠르도 바산 등과 더불어 스페인의 사실주의 문학을 대표하며 현실에 대한 개혁적 비전을 옹호하는 현실참여적인 입장을 견지했다. 1901년 오비에도에서 사망했다.

■ 안녕, 꼬르데라! ¡Adiós, Cordera!

1892년에 발표된 「안녕, 꼬르데라!」는 19세기의 스페인 아스뚜리아스 지방을 무대로 지역적이고 풍속주의적인 모티브를 제공하며 도시화·근대화·전쟁의 그늘에서 붕괴되는 전원적인 삶의 단면을 서정적으로 그려내고 있다. 오비에도-히혼 간 철도 개통과 까를로스전쟁이 작품의 역사적 배경을 이룬다. 이 작품에서는 목가적이고 순수한 삶과 진보적인 삶이 대조를 이루어, 전원적인 세계는 소몬떼 목장으로 대변된다. 그곳은 외부세계에서 고립된, 시간이 멈춘 것 같은 조용한 마을이다. 꼬르데라, 아버지 안똔 데 친따와 함께 소몬떼 목장에서 살아가는 쌍둥이 아이들인 삐닌과 로사는 기차와 전봇대로 상징되는 진보를 각기 다른 방식으로 발견해간다. 로사는 소몬떼 목장 밖으로 나가본 적이 없는 순진하고 소박한 양치기 소녀다. 진보를 알지 못하며 알고 싶어하지도 않지만 어른이 되면서 주위에서 일어나는 일들을 이해하게 된다. 그녀는 모든 사랑을 쌍둥이 오빠와 아버지, 꼬르데라에게 나눠준다. 삐닌도 로사처럼 순박한 목동으로 동생과 아버지와 꼬르데라에게 사랑을 나눠준다. 둘 사이에 차이가 있다면 삐닌은 진보에 대한 호기심이 있다는 것이다. 그러나 미지의 것에 대한 두려움 때문에 전신주에 올라가서도 뚱딴지를 만지지 못한다. 꼬르데라는 유순하고 순종적이며 힘든 일을 마다않는 모범적인 암소다. 그녀는 단순히 먹을 거리와 경제적 안정을 제공하는 가축이 아니다. 어머니가 죽은 뒤로 대부분의 시간을 함께 보낸 두 아이의 놀이동무이자 어머니요 할머니 같은 존재로, 가족생활의 중심이었다. 결국 진보와 자연이라는 두 세계 사이에 충돌이 일어나고 목장 사람들의 평화로운 삶은 와해된다. 전봇대와 기차로 상징되는 바깥세계는 먼저 꼬르데라를 도살장으로, 그리고 나중에 삐닌을 전쟁터로 데려가버리고 로사는 고통 속에 홀로 남게 된다. 철길은 불행과 슬픔, 절망으로 통하는 길이다. 여기에서 작가는 문명과 진보가 가져온 재앙, 당대의 위선과 애국주의, 전후의 피폐한 사회상을 비판적 시각에서 조명하고 있다.

안녕, 꼬르데라!

로사, 삐닌 그리고 꼬르데라 이렇게 셋은 늘 단짝이었다!

소몬떼 목장은 구릉 아래로 녹색 비로드가 융단처럼 펼쳐진 삼각지대였다. 오비에도에서 히혼까지 이어진 철길이 아래쪽의 한 모서리를 잘라먹고 있었다. 좌우로 전깃줄을 평행하게 드리운 채 정복의 깃발처럼 그곳에 서 있는, 하얀 뚱딴지가 달린 전봇대는 로사와 삐닌에게 신비롭고 무섭고 광활하고도 영원한 미지의 세계를 의미했다. 삐닌은 곰곰이 생각하고 몇날 며칠을 지켜본 끝에 전봇대가 조용하고 악의가 없으며 싹싹한 게 분명 마을에 동화되어 최대한 마른 나무처럼 보이고 싶어한다는 것을 알게 되었다. 그러자 그는 전봇대에게 대담하게 굴기 시작했고 통나무에 엉겨붙을 정도로 완전히 신뢰하게 되었다. 심지어는 전선 가까이까지 기어올라가기도 했다. 그러나 뿌아오의 사제관에서 보았던 초콜릿 잔을 생각나게 하는, 높은 곳의 뚱딴지는 단 한번도 건드리는 법이 없었다. 신비에 싸인 성스러운 물건이 바로 눈앞에 나타나자 마음속에 경외심이 일었고, 그는 전봇대에서 주르르 미끄러져 쿵 하고 잔디밭에 떨어졌다.

삐닌만큼 대담하지는 못하지만 미지의 것에 대한 동경은 더 컸던 로

사는 전신주에 귀를 가만히 대보는 것으로 만족했다. 그는 전선과 맞닿은 마른 소나무의 섬유조직에 바람이 불러일으키는 무시무시한 금속성 소리를 들으며 몇분, 심지어는 몇십분을 보내곤 했다. 그 진동음은 매우 강렬해서 가끔씩 귀를 갖다대면 파이프오르간 스톱의 떨림처럼 현기증나는 박동에 타버릴 것 같았지만, 로사에게는 지나가는 종잇장이나 전선(電線)을 통해 쓴 편지, 또는 낯모르는 두 존재가 주고받는 이해할 수 없는 언어였다. 로사는 저 멀리 사는 사람들이 세상의 다른 쪽 끝 사람들에게 무슨 말을 건네는지 알고 싶은 호기심이 일지 않았다. 그것이 뭐 그리 대수겠는가? 그녀의 관심사는 오직 소리 그 자체와 음색, 그리고 그 신비뿐이었다.

사실 동료들보다 한결 고지식한데다 나이도 한참 위인 꼬르데라는 상대적으로 문명세계와의 소통을 일체 마다한 채 멀찍이서 전신주를 바라보았는데, 실제로 그녀는 몸을 비빌 수조차 없어서 아무짝에도 쓸모없이 죽어버린 사물을 대하듯 했다. 그녀는 나이 지긋한 암소였다. 풀밭이라면 훤히 꿰고 있는 그녀는 몇시간이고 자리에 앉아 시간을 활용할 줄 알았다. 풀을 뜯기보다는 명상을 즐겼고, 또 영혼을 살찌우는 사람처럼(짐승들에게도 영혼이 있다) 자기 땅의 고즈넉한 회색빛 하늘 아래서 평화롭게 살아가는 기쁨을 만끽했다. 불경을 범하는 게 아니라면, 산전수전 다 겪은 나이 지긋한 암소의 마음은 분명 더없이 차분하고 교의적인 호라티우스의 「송가(頌歌)」를 빼닮았다고 할 수 있으리라.

그녀는 자기를 사육하는 일을 맡은 어린 목동들의 놀이에 할머니처럼 함께 어울렸다. 그럴 수만 있다면, 꼬르데라는 로사와 삐닌이 목장에서 맡은 임무가 울타리를 벗어나 철길로 뛰어들거나 근처의 경작지로 들어가지 못하게 그녀를 살피는 것이라고 생각하며 미소를 머금었을 것이다. 무엇 하러 울타리를 뛰어넘겠는가! 무엇 하러 철길로 뛰어들겠는가!

그녀는 이따금씩 풀을 뜯어먹었는데, 많이 먹지도 않았고 갈수록 양도 줄었다. 하지만 어리석은 호기심 때문에 고개를 들어 한눈을 파는 일은 없었다. 그녀는 주저없이 가장 좋은 풀을 골라 조심조심 몇입 뜯어먹고서 흐뭇하게 엉덩이를 깔고 앉아 살아온 날들을 되새김질하거나 고통 없는 기쁨을 만끽했다. 위험한 모험 따위는 이제 안중에도 없었다. 언제 날뛰며 소동을 부렸는지 기억도 없었다.

"황소, 미친 듯이 목장을 내달린 일…… 그 모든 것은 까마득한 옛날 일!"

그러한 태평스러움은 철도 개통을 위한 시험운행을 하는 날들에만 흐트러졌다. 난생처음 기차가 지나가는 것을 보았을 때, 꼬르데라는 미친 듯이 날뛰었다. 그녀는 소몬떼의 가장 높은 곳에 있는 울타리를 뛰어넘어 남의 목장을 내달렸고, 그녀의 공포는 새록새록 여러 날 지속되었다. 가까운 철길에 기차가 나타날 때마다 공포는 극에 달했다. 그녀는 악의 없는 굉음에 점차 익숙해져갔다. 그저 지나가는 위험이요, 닥칠 듯 닥치지 않는 재앙임을 깨닫게 되자 다소 경계심이 풀려 그저 일어서서 머리를 쳐들고 그 가공할 괴물을 당당하게 쳐다볼 뿐이었다. 나중에는 자리에서 일어나지도 않은 채 반감과 불신의 눈초리로 기차를 쳐다보기만 했다. 그러다 결국에는 기차를 거들떠보지도 않게 되었다.

삐닌과 로사에게 철도의 새로움은 그보다 유쾌하고 지속적인 인상을 심어주었다. 처음에는 다소 미신적인 두려움과 뒤섞인 미칠 듯한 기쁨을 주었고, 그들이 별안간 꽥꽥 소리를 지르고 이상한 몸짓을 하며 광대처럼 정신없이 날뛰게 만드는 주체할 수 없는 흥분을 가져다주었다. 그러나 나중에는 하루에도 수없이 새로워지는, 평온하고 기분좋은 놀이였다. 배 속에 수많은 소리와 각양각색의 낯선 미지의 사람들을 싣고 바람을 일으키며 쏜살같이 달려가는 거대한 강철 구렁이를 바라보는 그 감동이 잦아드는 데에는 오랜 시간이 걸렸다.

그러나 전봇대와 철도, 그 모든 것은 대단한 것이 아니었다. 소몬떼 목장을 휘감고 있는 고독의 바다 속으로 잠기는 일시적인 사건이었을 뿐이다. 그곳에서는 인가가 보이지 않았다. 그곳에 세상의 소음이 미치는 것은 기차가 지나갈 때뿐이었다. 햇빛 아래서, 때로는 윙윙대는 풀벌레 소리 사이에서 아침은 끝없이 이어졌고, 암소와 아이 들은 집으로 돌아가기 위해 정오가 되기를 기다렸다. 그뒤에는 슬픔 가득하고 달콤한 침묵의 오후가 한없이 이어졌다. 해거름의 샛별이 말없는 증인처럼 하늘 높은 곳에서 반짝이는 밤이 올 때까지. 머리 위에는 구름이 흘러다녔고, 언덕과 골짜기에는 나무와 바위의 그림자가 드리워졌다. 또 새들은 잠이 들었고, 캄캄한 푸른 하늘에는 별들이 점점이 반짝이기 시작했다. 안똔 데 친따 씨는 엄숙하고 진지한 성품에 꿈결처럼 감미롭고 차분한 영혼의 소유자였다. 그의 어린 자녀들인 쌍둥이 뻬닌과 로사는 결코 그다지 소란스러운 법이 없는 놀이를 마치고서 몇시간이고 꼬르데라 옆에 말없이 앉아 있었다. 꼬르데라도 이따금씩 낮고 게으른 방울소리를 내며 엄숙한 침묵을 지켰다.

이러한 침묵과 잔잔한 평온 속에 사랑이 있었다. 남매는 풋과일 두쪽처럼 서로 사랑했고, 동일한 하나의 생명으로 결합되어 있었기에 그들을 갈라놓는 모든 것들과 그들 사이의 차이점을 거의 의식하지 못했다. 뻬닌과 로사는 목덜미가 요람처럼 보이는 덩치 큰 누런 할머니 소인 꼬르데라를 사랑했다. 어떤 시인이 꼬르데라를 본다면 신성한 암소인 「라마야나」(고대 인도의 산스크리트어로 씌어진 대서사시—옮긴이)의 자발라를 떠올릴 것이다. 산만한 몸집에 느릿느릿 기품있게 움직이는 그녀는 엄숙한 차분함 속에, 폐위당해 전락한 우상의 풍모와 분위기를 지니고 있었다. 그러나 그녀는 가짜 신보다는 진짜 암소인 것에 기뻐하며 자신의 운명에 만족해했다. 이러한 정황으로 미루어보건대, 꼬르데라 역시 그녀에게 풀을 먹이는 일을 맡은 쌍둥이 남매를 사랑했다고 할 수 있다.

그녀는 좀처럼 감정을 밖으로 드러내는 법이 없었다. 그러나 남매가 뛰어놀면서 그녀를 베개나 은폐물로 삼거나 등에 올라타거나, 또 목동들이 상상해낼 수 있는 그밖의 다른 것들로 사용할 때 인내심으로 잠자코 묵인해주는 태도에서 온화하고 사려깊은 동물의 애정을 말없이 보여주었다. 힘들었던 시절에 뻬닌과 로사는 꼬르데라를 지극정성으로 배려하고 보살펴주었다. 소몬떼 농장이 원래부터 안똔 데 친따의 소유는 아니었다. 이 선물은 비교적 최근에 받은 것이었다. 몇해 전까지만 해도 꼬르데라는 힘겨운 싸움을 벌여야 했다. 다시 말해, 힘닿는 대로 풀을 뜯으러 나가야 했는데, 이미 다 뜯겨 풀이 듬성듬성한 공동초지의 길과 골목에서는 운에 맡길 수밖에 없었다. 공동초지는 풀밭인 동시에 공공도로였다. 뻬닌과 로사는 궁핍하던 시절에 아주 한적하고 덜 메마르고 질 좋은 언덕으로 꼬르데라를 데려가 길에서 우연히 먹을 것을 찾아야 하는 불쌍한 가축들이 겪는 숱한 모욕에서 해방시켜주었다.

굶주리던 시절, 축사에 건초가 바닥나고 암소의 따뜻한 잠자리를 만들 옥수숫대조차 동이 났을 때, 로사와 뻬닌은 꼬르데라의 비참함을 덜어주기 위해 동분서주했다. 꼬르데라가 새끼를 낳아 기르던 시절에 그들이 보여준 행동은 또 얼마나 영웅적이었는가! 그때는 나라의 식량과 기부, 그리고 친따 집안의 이익 사이에서 피할 수 없는 싸움이 시작되었다. 불쌍한 어미소의 젖에서 송아지가 살아남기 위해 꼭 필요한 만큼의 우유만 남겨두고 나머지는 모두 강탈해갔던 것이다. 로사와 뻬닌은 그런 갈등상황에서 언제나 꼬르데라 편을 들었고, 기회가 날 때마다 슬그머니 젖먹이 송아지를 풀어주었다. 송아지는 어미소의 품을 찾아 허겁지겁 정신없이 뛰어가다가 여기저기 머리를 부딪히기 일쑤였다. 그러면 어미소는 배 밑에 새끼를 품고는 고개를 돌려 세심하게 감사의 마음을 전하며 그녀만의 언어로 말했다.

"애들과 젖먹이 송아지들이 나에게 오는 것을 막지 말고 그대로 두렴."(「마태복음」 19장 14절에 나오는 "어린이들이 나에게 오는 것을 막지 말고 그대로 두어라. 하늘나라는 이런 어린이와 같은 사람들의 것이다"라는 구절의 변형 ── 옮긴이)

이러한 추억들, 이러한 유대의 끈은 쉽게 잊혀지지 않는다. 그리고 무엇보다 꼬르데라는 세상에서 가장 성질이 유순한 암소라는 점을 덧붙여야 한다. 꼬르데라는 누구라도 다른 친구와 한 멍에 밑에서 짝을 이루고 있을 때, 멍에를 계속 목에 짊어진 상태로 상대방을 세심하게 배려할 줄 알았다. 꼬르데라는 상대방이 땅바닥에서 잠을 자는 동안에 자지 않고 몇시간이고 목이 구부러지고 머리가 비틀린 불편한 자세로 서서 지켜보곤 했다.

최소한 두 쌍의 소를 가진 자신의 축사를 소유하겠다는 황금빛 꿈이 실현 불가능하다는 것을 분명히 깨달았을 때, 안똔 데 친따는 자신이 가난할 수밖에 없음을 인정했다. 배고픔의 고통과 숱한 땀방울의 결과로 차곡차곡 저축한 덕분에 처음으로 꼬르데라를 손에 넣을 수 있었다. 그러나 그게 전부였다. 두번째 소를 살 수 있기 전에, 그는 자식들이 끔찍이 사랑하던, 금쪽같은 꼬르데라를 어쩔 수 없이 시장에 내다 팔아야 했다. 그가 임대한 목장의 주인에게 밀린 돈을 내기 위해서였다. 친따는 꼬르데라가 집에 들어온 지 이년 만에 세상을 떠났다. 축사와 부부침대 사이에는 달랑 벽 하나뿐이었는데, 밤나무 가지와 옥수숫 대를 엮어 만든 엉성한 것이었다. 그 비참한 살림을 꾸려가던 친따는 이미 죽고 없었다. 그녀는 부서진 나뭇가지 벽의 갈라진 틈을 통해 암소를 바라보며 죽어갔다. 마치 가족의 구세주라도 되는 양 그 소를 가리키며.

배고픔과 고된 일에 맥이 풀려 다 죽어가는 불쌍한 여인의 두 눈은 "잘 보살펴라. 너희들의 밥줄이란다"라고 말하는 것 같았다.

쌍둥이들의 사랑은 꼬르데라에게 집중되었다. 아버지가 대신할 수 없는 꼬르데라의 무릎은 축사와 그곳 소문떼에서 아이들의 사랑을 독차지했다.

안똔은 이 모든 것을 나름대로 어렴풋이 이해하고 있었다. 부득이하게 꼬르데라를 팔아야 한다는 얘기는 아이들에게 굳이 할 필요가 없었다. 칠월의 어느 토요일 낮에 안똔은 영 내키지 않는 기분으로 히혼을 향해 길을 떠났다. 꼬르데라를 앞세웠는데, 장식이라곤 달랑 방울 달린 목걸이뿐이었다. 삐닌과 로사는 잠을 자고 있었다. 다른 날 같았으면 매질을 해서라도 그들을 깨웠을 것이다. 그러나 아버지는 아이들을 가만히 내버려두었다. 잠에서 깨어났을 때, 그들은 꼬르데라가 없어진 것을 발견했다. "틀림없이 아빠가 황소에게 데려갔을 거야." 그것 말고는 딱히 짚이는 데가 없었다. 삐닌과 로사는 소가 마지못해 따라나섰다고 생각했다. 그들은 언제, 어떻게 잃을지는 몰라도 결국에는 모든 새끼들을 잃게 될 것이므로 꼬르데라가 더이상의 새끼를 원치 않는다고 믿었던 것이다.

날이 어두워졌을 때, 안똔과 꼬르데라는 먼지를 뒤집어쓴 채 지치고 축 늘어져 축사로 향한 을씨년스러운 집의 초입에 접어들었다. 아버지는 아무런 설명도 해주지 않았지만, 자식들은 뭔가 심상치 않은 기운을 짐작할 수 있었다.

생각했던 값을 쳐주는 사람이 없어서 그는 소를 팔지 못했다. 그는 터무니없는 값을 불렀는데, 꼬르데라에 대한 애정 때문에 호기를 부린 것이다. 감히 어느 누구도 그 소를 데려갈 수 없을 만큼의 높은 가격을 요구했다. 한몫 챙기려고 접근했던 사람들은 그가 방패막이로 삼은 정가(定價)에 감히 가까이 가보려고 매달리는 사람을 향해 앙심을 품고 도발적인 눈길로 노려보는 그에게 욕설을 퍼부으며 떠나갔다. 파장 직전의 마지막 순간까지 안똔 데 친따는 우메달에서 운명을 뒤로 미루고 있었다. 그는 생각했다. '내가 팔고 싶지 않아서 안 파는 게 아니지. 꼬르데라에게 합당한 가격을 쳐주지 않는 건 그자들이야.' 그러고는 마침내 흡족하지는 않지만 어느정도 안도의 한숨을 내쉬며 다시 깐다스 도로를 향해 발을 내디뎠다. 도로는 온통 혼잡스러웠고 돼지와 송아지, 황소와 암소 들이 내는 소리로 시끌벅적했다. 많은 주변 교구의 마을 사람들이 가축을 이끌고 있었는데 주인과 가축의 관계가 얼마나 오래되었는가에 따라 더 애를 먹기도 하고 또 한결 수월하게 몰고 가기도 했다.

두 길이 만나는 나따오요 교차로에 이르러서도 친따에게는 아직 꼬르데라를 팔 기회가 남아 있었다. 그가 요구하는 가격에 조금 못 미치는 가격을 제시하며 온종일 그의 꽁무니를 따라다니던 까리오의 한 이웃이 약간 술에 취해 최후의 일격을 가했다.

까리오 사람은 암소를 데려가겠다는 탐욕과 변덕 사이에서 싸우면서 계속 값을 올렸다. 그러나 안똔은 바위처럼 꿈쩍도 하지 않았다. 그들은 도로 한가운데에 멈춰서서 서로 손을 붙잡고 길을 가로막기에 이르렀다…… 마침내 탐욕이 극에 달했다. 그때 오십대 남자의 곡괭이가 그들을 심연처럼 갈라놓았다. 그들은 잡았던 손을 놓고 각자 횅허케

제 갈길을 갔다. 안똔은 아직 꽃이 피지 않은 인동덩굴과 꽃이 만발한 찔레꽃 사이를 지나 그의 집까지 이어지는 좁은 골목길로 접어들었다.

그날 이후 심상치 않은 분위기를 감지한 뻬닌과 로사는 잠시도 가만 있지 못했다. 주중에 안똔의 축사에 집사가 직접 나타났다. 같은 교구에 사는 다른 마을 사람이었는데, 성질이 불같은데다 세가 밀린 임차인들에게 잔혹하게 굴었다. 질책받는 것을 싫어하는 안똔은 소작지를 회수하겠다는 협박에 얼굴이 흙빛이 되었다.

주인은 더이상 기다려주지 않았다. 그렇다, 소를 헐값에, 빵 한개 값에 팔게 될 것이다. 밀린 돈을 지불하든지, 아니면 길거리에 나앉아야 했다.

다음 토요일에 뻬닌은 우메달까지 아버지와 동행했다. 아이는 공포에 질린 눈으로 시장통의 폭군인 푸주한들을 쳐다보았다. 꼬르데라는 까스띠야의 한 낙찰자에게 공정한 가격에 팔렸다. 꼬르데라의 가죽에는 낙인이 찍혔고, 이제 팔려서 남의 소유가 된 그녀는 슬픈 방울소리를 울리며 뿌아오의 축사로 돌아갔다. 안똔 데 친따는 꿀먹은 벙어리처럼 말없이, 그리고 뻬닌은 왕방울만한 눈을 하고서 뒤따랐다. 팔렸다는 얘기를 들었을 때, 로사는 꼬르데라의 목덜미를 껴안았다. 그녀가 쓰다듬자 꼬르데라는 멍에를 지고 있을 때처럼 고개를 숙였다.

'이제 저 늙은 소가 떠나는구나!' 사교적이지 못한 안똔은 영혼이 갈가리 찢기는 심정으로 그렇게 생각했다.

한낱 짐승이었지만, 그의 아이들에게는 엄마요 할머니 같은 존재였다.

그 나날들에 소몬떼의 녹색 초원에는 음산한 침묵이 흘렀다. 자신의 운명을 모르는 꼬르데라는 평소처럼 "영원의 관망 아래서"(스피노자의 표현으로, 만물의 본질을 '영원한 진리'라고 봄——옮긴이) 한가하게 풀을 뜯었다. 그녀를 무지막지하게 때려눕혀 죽이기 직전에 한가로이 풀을 뜯게

하는 것만 같았다. 그러나 로사와 삐닌은 슬픔에 잠겨 앞으로는 쓸모 없을 풀밭에 길게 누워 있었다. 그들은 지나가는 기차와 전선을 원망 스러운 눈길로 바라보았다. 그것은 한편으로는 그들에게서 동떨어져 있지만, 다른 한편으로는 그들에게서 꼬르데라를 앗아가는 미지의 세계였다.

금요일 해질 무렵, 작별의 시간이 왔다. 낙찰자의 대리인이 까스띠야 에서 소를 가지러 왔다. 그는 소값을 치렀다. 안똔과 대리인은 술을 한 잔 걸치고는 꼬르데라를 축사에서 끌어냈다. 안똔은 이미 술병을 다 비워서 불콰해진 상태였다. 주머니에 든 묵직한 돈의 무게 역시 그의 흥을 돋우었다. 그는 흠뻑 취하고 싶었다. 그는 말수가 많았고, 암소의 장점에 대해 침이 마르도록 칭찬을 늘어놓았다. 안똔의 칭찬이 도가 지나쳤기 때문에 대리인은 빙그레 웃었다. 그 소가 우유를 그렇게 많 이 만들어낸다고? 멍에를 뒤집어쓴 소가 고상하고, 또 뼈빠지게 일해 튼튼하다고? 설령 그렇다 해도 며칠 후면 갈비나 다른 맛좋은 먹을거 리로 변할 운명인데, 그게 어쨌다고? 안똔은 이런 생각은 하고 싶지 않 았다. 그는 꼬르데라가 살아서 일하는 모습을 머릿속에 그렸다. 그와 아이들을 잊고 다른 농부를 섬기면서 행복하게 사는 모습을…… 삐닌 과 로사는 꼬르데라와 함께 나누었던 열정을 가슴아프게 떠올려주는 퇴빗더미 위에 앉아서 손을 꼭 잡고 공포에 질린 눈으로 못된 아저씨 를 노려보았다. 최후의 순간에 둘은 친구인 꼬르데라에게 몸을 던졌 다. 그녀를 껴안고 입을 맞추었다. 뭐든 다 했다. 그들은 꼬르데라에게 서 떨어질 수 없었다. 안똔은 갑자기 술기운에 녹초가 되어 온몸에 맥 이 풀렸다. 그는 팔짱을 끼고 어두운 축사로 들어갔다. 아이들은 높은 울타리가 쳐진 좁은 골목길을 통해 한동안 무심한 대리인과 꼬르데라 일행을 뒤따라갔다. 꼬르데라는 어둠이 깔린 시각에 낯선 사람 곁에서 마지못해 걸음을 내딛고 있었다. 기분이 언짢아진 안똔이 집안에서 소리를 질렀다.

"이놈들아, 이제 그만 해라. 쓸데없는 짓 그만 하라고!" 아버지가 멀리서 울음 섞인 목소리로 외쳤다.

밤이 내렸다. 꼬르데라의 검은 그림자가 저 멀리 어두운 골목길로 사라졌다. 높은 울타리가 둥근 지붕처럼 솟아 있어 골목은 거의 칠흑같이 어두웠다. 나중에는 골목에 아스라한 방울소리밖에 들리지 않았다. 그마저 멀어지면서 사방에서 들려오는 쓸쓸한 매미울음 소리 사이로 사라져갔다.

"안녕, 꼬르데라!" 눈물로 뒤범벅이 된 로사가 소리쳤다. "잘 가, 사랑하는 꼬르데라!"

"안녕, 꼬르데라!" 감정이 복받쳐 삐닌이 따라 외쳤다.

"안녕." 마지막으로 꼬르데라의 방울소리가 자기 방식대로 응답했다. 체념한 꼬르데라의 슬픈 탄식은 마을에 내려앉은 칠월 밤의 다른 소리들에 섞여 사라져갔다……

이튿날 삐닌과 로사는 평소처럼 아주 이른 시간에 소몬떼 목장으로 갔다. 그 쓸쓸함이 그토록 슬프게 느껴진 적은 한번도 없었다. 그날, 꼬르데라 없는 소몬떼는 마치 사막과도 같았다.

갑자기 기적이 울리더니 증기가 피어올랐고, 이윽고 기차가 모습을 드러냈다. 화물차는 굳게 닫혀 있었지만, 쌍둥이 남매는 높고 좁은 차창과 환기통에서 겁에 질린 채 채광창을 통해 멍하니 밖을 내다보는 암소들의 머리를 어렴풋이 보았다.

"안녕, 꼬르데라!" 로사는 친구인 할머니 소 꼬르데라가 거기에 있다고 생각하며 소리쳤다.

"안녕, 꼬르데라!" 뻬닌도 같은 생각으로 까스띠야의 길을 질주하는 기차를 향해 주먹을 쥐어 보이며 악을 썼다.

어리지만 세상의 야비함에 대해 여동생보다 더 잘 알고 있는 뻬닌이 울면서 다시 소리쳤다.

"꼬르데라를 도살장으로 데려가는 거야…… 소고기가 되어 지체높은 양반네들과 사제들…… 졸부들 입에 들어가는 거라고."

"안녕, 꼬르데라!"

"안녕, 꼬르데라!"

로사와 뻬닌은 원망어린 눈으로 그들에게서 친구를 앗아간 적대적인 세계의 상징인 철길과 전신주를 노려보았다. 돈 많은 대식가들을 위한 음식으로 만들어 그들의 식탐을 채우기 위해 오랜 세월 고독과 말없는 사랑을 함께 나눈 자신들의 친구를 삼켜버린……

"안녕, 꼬르데라!"

"안녕, 꼬르데라!"

그뒤로 오랜 세월이 흘렀다. 뻬닌은 어엿한 청년이 되었고, 왕이 그를 데려가버렸다. 까를로스전쟁(스페인 왕 페르난도 7세의 아우 까를로스 마리아 이시드로가 조카딸 이사벨 2세의 즉위에 반대하고 왕위를 청구한 내란—옮긴이)이 발발했던 것이다. 안똔 데 친따는 패배자 토호(土豪)들의 집을 돌봐주는 처지였다. 그러니 떡갈나무처럼 건장한 뻬닌이 쓸모없다고 주장할 만한 힘이 없었다.

시월의 어느 슬픈 오후에 로사는 홀로 소몬떼 목장에서 히혼에서 오는 우편열차가 지나가기를 기다렸다. 열차는 그녀의 유일한 사랑인 오빠를 데려가고 있었다. 멀리서 기적이 울리고 철길에 기차가 나타나는가 싶더니 번개처럼 지나갔다. 기차 바퀴에 거의 들러붙다시피 한 로사의 눈에 순간적으로 삼등칸에 타고 있던 불쌍한 징병자들의 바글거리는 머리통이 들어왔다. 그들은 소리를 지르고 손을 흔들며 나무와 땅, 들판, 정든 작은 고향마을 구석구석에 작별인사를 보내고 있었다. 그들은 어느 왕과 알지 못할 이념을 받들어 거대한 조국에서 일어난 동족상잔의 전쟁에 목숨을 바치러 가는 길이었다.

차창 밖으로 몸을 반쯤 내민 삐닌은 동생에게 팔을 뻗었다. 두 사람의 팔이 닿을락말락 스쳤다. 로사는 요란한 바퀴소리와 다른 징병자들의 고함소리 사이로 아득한 고통의 기억이 복받쳐오르는 듯 흐느끼며 울부짖는 오빠의 목소리를 또렷이 들을 수 있었다.

"안녕, 로사! ……안녕, 꼬르데라!"

"안녕, 삐닌! 내 사랑 삐닌……!"

'할머니 암소가 떠나던 그날처럼, 오빠는 저 멀리로 갔어. 세상이 오빠를 데려가버렸어. 꼬르데라가 소고기가 되어 대식가들과 졸부들의 밥상에 오르기 위해 떠났듯이, 오빠의 영혼과 육신은 세상의 광기와 타인의 야망을 위한 포신(砲身)이 되기 위해 떠난 거야.'

고통과 상념의 혼란 속에서 가엾은 여동생은 슬픈 기적을 울리며 아스라이 멀어져가는 기차를 바라보며 이렇게 생각했다. 기적소리는 밤나무와 초원, 큰 바위에 부딪혀 울려퍼졌다……

이제 그녀는 홀로 남았다! 그렇다, 이제 정말 소몬떼 목장은 사막과도 같았다.

"안녕, 삐닌! 안녕, 꼬르데라!"

로사는 불꺼진 석탄으로 얼룩진 철길을 바라보며 얼마나 증오심을 느꼈는가. 전선을 바라보며 얼마나 분노에 치를 떨었는가. 아! 꼬르데라가 가까이 다가가지 않은 건 얼마나 잘한 일이었는지. 그것은 그녀에게서 모든 걸 앗아가버린 미지의 세계였다. 로사는 아무 생각 없이 소몬떼 농장의 꼭대기에 깃발처럼 박혀 있는 전신주에 머리를 기댔다. 바람이 마른 소나무 안에서 금속성의 노래를 불렀다. 이제 로사는 모든 것을 깨달았다. 그것은 눈물과 체념의 노래, 고독과 죽음의 노래였다.

마치 비명처럼 숨가쁜 떨림 속에서 그녀는 눈앞에 펼쳐진 철길에서 아련하게 흐느끼는 소리를 들은 것만 같았다.

"안녕, 로사! 안녕, 꼬르데라!"

더 읽을거리

19세기 스페인 최고의 소설 중 하나로 꼽히며 흔히 『안나 카레니나』, 『보바리 부인』에 비견되는 『레헨따』(La Regenta, 1884)가 끌라린의 대표작이다. 이 방대한 소설은 불륜을 다룬 이야기로 지방 도시 베뚜스따에 사는 젊고 아름다운 부인 아나 오소레스가 불의의 유혹에 넘어가 스스로 파멸해가는 과정을 그리고 있다. 인간의 갈등에 대한 심리적 통찰, 완벽한 문체, 생생한 묘사가 두드러지며 왕정복고시대의 위선적이고 타락한 스페인 사회상을 치밀하게 그려낸 것으로 평가된다. 이 작품은 『아나 부인의 사랑』(임효상 옮김, 경희대출판부 2003)으로 번역되어 있다.

Pío Baroja

| 삐오 바로하 |

1872~1956

1872년 스페인 북부의 산 세바스띠안에서 태어났다. 마드리드에서 의학박사학위를 취득하고 잠시 의사로 활동한 뒤에 문학에 전념하였다. 미겔 데 우나무노, 아소린, 바예 잉끌란 등과 더불어 대표적인 98세대 작가이다. 60편이 넘는 많은 소설을 남겼으며, 헤밍웨이에게 깊은 영향을 끼친 것으로 알려져 있다. 1956년 마드리드에서 사망했다.

■ 마리 벨차 Mari Belcha

소설이면서도 독자에게 시적 여운을 남기는 이 작품은 1900년 마드리드에서 출간된 『우울한 삶』(Vidas sombrías)에 실려 있다. 바로하가 바스끄 지방의 세스또나에서 의사로 활동하던 20대 초반에 쓴 작품들이 대부분인 이 책에서는 도스또옙스끼와 에드거 앨런 포우 외에 쇼펜하우어, 니체, 디킨즈, 보들레르, 라라, 입센 등에게서 받은 영감이 느껴진다. 또 검정색, 회색, 흰색, 빨강 등 다채로운 색깔들의 대조를 통한 시각적 지각능력이 두드러지는데, 차가운 색과 뜨거운 색을 능란하게 조합하는 데서 엘 그레꼬의 영향을 감지할 수 있다. 젊음을 발산하는 책답게 주관적 감정의 과잉이 눈에 띄며 영적인 의혹에 사로잡힌 사람의 '내밀한 일기'를 연상시키는 거의 병적인 불쾌감을 엿볼 수 있다. 특히 고뇌와 고통에 대한 매혹, 여자를 대하는 데 있어서의 자기 형벌적 태도, 사회적 부적응 등이 여과 없이 드러나 있다. 바로하는 눈으로 직접 본 것만 쓰는 작가다. 이 작품 역시 자전적이다. 의사인 화자는 소녀와의 사랑을 욕망하나 그녀의 관심을 끌지 못하고 나무 사이에 숨어 말없이 한숨짓는다. 사랑을 이루지 못하고 자신의 슬픈 운명에 고통스러워하는 남자는 작가 자신의 초상이다. 한편, 이 단편집에는 지나친 주관주의를 극복한 절제된 언어의 작품들도 포함되어 있는데, 이러한 단편들은 1950년대의 마드리드에서 헤수스 페르난데스 산또스, 까르멘 마르띤 가이떼 등이 전개할 네오리얼리즘 경향의 작품들, 즉 대도시의 희뿌연 삶 속으로 해체되어가는 존재들의 고통이 흐르는, 겁에 질린, 침묵에 가까운 글쓰기를 예고한다.

마리 벨차

어린 남동생을 품에 안고 어둑한 산간농장의 문간에 홀로 남아 있을 때, 마리 벨차, 넌 먼 산과 새파란 하늘을 바라보며 무슨 생각을 하니?

다들 너를 '검은 마리아'라는 뜻의 마리 벨차로 불러. 다름이 아니라 네가 동방박사의 날에 태어났기 때문에 그렇게 부른단다. 사람들은 마리 벨차라고 부르지만 넌 세탁장에서 막 나온 새끼양처럼 새하얗고 잘 익은 여름날의 황금빛 곡식처럼 금발이지……

내가 말을 타고 네 집 앞을 지날 때면 넌 나를 보고 숨지. 나에게 들킬세라 몸을 숨기지. 네가 태어나던 그 화사한 아침에 너를 팔에 받았을 때는 신출내기 의사였지만 지금은 난 상늙은이란다.

그날 아침을 내가 얼마나 가슴 벅차게 기억하는지 네가 안다면! 우리는 문지방 옆의 부엌에서 기다리고 있었어. 네 할머니는 너에게 입힐 옷을 따뜻하게 데우며 눈물이 그렁그렁한 눈으로 골똘히 불을 바라보고 계셨지. 아리스똔도에서 온 네 삼촌들은 날씨와 수확을 화제로 이야기꽃을 피웠어. 나는 연방 침실로 네 엄마를 보러 갔단다. 천장에 옥수수를 엮어 매달아놓은 자그마한 침실이었어. 네 엄마가 신음을 토해내고 듬직한 네 아버지 호세 라몬이 그녀를 보살피는 동안, 나는 창문으로 눈덮인 산과 허공을 가로지르는 개똥지빠귀떼를 보았지.

우리 모두를 가슴 졸이게 한 끝에 마침내 네가 미친 듯이 울어젖히며 세상에 나왔단다. 사람들은 태어날 때 왜 우는 걸까? 떠나온 곳인 무(無)의 세계가 앞으로 펼쳐질 삶보다 더 달콤한 걸까?

이미 말한 대로, 너는 미친 듯이 울어젖히며 태어났고, 너의 탄생을 알아챈 동방박사들은 네 머리에 씌울 작은 모자에 1두로(스페인의 옛 화폐단위로 5뻬세따에 해당함—옮긴이)짜리 동전을 가져다놓았단다. 어쩌면 내가 네 엄마의 출산을 도운 댓가로 네 집에서 받은 돈이 바로 그 동전이었을지도 몰라……

그런데 지금은 내가 늙은 말을 타고 지나가면 너는 숨는구나. 아! 하지만 나도 나무들 사이에 숨어서 너를 바라본단다. 왠지 아니? 그 이유를 말하면, 넌 웃을 거야…… 난 네 할아버지뻘인 늙은 의사니까. 맞아. 사실이야. 그러니 너한테 이유를 말하면 웃겠지.

내 눈에는 네가 한없이 예뻐 보인단다! 사람들은 햇볕에 그을려 네 얼굴이 가무잡잡하고 또 가슴은 밋밋하다고들 하지. 어쩌면 그럴지도 몰라. 하지만 그 대신 네 눈에는 잔잔한 가을날 동틀녘의 평온함이 깃들어 있고 네 입술은 노란 밀밭에 피어난 양귀비 색깔을 머금었어.

게다가 넌 심성이 곱고 다정다감하잖니. 며칠 전, 장날이던 화요일에 너의 부모님이 마을에 내려가셨던 걸 기억하니? 넌 어린 남동생을 보듬고 밭을 거닐었지.

넌 동생의 뚱한 기분을 풀어주려고 풀을 뜯고 있던 고리야(바스끄어로 '빨강이'를 뜻함—옮긴이)와 벨짜(바스끄어로 '깜장이'를 뜻함—옮긴이)를 보여주었어. 소들은 기쁨에 겨워 숨을 몰아쉬었고, 긴 꼬리로 다리를 때리며 이쪽저쪽으로 느릿느릿 뛰어다니고 있었지.

넌 칭얼대는 아이에게 말했어. "고리야 좀 봐…… 뿔이 난…… 저

우둔한 놈…… 네가 한번 물어봐. 얘야, 넌 왜 그 커다랗고 멍청한 눈을 껌뻑거리는 거니?라고…… 꼬리를 움직이지 마."

고리야가 다가와 반추동물의 슬픈 눈빛으로 널 바라보았고, 네가 곱슬곱슬한 목덜미를 쓰다듬을 수 있게 머리를 쑥 내밀었어.

그다음에 넌 다른 소에게 다가가 손가락으로 가리키며 말했지. "얘는 벨짜야…… 음…… 정말 까맣지…… 참 못됐어…… 우리는 애를 좋아하지 않아. 고리야는 좋아해."

그러자 아이는 네 말을 따라했지. "고리야는 좋아해." 하지만 아이는 이내 기분이 언짢았다는 것을 떠올리고는 울음을 터뜨렸어.

나 역시 울기 시작했는데 그 이유는 모르겠어. 사실 늙은이들은 가슴 속 깊은 곳에 어린아이의 마음을 담고 있거든.

넌 남동생의 울음을 그치게 하려고 소란스러운 강아지를 향해, 한껏 멋을 부린 수탉 앞에서 땅바닥의 먹이를 쪼아대고 있던 암탉들을 향해, 그리고 이리저리 뛰어다니던 멍청한 돼지들을 향해 내달렸어.

아이가 울음을 그치자 넌 골똘히 생각에 잠겼지. 네 눈은 멀리 있는 푸른 산을 향하고 있었지만 실제로 바라보지는 않았어. 네 눈은 새파란 하늘을 가로지르는 흰구름과 산을 뒤덮은 낙엽, 그리고 앙상한 나뭇가지들을 향해 있었지만 그 무엇도 보고 있지 않았어.

네 눈은 무언가를 보았지. 하지만 그것은 영혼의 내면, 사랑과 꿈이 움트는 그 신비한 지형 속에 있었어.

오늘, 지나면서 보니 넌 한층 더 깊은 수심에 잠겨 있더구나. 모든 걸 포기한 사람처럼 나무둥치에 걸터앉아 불안한 듯 박하잎을 씹고 있더구나.

말해봐, 마리 벨차. 넌 먼 산과 새파란 하늘을 바라보며 무슨 생각을 하니?

Ignacio Aldecoa

| 이그나시오 알데꼬아 |

1925~69

1925년 비또리아에서 태어났다. 1942년 살라망까 대학에서 철학과 문학을 공부하기 시작했으며 1945년 마드리드로 무대를 옮겨 '히혼 까페'의 문학동호회에서 많은 작가들과 교우했다. 가르시아 오르몔라노, 라파엘 산체스 페를로시오, 헤수스 페르난데스 산또스, 까르멘 마르띤 가이떼, 아나 마리아 마뚜떼 등과 더불어 1950년대 스페인 문학을 대표하며 서정성이 뛰어난 소설과 단편을 남겼다. 1969년 마드리드에서 사망했다.

■ 영 산체스 Young Sánchez

1958년부터 일년 동안 뉴욕에서 지낸 알데꼬아는 당대의 미국문학에 친숙해져 스페인으로 돌아왔다. 그의 관심은 헤밍웨이, 피츠제럴드, 포크너, 도스 패소스, 카슨 매컬러스 등으로 대표되는 이른바 '잃어버린 세대'에 집중되었으며 「영 산체스」에서도 그 영향을 엿볼 수 있다. 이 작품은 그가 스페인으로 돌아온 직후에 발간된 『가슴과 다른 씁쓸한 열매들』(El corazón y otros frutos amargos, 1959)에 실려 있다. 20세기 스페인 문학에서 가장 의미있고 매혹적인 단편집의 하나인 이 책은 산업화 이전의 독재 시기 스페인에서 가장 홀대받았던 하층계급의 고통과 열악한 노동조건을 이야기한다. 알데꼬아는 도로 인부, 어부, 빈둥거리는 젊은이들 등 집단적 주인공을 보여주지만 언제나 각각의 인물들을 개성적으로 표현하는 데 성공한다. 여기에 등장하는 노동자들은 예외 없이 탄식과 희망 사이에 던져져 있으며, 그들의 소망은 생존을 위해 끼니를 때우고 생필품을 조달하기 위해 일하는 것이다. 배고픔을 겪고 마지막 해결책으로서 이민을 꿈꾸는 경우도 많다. 까르멘 마르띤 가이떼의 지적대로, 알데꼬아가 스페인 단편문학에 기여한 바는 삶을 다르게 바라보는 방식을 제시했다는 것이다. 그는 '가난한 사람들'의 삶을 예술적 표현을 훼손하지 않고 보여주는 새로운 개념의 산문을 선보였다. 다시 말해, 정확한 언어와 표현력을 무기로 일상적인 노동을 시적 현실로 변화시켰다. 이러한 특징이 잘 나타나 있는 「영 산체스」에서 작가는 가난에서 벗어나기 위해 복서의 길을 걷는 주인공과 그를 둘러싼 인물들의 고달픈 삶을 생동감 넘치는 언어로 되살리고 있다.

영 산체스

마누엘 알깐따라에게

동쪽에서 서쪽까지 도시 전역에서 단 하나의 외침이 들린다.
런던교가 무너졌다. 그리고……
존 L. 썰리번이 제이크 킬레인을 녹아웃시켰다.

1

그는 납작한 냄비 모양의 용기(用器)가 달려 있는 작은 금속 세면기의 한귀퉁이에 빗조각을 내려놓았다. 그는 손바닥으로 머리카락을 목덜미께로 쓸어넘기며 휘파람을 불었다. 빗은 씻지 않고 원래 있던 수도꼭지 옆에 그냥 내버려두었다. 가는 물줄기가 졸졸 흐르는 수도꼭지는 잠기지 않았다. 그는 배수구에 오줌을 갈겼다. 그는 도관이 절단된 수도꼭지의 작은 금속 연봉에서 손목시계를 집어들었다. 그는 딴데 정신이 팔려 표면이 까칠까칠한 파란 비누를 가볍게 툭 건드렸고, 비누는 미끄러져 잠시 동안 세면대 바닥을 이리저리 맴돌았다. 그는 늘어뜨린 머리의 물기를 손수건으로 닦았다. 그는 기름때가 묻고 해진 축축한 셔츠의 깃을 목덜미 주위에 잔뜩 세웠다.

방에서는 배수관 냄새가 풍겼다.

거울은 수은이 벗겨져 있었다. 김이 서린 거울 속에서 그의 얼굴이 뿌옇게 흐려졌다. 그는 얼굴이 보일 만한 곳을 찾으며 까치발을 했다. 그는 공들여 곱게 빗은 머리를 자연스럽게 풀어헤치려고 오한 들린 사람처럼 갑자기 머리를 흔들었다. 머릿단이 풀어졌다. 그는 셔츠 단추를 풀어헤친 채, 턱 끝을 가슴 쪽으로 바싹 당기고 숨죽인 채 바라보았다. 그리고 거울에서 그 효과를 확인하기 위해 눈을 가늘게 뜨고 찬찬히 바라보았다.

방에서는 벽에 낀 곰팡이 냄새와 늘 축축하게 젖어 있는 더러운 수건 냄새가 났다.

그는 셔츠 깃을 접지 않고 세우고 다니기를 좋아했다. 또 머리카락을 길게 기르기를 좋아했다. 작업복의 가슴받이까지 셔츠를 풀어헤쳐 가슴이 훤히 드러나는 것을 좋아했다. 그는 앞머리로 이마를 살짝 가리는 것을 좋아했다. 그는 그것이 개성의 표현이라고 생각했으며, 의기양양해했다.

그는 잠시 계란의 흰자위처럼 부드럽고 시원스레 반짝이는 오른쪽 눈을 덮고 있는 눈꺼풀을 뚫어지게 바라보았다. 그는 늘어진 셔츠의 소매를 이두박근 위로 높이 접어올렸다. 그는 기만적인 레프트가 운좋게 꽂힌 것이라고 생각했다. 그는 상처입은 눈썹에 침을 발라 가지런히 한 다음 밖으로 나갔다.

방은 지하실의 겨드랑이처럼 찝찔하고 시큼하고 달착지근한 냄새를 풍겼다.

그는 휘파람을 불었다. 홀에 두 명의 경량급 선수들이 있었다. 그저 그림자로만 알 수 있는, 버려진 쌘드백이 가볍게 흔들리고 있었다. 그는 거듭 '퍼칭'이 장수말벌 같았다고 생각했다. 마싸지 테이블에는 수많은 몸뚱이가 거쳐가며 만들어놓은 흔적이 남아 있었다. 링 위에는 촉수가 낮은 전등이 매달려 있었다. 바닥은 널빤지로 만들어졌고, 그 밑에는 분명 6온스짜리 쥐들이 있을 것이다. 그는 오른주먹으로 왼손 바닥을 툭툭 치며 링 가까이로 다가갔다.

링 바닥에는 캔버스천 한 장이 깔려 있었고, 네 기둥이 안감을 댄 열두 개의 로프를 지탱하고 있었다. 그는 가격을 하다가 글러브가 찢어지는 듯한 소리를 들었다. 낡은 글러브는 새 글러브보다 소리가 요란하다. 낡은 글러브는 이따금 면도날처럼 예리하며, 또 때로는 날이 무딘 주머니칼처럼 피부를 일어나게 한다. 낡은 글러브를 사용하면 찢어진 상처가 감염되고 피부의 쓸린 상처에 작은 고름점이 잡힌다.

이제 그는 휘파람을 불지 않는다. 두 명의 경량급 선수들이 계속 날카롭게 주먹을 주고받고 있었다. 그는 귀에 익은 주문사항을 들었다. "라이트, 라이트…… 로프에서 떨어져…… 가드 올려…… 로프에서 떨어져…… 복스." 트레이너는 따분해했다. 시합을 지켜보는 모든 사람들이 따분해했다. 그러나 링 위의 선수들은 잔뜩 겁을 집어먹고 있었다. 링을 벗어나고 싶은 생각이 간절했고, 어조의 변화 없이 경기 종료를 알리는 목소리가 들려오기만을 기다렸다. "커버링 올려." 트레이너가 말했다. 그러나 그의 말은 뒤엉켜서 서로 밀치며 헐떡이는 양 선수 누구의 귀에도 닿지 않았다. "빠져나갈 때 커버링 올려." 트레이너가 주문했다. 그러나 링 중앙으로 나갔을 때, 두 선수는 서로 주먹을 주고받지 않고 떨어졌다. 그때 트레이너가 말했다. "이제 그만." 그러자 두 선수는 팔을 무겁게 축 늘어뜨렸다.

그들은 잘 알고 있었다. 이제 누군가가 이렇게 말할 것이다. "이제 우리가 한 라운드 뛸까? 누구냐고? 우리. 후안과 나, 아니면 꼰까와 나." 또다시 잔뜩 겁을 집어먹은 거리의 싸움질. 또다른 엉터리시합. 벽에 기대 시합을 얕잡아보며 지켜보던 사람이 쌘드백 쪽으로 걸어갔다. 그는 저 사람은 복서가 될 수 있을 거라고 생각했다. 나머지는 아니다. 그는 나머지 사람들을 잘 알고 있었다. 도장에서 5개월을 지내고 나니 한사람 한사람 훤히 꿰뚫게 되었다. 그는 그들이 동네 선술집에서, 정비소에서, 일요일의 무도회에서 얼마나 우쭐대는지 알고 있었다. 그는 그자들이 한 동료를 칠 듯이 윽박지르는 모습을 상상했다. "이렇게 때린다……"

트레이너가 지친 걸음으로 다가갔다.

"넌 다리가 풀렸어."

"네."

"방심하지 마."

"네."

"넌 의욕이 별로 없어 보이는데."

"아닙니다. 의욕 있습니다. 지금 야간조에서 일하기 때문이에요. 이것만 끝나면 다시 좋아질 거예요."

"좋아."

트레이너는 다소 구부정하게 걸었다. 커버링만 올렸으면 영락없이 링 위에 있는 것처럼 보였을 것이다. 그는 한때 뛰어난 복서였다. 그렇게 유명하진 않았지만, 빠리와 런던에서도 시합을 했다…… 또 아르헨띠나에도 갔었다…… 그는 한때 복싱계에서 꽤 유명한 인물이었다. 그는 수도사학교 두 곳과 체육관에서 체조수업을 하며 생계를 꾸려갔다. 그는 선량한 사람이었지만 그의 체육관 사람들이 운이 없어서 고생을 좀 했다. 그들은 시합을 강탈당했다…… 아니, 강탈당한 것은 아니었다…… 체육관에는 시합에 나갈 만한 사람이 거의 없었다.

그는 자신의 이름이 불리는 소리를 들었다.

"빠꼬, 그 눈에 술 좀 뿌려."

억지웃음이 터졌다. 그는 거칠게 대답했다.

그는 등을 돌려 쌘드백을 두들기는 사람에게 다가갔다.

"일요일에 출전해?"

그는 대답을 기다렸다. 쌘드백을 두들기던 남자는 주먹을 뻗을 때마다 쉭쉭 큰 소리를 내며 숨을 쉬었다.

"상대로 누가 걸렸어, 루이스?"

루이스는 숨을 깊이 들이마신 다음 마치 코를 풀듯이 공기를 뿜어냈다. 그는 왼쪽 주먹으로 쌘드백을 대여섯 번 두들겼다.

"상대가 라 페로라면 레프트를 조심해야 해. 장난이 아니거든."

하나, 둘. 루이스는 쌘드백에서 떨어져 팔을 들고 숨을 깊이 들이마셨다가 입으로 토해냈다. 그의 러닝셔츠는 더러웠고 축구복 하의를 입고 있었다. 또 그는 쌘들에 쥐색 천을 덧댄 양말을 신고 있었다.

"네가 시합에 나간다면 내가 가운을 빌려줄 수 있어……"

루이스가 고개를 끄덕였다. 빠꼬는 침묵을 지켰다. 그는 그 소년이 아래위 온통 빌려입은 복장으로 링에 오르는 모습을 상상했다. 실내화, 트렁크 그리고 러닝셔츠. 어깨에는 유일하게 그의 것인 노란 수건을 걸치고. 그는 체육관에 트레이닝복과 언젠가 쁘리세(야간 복싱경기가 열리던 마드리드의 원형경기장—옮긴이)의 아침시합에 나가기로 결정될 때를 위해 두 켤레의 복싱슈즈를 준비해놓은 사람들이 두세 명 있다는 사실을 떠올렸다. 복싱슈즈를 두 켤레나 가진 사람들이 얼굴도 모르는 소년과 십분 동안 겨루게 되기는 어려웠다. 아주 어려운 일이었다. 두 켤레의 복싱슈즈, 체육관의 깃발이 새겨진 두 개의 트렁크와 러닝셔츠를 가진 사람들은 진정한 복싱 애호가일 리가 거의 없다. 그들은 애인과 동네 얼간이들을 위한 복서였다. 그는 루이스에게 가운——다섯 번의 시합에서 획득한 전리품——을 빌려줄 것이다. 그 소년은 그럴 만한 자격이 있었다.

"조심해서 입을게요." 루이스가 말했다.

"네가 원한다면 내가 쎄컨드(권투시합중 선수를 돌보는 사람——옮긴이)를 맡아줄게."

"저 사람들 중 한명이 쎄컨드를 맡겠다고 했는데요." 루이스가 링 옆에서 노닥거리고 있는 사람들을 가리키며 말했다.

"저치들은 물병이나 건네주려고 있는 거야."

빠꼬가 미소지었다. 물병을 건네줄 위인도 못 된다고 생각했다. 그들은 사람들이 자기들을 바라보거나 농담을 던질 때면 안절부절못한다. 그러나 그들은 피를 가까이하기를 좋아한다. 시합이 끝난 뒤에 그들은 패자에게 조언을 하거나 요란한 제스처를 취하며 승자를 치켜준다.

"일요일에 이길 수 있어요. 이미 라 페로라는 녀석이 시합하는 걸 본 적이 있거든요. 발이 느려요." 루이스가 말했다.

빠꼬는 눈꺼풀이 무거워 손가락끝으로 부드럽게 문질렀다.

"아파요?" 루이스가 물었다.

"아니."

"주먹에 맞은 건 아니죠?"

"아니, 손가락에 찔렸어. 그녀석은 아직도 손을 펴고 복싱을 하거든."

루이스는 다시 쌘드백을 두들겼다. 빠꼬는 작별인사를 하고 문께로 걸어갔다. 옷걸이 옆을 지나치면서 재킷을 집어 어깨에 걸쳤다. 그는 밖으로 나갔다. 체육관의 소년들 중 한명이 그를 따라나왔다. 소년은 지하실 계단을 오르면서 그에게 말을 걸기 시작했다. 소년은 정중하게 신뢰를 나타내며 말했다. 빠꼬는 휘파람을 불고 있었다.

"언젠가 저를 링에 올릴 거라고 생각하세요?" 소년이 물었다.

"물론이지, 얘야."

"제가 준비가 됐다고 보세요?"

"시간이 좀더 필요할 거야. 내년에는 틀림없겠지…… 서두르지 마."

그는 계속해서 나지막하게 휘파람을 불었다. 소년은 자신의 소망에 대해 말하기 시작했다.

"운이 좋으면 프로가 될 수 있겠지요."

"어디서 일하니?" 빠꼬가 느닷없이 물었다.

그는 소년이 난처해하는 낌새를 챘다.

"상점에서요." 소년이 대답했다.

"상점에서?" 빠꼬는 의아해했다. "그렇다면……"

빠꼬는 상점에서 일하면서 복서가 될 수는 없다고 생각했다.

"하지만 그만둘 거예요……"

빠꼬는 그 소년이 춤솜씨가 기가 막힐 것이라고 생각했다. 이미 몇명의 애인이 있었고 분명 그녀들과 산책하는 동안 집에 바래다주며 거리의 어두컴컴한 곳을 찾은 적이 있을 것이라고 생각하며 미소지었다. 또 짧고 멋진 걸음걸이로 바싹 붙어 걸으면서 그녀들에게 달콤한 말을 속삭여 가쁜 숨을 몰아쉬게 만들었을 것이라고 생각했다.

그들은 지하철역 입구에 이르렀다. 소년이 앞서가 표를 끊었다. 빠꼬는 그가 하는 대로 그냥 내버려두었다. 그러고 나서 헤어졌다. 그들은 서로 반대방향으로 갔다.

플랫폼은 오가는 사람 없이 황량했다.

빠꼬는 상점에 있으면 겨울에는 아주 따뜻하고 여름에는 아주 시원할 거라고 생각했다.

그는 플랫폼의 오른쪽 끝에 서 있었다. 기적소리가 점점 커져갔다. 빠꼬는 전동차가 진입할 때 뒤로 물러서지 않았다. 그는 전동차에 치일지도 모른다는 느낌에 사로잡히며 가장자리에서 버텼다.

2

어쨌든 그는 공장장이 나타나기 전에 기계에 기름칠을 해두어야 했다. 공장장은 청색 바지와 재킷 차림에 검은색 넥타이를 매고 있었다. 재킷의 윗주머니에서 만년필 뚜껑, 연필심, 작은 수첩의 나선형 철사 뭉치가 삐죽이 보였다. 기계에 기름칠을 하고 있을 때 맨 먼저 눈에 띄는 것은 공장장의 유색 구두였다. 구두가 눈에 들어왔을 때 비로소 그의 목소리가 들렸다. 공장장은 직공이 고개를 돌려 그의 구두를 보기 전까지는 말을 하지 않았기 때문이다. 그의 목소리는 직공의 어깨 위에 무겁게 떨어졌다.

빠꼬는 포틀랜드 씨멘트(씨멘트의 정식 명칭—옮긴이)에 무릎을 꿇었다. 한기가 온몸을 파고들었다. 비어 있는 뱃속까지 올라오는 추위였다. 저녁을 먹은 지 네 시간이 지났다. 재킷 주머니에 쌘드위치가 있었지만 기계에 기름칠을 다 한 뒤에 먹을 요량이었다. 왠지 모르겠지만, 야간조에서 일할 때는 언제나 허기를 느꼈다. 그는 쌘드위치를 먹을 것이다. 그리고 교대시간이 가까운 새벽녘이 되면 구역질을 느낄 것이다. 구역질은 뭔가를 먹은 후에라야 사라질 것이다. 빠꼬는 '밤은 사람을 허기지게 만들어'라고 생각하며 일을 계속했다. 공장장의 구두가 보였을 때 일은 마무리되고 있었다. 그는 눈을 들어 텁수룩한 턱수염까지 그의 온몸을 훑어보았다. 공장장의 안경이 흘러내려 코끝에 걸쳐져 있었다.

"이제 다 끝났습니다." 빠꼬가 말했다.

그는 대답을 듣지 못했다.

"원하신다면 같은 조원들을 도울게요." 빠꼬가 말했다.

공장장이 물었다.

"눈은 왜 그래?"

"훈련하다가 그만."

"자네 언제 다시 시합하나?"

"이주일 후에요."

"돈은 언제 벌기 시작하는데?"

"이주일 후에요. 프로 데뷔전이거든요."

"좋았어."

"마드리드가 아니라서요. 마드리드라면, 우리 복서들에게 늘 나오는 입장권을 드릴 수 있을 텐데요."

"알았네, 이 사람아. 고마워. 시합장소가 어디야?"

"발렌시아요."

"그럼 행운을 비네."

공장장은 잠시 뜸을 들였다가 말을 이었다.

"가서 조원들을 도와주게나."

"예, 공장장님."

고참조에서는 두 명의 직공이 일하고 있었다. 빠꼬는 쌘드위치를 먹으며 그들이 일하는 것을 지켜보았다. 그들 중 한명은 키가 크고 깡마른데다 피부가 누렜다. 그는 연방 콧물을 흘렸고, 연장을 잡지 않은 왼쪽 손등으로 코를 훔쳤다. 다른 직공은 중간키에 머리카락이 헝클어지고 텁수룩했다. 그는 구레나룻을 뾰족하게 기르고 있었다. 그는 동료와 이러쿵저러쿵 떠들어댔고 지시를 내리거나 노래를 부르기도 했다. 빠꼬는 쌘드위치를 다 먹고 나서 중간쯤에 기름 밴 손자국이 커다랗게 찍혀 있는, 칙칙한 색깔의 호리병을 집어들고 물을 들이켰다. 위가 꾸르륵 소리를 내며 물 한모금에 반응을 보였다. 그는 가죽이 찢어진 북소리를 내는 배를 몇차례 손바닥으로 때렸다.

"일이 어떻게 되어가요?" 빠꼬가 물었다.

키가 크고 마른데다 얼굴이 누런 직공은 일이 어떻게 되어가는지 제때 설명하지 못했다. 말을 더듬어 그의 동료가 선수를 쳤기 때문이다. 그는 그저 손으로 코를 문지를 따름이었다.

"어이 스타, 이걸 수리하려면 족히 일년은 걸릴 걸세. 자네가 와서 한번 보게나……"

빠꼬는 고참조 옆에 웅크리고 앉았다. 그를 스타라고 부른 직공은 얼굴이 담홍색 와인빛이었다.

"보다시피 우린 죽자사자 이 일에 매달렸네."

빠꼬는 쌘드위치를 먹은 뒤에 혀와 이로 쩝쩝 소리를 내며 곰곰이 생각했다. 그는 입을 비틀며 말했다.

"따니스, 오늘 내로 일을 끝낼 수 있을 거예요. 교대시간 전에 마무리하겠어요."

따니스는 상체를 일으켰다.

"어디 보세, 스타."

그가 느닷없이 소스라치게 놀랐다.

"이봐, 누가 자네 채광창에 블라인드를 설치했네. 자넨 잠자코 있었나? 우리 신용을 떨어뜨리지 말게나. 자넬 그렇게 만든 인간을 신문에 내야겠어."

빠꼬가 빙그레 웃었다.

"누군지 말해보게. 내가 스카우트하게." 따니스가 말했다. "뻬드리또도 나랑 생각이 같아. 그렇지?"

"그럼." 말더듬이 뻬드리또가 휘파람을 불며 콧소리를 냈다.

"겁쟁이예요." 빠꼬가 말했다. "심지어 글러브를 버티지도 못해요. 복싱을 할 줄 모르는 사람이 겁을 먹으면 간혹 고개를 돌리고 손으로 찌르는 수가 있거든요. 이제 막 입문한 신출내기 애송인걸요."

빠꼬는 뻬드리또에게 스패너를 달라고 했다. 따니스는 '뻬닌술라르' 담배를 피우고 있었다. 그는 퇴근할 때를 대비해서 '비손떼' 두 개비를 챙겨두었다. 한 개비는 그의 몫이었고, 다른 한 개비는 공장장을 위한 것이었다. 나갈 때 공장장이 담배를 물지 않고 정비소 입구에 앉아 있으면 건네줄 참이었다. "루이스 씨, 한대 피우실래요?" 따니스는 윗대가리들에게도 일거리를 줘야 한다고 입버릇처럼 말하곤 했다. 그의 말은 아주 설득력이 있어서 빠꼬도 분개하지 않았고, 교대조의 사람들은 전혀 개의치 않았다. 그들은 그의 말을 힐책하지 않았다.

"첫 시합에서 케이오시켜야 하네. 프로 데뷔전에서 판정승은 소용없어." 따니스가 말했다.

따니스는 창문에 기대 있었다. 동틀녘이라 그의 씰루엣이 시커멓게 윤곽을 드러내고 있었다.

"상대 이름을 아는가?" 그가 물었다.

"부스따만떼요." 빠꼬가 대답했다.

따니스는 눈을 치켜뜨고 담배연기를 내뿜으며 잠시 생각에 잠겼다.

"들어본 이름이네." 그가 말했다.

"프로선수로 시합 경험이 일곱 번 있대요." 빠꼬가 말했다. "전적은 5승 1무 1패고 가장 최근의 시합에서 졌어요. 패배를 만회하려고 하겠지요."

따니스는 코와 입으로 담배연기를 내뿜으며 옆구리를 긁적거렸다.

"경기 경험이 많지는 않군."

"그런데 형씨들은 무슨 일을 이렇게 엉터리로 했죠?" 빠꼬가 물었다.

"경험이 많지는 않아." 따니스가 거듭 말했다. "마음을 편히 먹어도 되겠어. 자네가 쌓은 경험으로 잘할 수 있을 걸세. 난 그저 잘하겠다는 거지 자네가 어떻다고 얘기하는 건 아니네."

"제대로…… 끼워…… 지지…… 않았…… 어……" 뻬드리또가 말을 더듬었다.

"전부 다시 풀어야 해요." 빠꼬가 단호하게 말했다.

"몇라운드 시합이야? 그걸 신경써야 하네. 데뷔전으로는 팔 라운드면 족한데. 가만히 앉아서 속으면 안되네. 일곱 차례의 실전 경험이 있다면 지구력이 상당할 거야. 그에 대해서 뭐 좀 아는 거라도 있나?"

"왼손잡이예요." 빠꼬가 말했다.

"너무 꽉 조―였―어." 뻬드리또가 말했다.

빠꼬와 뻬드리또는 기계를 분해하기 시작했다. 따니스는 담배를 다 피워가고 있었다.

"결과가 좋으면 다음 시합에서 대전료가 두 배로 뛸 걸세. 이번 시합에선 얼마를 받나?"

"천이요." 빠꼬가 침묵을 깨뜨리며 힘주어 말했다. "천하고 이등석 열차표 그리고 이급 호텔요."

"그래? 누가 같이 가나?"

"혼자 가요."

"좋지 않아. 그러면 안되네. 트레이너와 동행하도록 하게."

"못 가요."

"그쪽 쎄컨드는 자네한테 도움이 되지 않아."

"상관없어요."

"이제 다—됐다." 뻬드리또가 말했다.

따니스는 담배꽁초를 밟아 뭉개고는 자기 조 쪽으로 다가갔다. 창문에 새벽녘의 흐릿한 기운이 내려앉았다. 날이 밝아오고 있었다. 뻬드리또는 몸을 일으키며 따니스에게 조를 가리켰다.

"자네."

그러고 나서 그는 호주머니에서 금속통을 꺼낸 다음 뚜껑을 열었다. 그는 탁탁 쳐서 손바닥에 식소다를 던 다음 대뜸 입에 털어넣고 호리병의 물을 마셨다.

따니스가 노래를 부르기 시작했다. 뻬드리또는 창문 옆에서 슬그머니 트림을 했다. 공장장은 한 용접공 옆에 서 있었다. 취관에서 튀는 불꽃의 광채가 그의 얼굴을 푸르스름하게 물들였다. 작업하는 소리는 쉬고 있는 기계와 작동하는 기계의 순번에 따라 커지거나 작아졌다. 어느 순간, 작업 소리가 커지고 갑자기 귀가 찢어질 듯한 날카로운 소리가 터져나왔을 때 빠꼬의 귓가에 따니스의 노랫소리는 더이상 들리지 않았다. 한 선수가 머리를 두들겨맞아 이제 귀로 주먹의 힘, 상대의 헐떡거림, 자신의 호흡을 통제할 수 없을 때 소리를 질러대는 수많은 사람들. 뻬드리또는 그들에게 공장장이 다가오고 있다는 눈치를 주려고 목이 터져라 고함을 질렀다. 마침내 그들에게 손짓으로 그 사실을 알릴 수 있었지만, 그때는 이미 공장장이 그들 곁에 와 있었다.

공장장은 허리를 쭉 펴고 서서 작업을 찬찬히 살펴보고는 허리를 구부렸다. 그리고 손바닥으로 넓적다리를 짚고 따니스에게 말하기 시작했다.

빠꼬는 얼굴을 끌어당겨 부어오른 눈두덩에 손등을 대보았다. 눈두덩이 불에 덴 것처럼 아렸다. 그는 이따금씩 떨어지는 눈물을 어깨로 격하게 훔쳤다. 그는 자신에게 부상을 입힌 애송이 소년과 한판 붙게 된다면, 멋진 펀치를 두어 방 날려줄 생각이다. 큰 충격을 줄 뿐만 아니라, 일주일 동안은 힘을 줄 때마다 욱신거리고 침대에서 움직이려고 할 때마다 잠을 깨우고 잠 못 들게 하는 그런 펀치 말이다. 복싱을 잘 못하는 사람들은 체육관에서 언제나 두려움의 대상이다. 그들은 걸핏하면 무릎으로 찍고 머리와 팔뚝으로 가격하고 벨트 아래를 때리기 일쑤다.

싸이렌이 낮게 울렸다. 몇초 후에 작업실의 소음이 잦아들더니 마침내 거의 모든 기계가 작동을 멈추었다. 빠꼬는 서둘러 너트 끼우는 일을 끝냈다. 따니스는 이미 공장장과 나란히 출구 쪽으로 걸어가고 있었다. 오전반 직공들이 들어오기 시작했다. 빠꼬는 공장장이 걸음을 멈추고 따니스가 건네준 담배에 불을 붙이는 것을 보았다.

봄날의 아침공기는 무미건조했다. 아직 꼭두새벽이었다. 갈증을 풀어주지 못하는 차가운 물 한컵을 마시기가 힘든 것처럼 숨쉬기가 버거웠다. 너무 차가운 한컵의 물처럼 무미건조한 공기도 지나치게 순수한 요소였다. 빠꼬는 재킷의 깃을 올리고는, 따니스, 뻬드리또 그리고 또 다른 세 명의 동료들과 나란히 전차정류장 쪽으로 걸어갔다. 태양이 가까운 마드리드의 대기를 황금빛으로 물들이고 있었다. 공기는 그제야 운치를 띠기 시작했다. 말소리가 작업실의 소음을 삼켰다. 그들은 작업실의 소음에서 차츰 멀어져갔다.

스페인·라틴아메리카 **창비세계문학**

3

"지금 간다니까—" 빠꼬가 말했다.

침대가 삐걱거렸다. 거리에서 봄날 한낮의 환희가 들려왔다. 닫힌 덧문을 도려내는 사개(모서리를 깍지끼듯이 맞추려고 가공한 것—옮긴이)는 육질의 불그레하고 노란 볼치즈처럼 빛났다. 고작 여섯 시간밖에 자지 못했지만, 푹 쉬고 난 것처럼 몸이 개운했다. 그는 다리를 쭉 펴고 스트레칭을 했다.

부엌에서 수도꼭지 돌리는 소리가 들렸다. 그러고 나서 변기의 물 내려가는 소리. 집안일 하는 소리. 어머니가 사람을 대하듯 고양이를 나무라는 소리가 들렸다. 누군가가 그의 방문을 두드렸고, 자장가처럼 달콤한 말들이 나지막이 함께 들려왔다.

"열두시 반이야, 빠꼬 오빠……"

"알았어."

빠꼬는 누이동생이 억세게도 운이 나쁜 여자라고 생각했다. 그녀에게 예쁜 구석이라곤 오직 목소리뿐이었다. 이따금 그녀를 바라보고 있으면 슬퍼졌다. 못생긴, 아니 어쩌면 지독히도 못생긴 얼굴에 촌스러운 몸뚱이. 뱃살은 불룩하게 부풀어올랐고 엉덩이는 펑퍼짐하다 못해 거의 네모에 가까웠다…… 자기가 못생겼다는 것을 의식하는, 못생긴 여자. 자신의 추한 외모에 굴욕당한 여자. 자신의 추한 외모 때문에 절망한 여자. 그는 가난한 여자에게 예쁘다는 게 얼마나 중요한지에 대해 생각했다. 좋은 직업은 물론 심지어 성공적인 결혼에 이르기까지 여자의 삶을 향상시킬 모든 가능성은 미모에 달려 있었다. 못생기고 가난한 여자는 가난하고 힘없는 남자에 비견되었다. 빠꼬는 팔뚝의 근육을 손으로 만져보았다. 신발을 신으려고 몸을 움직일 때마다 침대가 삐걱거렸다. 그는 바지를 입고 문을 열었다. 음식냄새가 풍겨왔다. 그는 큰 소리로 말했다.

"메르세데스."

"금방 갈게, 빠꼬 오빠."

누이동생의 고분고분한 태도와 그를 대할 때의 깍듯하고 예의바른 행동거지에 그는 화가 치밀 때도 있었다.

"괜찮은 셔츠 하나만 찾아줘."

"흰 셔츠를 다려줄까?"

"아니야, 급해. 밥상은 차려져 있어?"

"응. 흰 셔츠 금방 다려줄게."

"아니야. 너무 낡지 않은 걸로 하나만 찾아줘."

"다림질하는 건 전혀 힘들지 않은데."

"됐어."

소녀는 끝내 낙담하고 말았다.

"맘대로 해."

빠꼬는 부엌 개수대에서 세수를 했다. 그는 셔츠를 입고 식사를 하기 위해 자리에 앉았다. 어머니는 그를 바라보며 가볍게 고개를 저었다.

"왜 그러세요?" 빠꼬가 말했다.

"왜 그러는지 이미 알고 있잖니, 빠꼬."

빠꼬는 어두운 보랏빛을 띤, 부어오른 눈두덩을 만졌다.

"이거요? 에이! ……아무것도 아니에요."

어머니는 계속해서 고개를 가로저었다.

"일하는 동안에 이런 일, 아니 이보다 더 심한 일도 얼마든지 일어날 수 있는걸요." 빠꼬가 입에 음식을 잔뜩 물고 말했다.

어머니의 눈빛은 지친 기색이 완연해 다정함과는 거리가 멀었다. 이미 절망이나 노여움도, 혹은 무언가를 이루겠다는 욕망도 찾아볼 수 없는, 얼빠지고 생기없는 눈빛이었다. 어머니는 크라프트지 색깔처럼 지저분한 금발에 가르마를 하고 있었다. 어머니의 손은 숨구멍에까지도 더러운 때가 잔뜩 끼어 있어 손을 씻어도 닦이지 않을 정도였다. 네 사람 몫의 빨래를 하고, 바닥을 닦고, 요리하고, 석탄을 들어올리고, 시간이 남으면 아는 집에서 식모로 일하는 여자의 불결함이었다. 손가락 마디와 끝, 그리고 손바닥과 손목의 불결함. 문신처럼 지워지지 않는 불결함.

"저녁은 몇시에 먹을 거야?" 옆에 앉아서 그가 식사하는 것을 보고 있던 여동생이 물었다.

"늘 먹던 시간에."

어머니는 꿰매고 해지고 다시 꿰매기를 반복해 너덜너덜해진 검은색 옷 위에 두른 앞치마를 훔치며 의자에 앉았다. 어머니는 꼭 손님처럼 의자의 끄트머리에 자리를 잡았다.

"네 아버지가 모데스또 주점으로 오라고 하셨다. 거기서 여덟시 반에 널 기다리고 계시겠단다." 어머니가 말했다.

"알았어요."

어머니는 부뚜막의 음식을 살펴보기 위해 일어섰다. 보통 빠꼬가 먼저 식사를 하고, 그뒤에 모녀가 차분하게 대화를 나누며 천천히 식사를 했다. 빠꼬가 식사를 끝냈다.

"가볼게요." 그가 말했다.

"여덟시 반에 아버지가 기다리신다." 어머니가 거듭 말했다.

"까먹지 않고 갈게요."

동생이 문간까지 그를 따라나왔다.

"잘 갔다와, 오빠." 그녀가 말했다.

"밤에 보자." 빠꼬가 작별인사를 했다.

동생은 계단에서 빠꼬의 발소리가 들리지 않을 때까지 잠시 문을 열어놓고 있었다. 어머니는 부엌에서 계속 요리를 하고 있었다.

현관에서 거리까지는 한걸음이었다. 그 한걸음은 더러움에서 기쁨으로 나가는 길이었다.

"안녕! 빠꼬, 언제 싸워?" 과일가게 소녀가 말했다.

"보름 뒤에." 그가 추파를 던졌다. "넌 하루가 다르게…… 이봐, 무슨 얘긴지 알지……"

소녀는 엉덩이를 쑥 내밀었다.

"여기 말이야?" 그녀가 물었다.

"아니…… 언젠가 춤추는 데 데려갈게."

"어디서 싸워?"

"발렌시아에서…… 그리고 춤을 춘 뒤에는 그란비아(마드리드 구시가지의 중심가—옮긴이)의 영화관에 데려갈게. 네가 원하면 춤을 추기 전이라도 좋아."

"발렌시아에 가고 싶은 마음이 굴뚝같다, 자기야."

"보름 뒤에 갈 수 있잖아. 네가 원한다면……"

"말도 안되는 소리 하지 마, 빠꼬……"

"농담 아니야."

"좋아, 그런데…… 엉뚱한 소릴 잘도 하는구나!"

빠꼬가 웃었다.

"널 데려갈게."

소녀는 짐짓 화를 내는 척했다. 그녀는 정절을 빼앗긴 여자의 범접할 수 없는 오만한 표정을 지었다.

"농담 아니지, 빠꼬? 누구랑 싸워?"

"누구랑 싸우든 무슨 상관이야? ……널 데려갈게."

"이제 그만, 빠꼬……" 그녀는 뜸을 들였다. "네가 이겨서 챔피언이 되었으면 좋겠다."

과일가게 안에서 걸걸한 목소리가 들려왔다.

"후아나, 잡담만 하지 말고 일 좀 해라."

"내 말대로 할래?" 빠꼬가 물었다.

"후아나, 게으름뱅이야."

"날 부르셔." 소녀가 말했다.

"기다려."

"안돼. 오늘은 주인이 장난이 아니야……" 그녀가 귀엽게 머리를 갸우뚱하며 하늘을 쳐다보았다.

"후아나!"

소녀는 몸을 돌리며 어깨를 움츠렸다.

"그게 아니라……"

그는 그녀가 싱싱한 채소와 과일 사이를 지나 가게 안쪽으로 사라지는 것을 보았다. 사라지기 전에 그녀는 일부러 넘어질 듯한 시늉을 하며 고개를 돌려 작별의 손짓을 보냈다. 빠꼬는 휘파람을 불며 걷기 시작했다.

열기가 후끈 달아올랐다. 아스팔트는 숨이 막힐 듯한 뜨거운 입김을 내뿜고 있었다. 빠꼬는 어깨에 걸치고 있던 재킷을 내려 팔에 걸쳤다.

"안녕, 빠끼또(빠꼬의 축소사로 애칭—옮긴이)."

그는 길모퉁이의 작은 노점에서 허드렛물건과 군것질거리, 담배 따위를 파는 노파에게 미소지었다. 두 아이가 음료수 병뚜껑을 가지고 하던 놀이를 멈추고 자기들끼리 수군거렸다. 신문팔이가 손을 번쩍 들어 인사했다.

자전거에서 내리지 않은 채 쉬고 있던 싸이클선수 주위에 거리의 구경꾼들이 빙 둘러섰다. 근육질의 남자들이 바에서 으레 그러듯이 그는 한발로는 땅바닥을 짚고 다른 쪽 다리의 허벅지는 차체의 봉에 올려놓고 있었다. 소매를 걷어붙인 흰색 재킷 차림에 검은 줄무늬가 있는 녹색 앞치마를 두르고 나무와 가죽으로 만든 나막신을 신은 생선가게 아들은 『마르까』지(스페인의 대표적인 스포츠신문—옮긴이)에 따라 살았고, 신문에 대한 맹목적인 믿음을 물려받았다. 깃 없는 와이셔츠 차림에 모자를 쓰지 않고 제복의 재킷을 풀어헤친 전차 승무원은, 근처의 부지에서 폭동을 일으켜 총살당한 19세기 군인처럼 보였다. 수금원은 신문을 신뢰하지 않았다. 지역1부팀에 대한 좋은 추억을 가지고 있는 부랑자는 뛰어난 유소년 선수들과 함께 축구를 시작했고, 부상만 당하지 않았다면…… 싸이클선수용 신발을 신은 전기기사는 훌리안 베렌데로(당시의 유명한 싸이클선수—옮긴이)와 레게이로 형제(축구선수인 루이스 레게이로와 뻬드로 레게이로—옮긴이), 후아니또 마르띤(복싱선수—옮긴이) 그리고 앙헬리요(작곡가 겸 가수—옮긴이)의 열렬한 팬이었는데, 무엇보다 자신을 마드리드 사람이라 생각했고 오직 지나간 시간의 가치만 믿었다.

빠꼬는 모여 있는 사람들 쪽으로 다가갔다…… 싸이클선수는 작별인사를 하고는 페달을 밟고 서서 프로답게 멋진 폼으로 속력을 냈다.

"어이 빠꼬, 웬일이야?" 전차 승무원이 손바닥으로 그의 등을 세게 쳤다. 그런 극적인 애정표시는 빠꼬를 당혹스럽게 했다.

"훈련 많이 하나?" 전기기사가 물었다.

"예, 그럭저럭……" 빠꼬가 말했다.

"와, 그 부스따만떼라는 작자는 레프트가 속사포 같아." 생선가게 아들이 말했다.

"열심히 훈련한다면 틀림없이 자네가 그자를 갖고 놀 수 있을 거야." 전기기사가 말했다. "물론 복싱은 많은 훈련을 필요로 하는 운동이니까 말이야. 일류 복서들은 바로 훈련의 결실이잖아."

"그럼 바스끄 사람들은 뭐지?" 부랑자가 물었다.

"바스끄 사람들도." 전기기사가 말했다.

"또 까딸루냐 사람들은 바지저고린가?" 전차 승무원이 물었다.

"내가 얘기하지."

"좋아, 지금 쥐뿔도 아니라고 말하려는 거겠지."

"테크닉이 뛰어나지. 하지만 이곳 출신들에는 못 미쳐. 그렇지 않나, 빠꼬?"

"까딸루냐는 아주 훌륭한 복서들을 많이 배출했어." 빠꼬가 말했다. "가령, 로메로(스페인 챔피언이었던 루이스 로메로를 말함—옮긴이)를 생각해 봐."

"완벽한 챔피언이자 모든 것을 다 갖춘 로메로를 루이스와 비교하려는 건가?" 전기기사가 물었다. "이봐, 빠꼬…… 로메로! 용기, 바로 그거야."

"용기만으로 챔피언이 될 수는 없어." 생선가게 아들이 말했다. "그걸 알아야 해…… 빠꼬, 그래 안 그래?"

빠꼬는 희미하게 고개를 끄덕였다. 전기기사가 대화를 가로막으며 초대를 했다.

"내가 한잔 사지."

그들은 초대에 응했다. 그들은 근처의 바에 들어갔다.

"백포도주 네 잔요." 전기기사가 말했다. "빠꼬, 자넨 안 마실 거지, 응?"

"한잔하지 뭐." 빠꼬가 말했다.

4

아버지가 두 순배의 포도주 값을 지불했다. 친구들은 문가에서 그를 배웅했다.

"행운을 빌어!"

"힘내. 넌 해낼 거야!"

아버지는 아들 옆에서 득의양양하게 거리를 활보했다.

"할부로 사면 라디오 한대에 얼마나 하죠?" 빠꼬가 물었다.

"잘 모르겠지만, 한번 알아보마." 아버지가 말했다.

아버지는 길 한복판에서 잡담을 나누고 있는 두 남자에게 인사를 건넸다.

"어디 가는가?" 그들이 물었다.

"여기, 아들놈하고."

그는 멀어져가면서도 대화를 계속했다.

"언제 싸우나?"

"보름 뒤에 발렌시아에서."

빠꼬는 머리를 숙였다. 아버지는 우쭐해서 거리를 활보했다.

"이기길 바라네."

"고맙네, 빠울리노."

"돈 많이 벌어오길 바랄게."

"필요한 건 바로 그거라네, 안드레스."

빠꼬는 아버지와 함께 다닐 때면 구경거리가 되는 기분이 들어 부끄러웠다.

"『마르까』지에 너에 관한 기사가 났는지 봤니?" 아버지가 물었다.

"아니요, 저에 관한 기사가 왜 나겠어요?"

"네가 시합을 할 거니까…… 왜냐니!"

"아직은 너무 일러요. 시합 이틀 전에나 나올 거예요."

"그 기사를 오늘 내보낼 수도 있지."

아버지는 신문 가판대에서 스포츠신문을 산 다음 걸음을 멈추고 가로등 불빛 아래서 한장 한장 넘겨보았다. 빠꼬에 대한 기사는 없었지만 아버지는 기대를 꺾지 않았다.

"나중에 집에 가서 찬찬히 훑어봐야겠다." 그가 말했다.

"저 가볼게요." 빠꼬가 말했다.

"그래, 좋을 대로 하렴."

"엄마한테는 삼십 분 안에 집에 도착한다고 전해주세요."

"어디로 가니?"

"광장까지 올라가요."

그들은 발걸음을 멈췄다. 아버지는 짓궂게 미소지었다.

"조심해라, 빠꼬. 알았니? 아주 조심해."

그는 무안함을 억누를 수 없었다. 그들은 서둘러 헤어졌다.

"이따 보자."

그는 몇걸음 걸어가다가 돌아서서 아버지를 보았다. 아버지는 불안하게 걷고 있었다. 전쟁중에 시우닷 우니베르시따리아(스페인의 대학도시—옮긴이)의 참호에서 연발탄 파편에 둔부를 부상당했다. 아버지는 그만큼이나 키가 작았다. 분명 플라이급이었을 것이다. 아니 노인들은 무게가 더 나가니 어쩌면 한 체급 높을지도 모른다고 생각했다. 빠꼬는 광장 쪽으로 올라갔다.

빠꼬는 아버지가 시합에 오지 않았으면 싶었지만 언제나 왔다. 그는 관중석의 두번째나 첫번째 줄에 앉았다. 먼저 옆자리의 사람에게 세번째가 좋은 시합이라고 말을 걸었다. 만일 옆사람이 대화에 호응을 해오면, 세번째 시합에서 그의 아들인 '영 산체스'가 이길 거라고 말하곤 했다.

그는 시합중에 고함을 질러댔다. 간혹은 링으로 다가가 조언을 하기까지 해서, 쎄컨드가 그에게 물러나라고 격하게 항의해야 했다. 깜뽀 델 가스(론다 데 똘레도와 빠세오 데 라스 아까시아스 사이에 위치한 마드리드의 경기장—옮긴이)에서 싸울 때는 무장경찰과 실랑이를 벌이기도 했는데, 그는 시합을 하고 있는 선수가 자기 아들이라고 소리를 질렀다. 관중들이 야유를 보냈다. 시합이 끝나자 그는 통로를 점거하고 있던 사람들을 헤치고 아들을 안아서 끌어낸 다음 탈의실까지 동행했다. 그는 샤워장까지 따라들어가서 시합에 대해 얘기했다. 그냥 내버려두었다면 몸에 비누질까지 해주었을 것이다. 아버지는 아들의 몸을 온전히 자기 몸으로 생각했던 것이다. 동네에서는 상황이 더 심각했다. 사람들이 듣다 지쳐 반감을 품고 자리를 뜰 때까지 침이 마르도록 칭찬을 늘어놓았다.

그는 아버지와 헤어지자 해방감과 함께 한가닥 슬픔을 느꼈다. 희망, 그리고 언제나 아버지의 가슴 주위를 맴돌던 불명확한 무언가의 실마리가 느껴졌다. 대접받고 싶은 욕망, 명예욕, 주목받고 싶은 마음. 그는 아버지가 늘어놓는 천박한 전쟁이야기를 수없이 들었다. 그의 아버지는 대수롭지 않은 것처럼 말했지만, 이런 식으로 얘기함으로써 마치 중요한 일인 듯한 인상을 주었다. 그는 아버지에게 동료들과 친구들, 주변사람들의 무관심에서 비롯된 고뇌가 잠재되어 있다는 것을 충분히 납득했다. 이제 아버지는 앙갚음을 하고 있었다.

그는 광장에 도착했다. 까페의 형광등 불빛이 손님들의 얼굴을 창백하게 물들였다. 손님들은 잡담을 나누거나 도미노놀이를 했다. 또 축음기의 낡은 레코드판에서 흘러나오는 노래를 흥얼거리는 사람들도 있었다. 일 뻬세따짜리 동전을 넣을 때마다 안또니오 몰리나, 롤라, 뻬리따 뻬끼네사의 목소리가 흘러나왔다. 카운터의 젊은이는 쉴새없이 몸을 움직이며 시시껄렁한 얘기를 끝없이 늘어놓았다. 술잔을 기울이는 사람들은 거의 없었다. 한 신사가 신문을 읽고 있었는데, 기사 중간중간에 작은 새처럼 베르무트를 홀짝거렸다. 한 노파는 지저분한 바닥에서 병뚜껑을 줍느라 정신이 없는 아이를 데리고 소다수를 마시며 목을 축이고 있었다.

"소다수는 뚜껑이 없수?" 노파가 물었다.

신문을 읽고 있던 신사가 어이없다는 듯이 그녀를 쳐다보았다.

"없어요, 할머니. 소다수 뚜껑은 다치기 쉬워서……" 카운터를 지키던 사람이 말했다.

빠꼬는 까페의 깊숙한 안쪽까지, 축음기와 화장실 통로의 문이 있는 곳까지 들어갔다가 돌아나왔다.

"빠꼬, 맥주?"

"작은 걸로…… 걔들은 안 왔어?"

"여긴 아무도 안 왔어. 엘 차빠스나 라 베넨시아에 갔을걸."

빠꼬는 휘파람을 불며 카운터 앞을 서성였다. 그는 일부러 눈에 띄게 행동했고, 무언가에 마음을 빼앗겼거나 한눈을 파는 사람처럼 광장을 주시하고 있었다.

"일요일에 나온 페더급 선수 봤어?"

빠꼬는 맥주잔을 잡으려고 가까이 다가갔다. 그의 대답은 아리송했다.

"주먹이 꽤 세지, 응?"

빠꼬는 카운터를 등지고 거리를 바라보았다.

"그 청년은 복싱할 줄 알아."

빠꼬는 돌아서서 카운터 테이블에 두 팔을 올려놓고 머리를 숙였다. 그는 입맛을 다시며 딴생각에 잠겼다.

"라이트로, 그리고 레프트로."

빠꼬는 절반쯤 남은 잔을 바라보았다. 남은 맥주를 들이켠 뒤 또 한 잔을 청했다.

"그를 잘 키우면 챔피언이 탄생하는 거야. 그렇게 보지 않나?"

빠꼬는 어깨를 움츠렸다. 그들은 카운터의 대리석에 동전을 굴리며 소리를 냈다.

"글쎄⋯⋯?"

그리고 이의에 대응하기 전에 그가 못을 박았다.

"그 청년은 훌륭한 복서니까 많은 경기에서 승리할 거야. 자기 체급에서⋯⋯"

그는 때로는 겁을 주고, 때로는 위협하면서 기쁨을 느끼는 부류였다. 겁을 주기 위해, 자존심을 건드리기 위해, 또 일부러 자신없고 무기력한 부분을 건드려 화를 부추기기 위해 칭찬하는 배배 꼬인 사람들의 부류에 속했다.

그가 고개를 뒤쪽으로 돌리자 이마 위로 머리카락이 쏟아져내렸다. 그는 카운터의 소년이 얘기한 페더급 선수를 생각했다. 좋은 출발, 그리고 두 번의 시합에서 거둔 산뜻한 승리. 그러나 결코 아마추어 수준을 벗어나지 않고도 프로세계의 생리를 알고 있는 고참선수들을 버틸 수 있을까? 그는 고참 복서와의 첫 시합, 가격할 때 전혀 동요하지 않던 그의 얼굴, 그리고 링 코너에서 안절부절못하던 그의 모습을 기억하고 있었다. 고참 복서들은 그의 매서운 펀치를 얻어맞는 희생을 통해 가르친다. 시합이 끝났을 때 그는 팔뚝이 아팠다. 집에 도착하자 이번에는 목이 뻐근하고 머리가 지끈거렸다. 그는 결국 시합에서 이겼지만, 마지막 순간까지 자신이 승리할지, 아니면 패배할지 알 수 없었다. 왜냐하면 고참 복서들은 한순간에 무너지지만 시합중에 상대선수의 기를 살려줄 나약함이나 피로의 기색을 전혀 드러내지 않기 때문이다.

"체육관에 안 갔어?" 카운터의 젊은이가 물었다.

"아니."

"몸은 준비됐어?"

"그럼!"

"발렌시아 선수는 아주 노련한 복서야."

"맞아."

"발렌시아 복서들은 빈틈이 없고 잘 버티지. 형씨처럼 테크닉은 없고 펀치만 휘두르는 복서는……"

"이봐." 빠꼬가 말했다. "친구들이 여기에 들르면, 내가 집에 갔다가 저녁 먹고 나올 거라고 말해."

"여기로?"

"그래, 여기로. 아홉시 십오분쯤에."

"오늘은 일 안해?"

"응."

"일 안해서 좋겠다……"

카운터의 소년은 부럽다는 듯이 입술을 찌푸렸다.

그는 광장에서 잠시 머뭇거렸다. 저녁을 먹으러 가기에는 아직 이른 시간이었다. 그렇다고 아또차까지 올라가기에는 이미 좀 늦었다. 광장은 어두운 개활지(開豁地)와 불빛이 밝은 주변지역으로 나뉘어 있었다. 집들 옆에 버스들이 정차해 있었다. 달이 하늘에 낮게 걸려 있었다. 달은 마치 광장처럼 절반은 밝고 나머지 절반은 어두웠지만, 달의 둘레는 푸른색을 띤 원주로 선명하게 도드라졌다. 광장을 제한하지 않고 세상으로 확장하는 개활지의 하늘 위로 달이 떠오르고 있었다.

그는 천천히 집 쪽으로 내려갔다. 그는 카운터의 소년을 생각하며 걸었다. "오늘 넌 훌륭했어…… 그런데 그를 맘껏 요리할 수 있을 때 왜 레프트를 뻗지 않았어? 넌 이 라운드에서 그를 쓰러뜨릴 수 있었어. 무슨 일 있었어? 넌 힘이 달리는 기색이었어. 상대의 펀치에 충격을 받은 게 분명했어. 난 네가 기권할 거라고 생각했는데……"

카운터의 소년은 결국 선술집을 하나 갖게 될 것이고, 그곳에서 한때 챔피언을 알고 지냈다고 우쭐댈 것이다. "영 산체스? 우린 둘도 없는 친구 사이였어. 걘 정말 훌륭한 복서야…… 그 친구는……"그때쯤이면 그는 카운터의 소년과 그의 선술집, 그리고 그 거리에서 아주 멀리 떨어져 있을 것이다. 그는 그저 가끔씩 방문차 그 거리로 돌아갈 것이다. 그때는……

"잘 가, 빠꼬!"사람들이 그에게 말했다.

5

"잘 가, 빠꼬!"사람들이 그에게 말했다.

그는 서둘러 걷고 있었다. 그는 손짓으로 인사했다. 햇살에 아까시가 반짝이고 있었다. 새로운 거리의 뒤쪽 파싸드(건물의 정면—옮긴이) 때문에 범위가 제한된 아침이 광장의 개활지를 방금 깨끗하게 씻어낸 것 같았다. 그는 버스가 오기를 기다렸다. 버스가 도착하자, 그는 휴일의 소풍처럼 유쾌한 여행을 떠나는 기분이었다. 버스는 광장을 한바퀴 돌아 어느 거리로 접어들어 도시를 향해 달렸다. 차창으로 시원한 바람이 들어와 그의 머릿단을 마구 헝클어뜨렸다. 이마에서 벌레가 경주라도 하는 느낌이었다. 반쯤 감긴 눈꺼풀과 조금 전에 면도를 한 얼굴, 아주 여러 번 사용한 면도날 때문에 벌겋게 부어오른 살갗에 바람이 스쳤다.

그는 작은 사무실의 응접실에서 기다려야 했다. 커다란 창문에 커튼이 드리워져 있어 응접실은 어두컴컴했다. 대기실의 냉랭한 분위기와 함께 적대적인 거리에서 멀리 떨어져 있다는 사실이 그를 불안하게 했다. 조바심나는 기다림이었다. 그는 기분좋게 도착했지만 이젠 쓸쓸함이 온몸을 휘감았다. 그는 신화의 한장면을 재현한 조각품에 눈길을 주었다…… 두 개의 팔걸이의자와 갈색 가죽소파 하나. 왠지 모르게 적대적인 분위기를 조성하는 두 개의 팔걸이의자와 소파 하나. 그리고 잡지 한권 없는 키작은 탁자. 두툼한 양탄자. 위협하듯 천장에 걸려 있는 전등. 응접실은 안전과는 거리가 먼 섬 같았다. 그는 자리를 뜨고 싶은 생각이 간절했다.

문이 열렸다.

"이리 오시게." 그에게 말했다.

그는 응접실을 나와 복도를 통해 방 쪽으로 걸어갔다.

"들어오게나." 그에게 말했다.

그는 머뭇거리며 들어갔다. 안쪽에서 그를 부르는 부드러운 목소리가 들려왔다.

"들어오시게나, 젊은이. 들어와요!"

창가의 팔걸이의자에서 한 젊은 사내가 담배를 피우고 있었다. 향수 냄새가 풍겼다. 필터담배와 화장수, 좋은 비누로 씻은 손과 새옷, 깨끗한 셔츠냄새가 뒤섞여 있었다…… 그는 놀란 짐승새끼처럼 코를 벌름거리며 냄새를 맡았다. 사내의 목소리에 그의 근육이 뻣뻣하게 굳었다. 그는 쭈뼛거리며 자리에 앉았다.

"앉게나, 젊은이. 앉아요!"

그는 팔걸이의자에 앉았고, 체중 때문에 의자가 푹 꺼졌다. 사내가 질문을 던졌을 때, 그는 대답하기가 곤란해 엉거주춤 상체를 일으키는 동작을 취했다.

"시합은 몇번이나 했나, 몇번?"

그는 잘 기억나지 않는다는 듯이 대답하기 전에 말을 더듬었다. 그는 지금까지 치른 시합의 횟수를 말했다. 사내는 그를 별로 안중에 두지 않고 혼잣말을 하듯 설명하기 시작했다.

"이미 아는지 모르겠네만, 알아두는 게 좋을 듯하네. 나로서는 들어가는 경비 말고는 이익이 남지 않는 일이네. 난 그저 싹수가 보이는 선수들을 돕는 게 즐거울 따름이네. 내 말이 이해되는지 모르겠네. 사실……"

그는 트레이너가 왜 그 남자를 찾아가보라고 했는지 도무지 이해가 되지 않았다. 그의 면전에서 담배를 피우며 얘기하고 있는 그자는 복싱과는 전혀 무관한 사람이었다. 트레이너는 "널 도와줄 거야"라고 그에게 말했다. 그래서 그는 도움을 받기 위해 찾아갔다. 사내가 계속해서 말했다.

"……발렌시아에서 돌아오면 날 찾아오게, 젊은이……"

그는 황급히 몸을 일으켜 팔걸이의자에서 힘없이 내민 손을 꽉 움켜잡았다. 그는 종종걸음으로 문 쪽으로 걸어갔다. 결이 촘촘한 나무로 만든 문이었다…… 그들은 복도로 나갔다.

거리로 나온 그는 해방감을 느꼈다. 놓여났다는 느낌과 함께 얼떨떨한 기분이었다. 이상한 사람이었다. 트레이너도 이상하기는 마찬가지였다. 도움을 준다고? 그런데 왜 도와주지? 그는 복싱에는 관심이 없고 복서들에게서 어떤 이익도 챙기지 않는다고 했다. 그저 돕는 게 즐거워서 도와준다고 했다. 트레이너는 그에게 말했다. "그는 돈이 많아서 그냥 써버리는 거야. 그는 피가 튀기는 격정적인 것들을 좋아해. 닭싸움, 복싱 같은 거 말이야. 그가 도움을 준다는 건 사실이야."

면담 때문에 그는 기분이 씁쓸해졌다.

정오의 태양으로 인해 광장 개활지의 색깔이 칙칙해졌다. 정오의 태양은 무성한 아까시 잎사귀에 무겁게 내려앉았다. 집으로 향한 거리는 눈부시게 쏟아지는 햇빛의 터널이었다.

"집으로 가는 거야?" 누군가가 그의 어깨에 팔을 두르며 물었다.

"안녕, 루이스!"

그는 어깨에 두른 팔이 후텁지근해 뿌리치려는 동작을 취했다. 그는 새옷을 차려입었고 면담을 위해 넥타이까지 맸다. 그는 재킷을 벗지 못하고 있었다.

"곧 떠나지, 그렇지?"

"응."

"이겨야 해. 시합이 끝나면 모든 게 잘 됐는지 전보를 쳐줘. 라 베넨시아로 보내, 빠꼬."

"알았어, 이 친구야."

"이미 알고 있겠지만, 여기 동네에서는 모두들 네가 승리할 것으로 생각하고 있어."

"상대 역시 주먹이 있어. 그저 얻어터지려고 출전한다고는 생각하지 마."

"상대에게 펀치를 먹여. 케이오로 때려눕히면 더 좋고. 프로 데뷔전에서 상대를 쓰러뜨린다고 생각해봐. 평소 실력만 제대로 발휘하면, 틀림없이⋯⋯"

"상대 역시 주먹이 있다니까."

그의 팬이 사는 집 가까이 왔을 때 그들은 헤어졌다.

"빠꼬, 네가 알다시피 모두들 너를 믿고 또 널 우러러보고 있어."

그는 사람들이 자기를 우러러본다는 게 기뻤다. 그러나 꼭 승리해야 한다는 책임을 지우는 건 부담스러웠다. 그는 싸우러 갈 것이다. 그러나 상대도 맞고만 있지는 않을 것이다. 상대는 경험이 더 풍부한 뛰어난 복서였다.

그는 천천히 집의 층계를 올라갔다.

"오는 소리를 못 들었어, 오빠." 문을 열어주러 나온 동생이 말했다.

빠꼬는 재킷을 벗고 넥타이를 풀었다.

"언제나 노래를 흥얼거리며 뛰어올라오니까 오빠라는 걸 쉽게 알아챌 수 있는데, 오늘은……"

"피곤해." 빠꼬가 말했다.

"아버지는 일하러 나가셨고 어머니는 등이 결려서 몸져누우셨어." 동생이 일러주었다. "아버지께서 일터에서 돌아올 때까지 떠나지 말라고 하셨어. 밥 차려줄까?"

"응."

"무슨 일 있지, 오빠?"

"아니, 아무 일도."

"오빠한테 무슨 일이 있어, 말해봐."

"나한테 무슨 일이 있겠어!" 그가 무뚝뚝하게 말했다.

그의 동생은 식탁을 차리느라 여념이 없었다. 빠꼬는 집냄새를 깊이 들이마셨다. 냄새는 하나였지만 냄새를 만들어내는 것들은 식별이 되었다. 음식냄새, 석탄냄새, 세제로 문질러 닦은 식탁냄새, 축축하게 젖은 걸레냄새…… 그를 기다리게 한 응접실에서는 오직 새것 냄새만 났다. 새것 냄새와 값비싼 냄새는 적대적이었다. 오전에 방문했던 일을 떠올리며 그는 갑자기 더럽다는 생각이 들었다. 깨끗하고 값비싼 새것의 더러움.

"엄마한테 가봐." 동생이 일렀다.

빠꼬는 자리에서 일어나 복도로 나갔다. 그는 부모님 방의 문을 열었다.

"어머니!" 그가 말했다.

"무슨 일이니, 얘야?"

어스름 속에서 어머니 얼굴이 제대로 보이지 않았다.

"메르세데스가 편찮으시다고 하던데요."

"아무것도 아니야. 피로해서 그런다."

"의사한테 연락할까요?"

"아니다, 괜찮아질 거야. 실은 심하게 지쳤을 뿐이다."

"의사한테 연락해서 진찰을 받으셔야 해요."

"아니다, 얘야."

어머니와 아들은 침묵을 지켰다. 어머니는 부부침대에 실신한 사람처럼 누워 있었다. 하얀 베개와 희뿌연 얼굴. 아프리카 수염새(스페인 및 북아프리카에서 나는 풀로 밧줄, 바구니, 구두, 종이 등의 원료—옮긴이) 다발 같은 머리카락.

"가서 밥 먹어라."

"밥 먹고서 엄마 곁에 있을게요."

"그래. 걱정 마라. 아무것도 아니다."

"진지는 드셨어요?"

"아니."

"뭐 좀 드시지그래요?"

"아니다, 걱정 말고 어서 가봐라."

빠꼬는 살며시 문을 닫았다. 부엌으로 가서 동생에게 물었다.

"감기에 걸리셨어?"

"오늘 아침에 빨래를 하고 계시더라고."

"의사한테 알려야 할까봐. 아버지는 뭐라고 하셔?"

"엄마가 알리지 말라고 하셔서……!"

"어머닌 원치 않으셔. 늘 그러시잖아!" 빠꼬가 성을 내며 말했다. "그러니 원치 않으셔도 알려야지."

동생은 식탁 위 철제그물받침에 냄비를 올려놓았다.

"어서 먹어!" 그녀가 말했다.

빠꼬는 그녀가 식탁을 차리도록 잠자코 있었다. 그는 숟가락을 집어들고 말없이 음식을 떠먹기 시작했다.

"무슨 생각을 하고 있어?" 동생이 물었다.

빠꼬는 대답하지 않았다.

6

오후에는 후텁지근하고 궂은 날씨였다. 들판에서 곡식 향기가 풍겨왔다. 하수도냄새가 났다. 기관차의 증기냄새가 났다. 길을 어슬렁거리는 사람들은 약간의 땀냄새를 풍겼다. 또 식료품창고처럼 어둠침침하고 희게 색칠된 옷장 어딘가에서 무미건조한 석회냄새를 먹은 옷냄새가 났다. 나들이옷 차림으로 도시에 올라온 농사꾼냄새가 났다.

걸음을 내디딜 때마다 새로움이 펼쳐졌다. 병원냄새가 났다. 아니, 병원냄새는 나지 않았지만, 빠꼬는 조제실냄새와 사람냄새가 뒤섞인 병원 복도를 걷고 있는 듯한 느낌이었다. 자신의 병과 병문안할 친척이나 친구의 병에 대해 한탄하며 두런거리는 소리가 뒤섞인 사람냄새. 그는 귀에 와닿는 대화의 편린에서 환자와 문병객 들의 한탄, 단조로운 말을 감지했다고 생각했다.

시계는 네시 반을 가리키고 있었고, 그는 아또차 거리를 걷고 있었다.

삐걱거리는 전차소리 위로 요란한 천둥소리가 내리쳤다. 폭풍우가 오기 전에 거리를 덮고 있던, 밤나방의 날개 가루처럼 가는 먼지 위로 빗방울이 듣기 시작했다. 빠꼬는 잰걸음으로 서둘러 안똔 마르띤(아또차 거리가 가로지르는 마드리드 중앙광장—옮긴이) 방면으로 걸어갔다. 그는 눈을 들어 거대한 멍처럼 시커먼 진보랏빛 하늘을 올려다보았다. 처음에는 빗방울이 부슬부슬 내렸다. 나중에는 아스팔트와 지붕, 낡은 집들의 채광창에 부딪치며 부드럽게 타닥타닥 소리를 냈다.

더이상 비는 내리지 않았다. 구름은 꼼짝 않고 도시 위에 머무르며 도시를 감추었고, 여기저기 흩어진 도시를 한데 그러모았으며, 단단하고 살이 많은 검붉은 무릎으로 도시의 경계를 정했다. 걷는 게 힘들어지고 있었다. 호주머니에 찔러넣은 손은 무거웠고 재킷 때문에 겨드랑이가 아파왔다. 축축한 냄새가 거리를 가득 채웠다. 불결한 땀의 느낌에 그는 불쾌해졌다.

빠꼬는 그가 시합을 했던 남부 어느 마을의 여인숙 빈대들을 생각했다. 뜨거운 폭풍이 몰아치고 신경이 곤두서던 밤이었다. 그는 그에게 일어날 수 있는 세상에서 가장 끔찍한 일은 고독을 머금은 황폐한 남부의 여인숙에서 병에 걸리는 것이라고 생각했다. 그는 죽음이 가까워진 것이 두려웠지만 온갖 슬픔과 타인들이 우글대는 병원이 더 좋았다.

그는 바에 들어갔다. 카운터 앞을 지나쳐 안쪽으로 들어갔다. 카운터의 소년이 그에게 인사했다.

"안녕, 영(Young)."

카운터 선반에는 글래머 모델들과 유명한 캐리커처 사진 옆으로 복서들의 사진이 죽 진열되어 있었다. 인사하고 있는 복서들, 방어자세를 취한 복서들, 글러브를 낀 복서들, 글러브를 벗은 복서들, 밴드를 감고 있는 복서들. 헌사들. "나의 각별한 친구 마리아노 마르띠네스에게"라는 헌사와 갈겨쓴 서명. "열렬한 복싱팬 마리아노에게, 친구가"라는 헌사와 서투른 서명. "일생일대의 격전을 치른 뒤에 마리아노에게"라는 헌사와 선명한 서명. "케이오로 까스띠야 페더급 챔피언벨트를 거머쥔 날, 나의 숭배자 마리아노 마르띠네스에게"라는 헌사와 아주 큼지막한 서명. 다양한 체급의 몇몇 스페인 챔피언들의 사진에는 서명만 적혀 있었다.

"어이, 영."

복서들은 골수팬들인 몇몇 부랑자들에 둘러싸여 카드놀이를 하고 있었다.

"어이, 젊은이." 전 챔피언이 말했다.

부랑자들은 복서 영 산체스에게 자리를 만들어주었다.

"감자를 먹어야 해." 전 챔피언이 말했다.

부랑자들이 웃었다.

"알았어, 젊은 친구?" 전 챔피언이 물었다.

"네……" 영 산체스가 건성으로 대답했다.

"감자를 먹어야 하네." 전 챔피언은 이렇게 말하고 나서 나오는 대로 함부로 지껄였다. "그러지 않으면 복부가 견디지 못한다구……"

부랑자들 중 한명이 손바닥으로 전 챔피언의 등을 툭툭 쳤고, 그는 화가 나서 고개를 돌렸다.

"어이, 이봐. 난 갈보가 아니야!"

"할 거야, 안할 거야?" 카드놀이를 하던 사람들 중 한사람이 물었다.

"진정해." 전 챔피언이 말했다. "죽여주는 카드가 몇장 있는데 그걸로 널 끝내버리겠어."

"아주 좋았어."

"그럼 난 내 파트너 순서까지 패스야. 내 파트너가 너희들을 뭉개버릴 거야."

영 산체스는 전 챔피언의 얼굴을 바라보았다. '수없이 얻어맞은' 얼굴이었다. 흉터로 맨살이 드러난 눈썹 아래에서 움푹 꺼진 그의 눈이 반짝이고 있었다. 입가는 두 개의 희뿌연 선으로 길게 갈라져 있었는데, 갈색 피부와 갈색 턱수염 때문에 도드라져 보였다.

"오르다고(무스(Mus)라는 카드놀이에서 게임에 이기는 데 필요한 모든 것을 거는 것. 누군가가 '오르다고'를 외치고 상대편이 이를 받으면 게임은 종료된다—옮긴이)로 그들을 죽여버려."

광대뼈와 코, 귀에 온통 상처투성이였다. 그들은 오르다고를 받았고 전 챔피언과 그의 파트너가 이겼다. 전 챔피언은 흡족해서 말했다.

"감자를 먹어야 해. 잭 두 장과 에이스 두 장(카드놀이에서 이 네 장이 '듀플렉스'를 구성함—옮긴이). 젊은 친구, 왜 감자를 먹어야 하는지 봤지. 그리고 그들에게 먹여. 먼저 라이트를 먹이고 그뒤에 레프트를 먹여. 그들을 꼼짝 못하게 만들어버리라고."

부랑자들 중 한명이 영 산체스에게 물었다.

"마침내 데뷔하는 거야?"

"말하지 마." 전 챔피언이 소리를 버럭 질렀다. "말하지 말라니까. 헷갈리잖아. 얘기하려거든 카운터로 가."

그들은 카드패를 돌렸다.

전 챔피언의 파트너가 영 산체스를 바라보며 미소지었다.

"조건은 괜찮아?" 그가 물었다.

영 산체스는 계약에 대해 말할 때, 언제나 취해야 하는 막연한 불만의 몸짓을 취했다. 중량감 있는 복서는 결코 계약금에 감격해하는 모습을 보여서는 안된다. 언제나 응당 받아야 하는 몸값보다 훨씬 적다는 인상을 주어야 했다. 챔피언에 오르면 상황이 달라져서 정반대의 인상, 즉 계약이 아주 유리하다는 인상을 주어야 했다.

전 챔피언의 파트너는 미국무대 진출을 모색하고 있는 뛰어난 경량급 선수였다. 그의 이름은 라이문도 모레노였다.

"말하지 마, 라이." 전 챔피언이 말했다. "카드게임에 전념해야지."

"알았어, 마르끼또스." 라이 모레노가 응답했다.

"난 카드가 다섯 장이니까 다시 돌려야지. 너희들이 하도 시끄럽게 구니 원…… 게임할 땐 주둥이 놀리지 마." 전 챔피언이 말했다.

"카드 다섯 장은 어디에 있어?" 상대편 한사람이 그를 보며 물었다.

전 챔피언은 카드를 셌고 탈처럼 큰 웃음을 웃었다.

"교활한 거짓말은 어림없어." 카드에 대해 물었던 사람이 말했다. "비열한 짓은 절대 안돼."

전 챔피언이 펄쩍펄쩍 뛰며 손바닥으로 테이블을 두드렸다.

"이 넉 장으로 게임은 끝났어. 전부 걸고, 오르다고. 난 꼬냑 한잔 마실래." 그는 부랑자들 중의 하나를 가리켰다. "너, 꼬냑 한잔 가져와."

부랑자는 고분고분하게 카운터 쪽으로 걸어갔다.

"전부 걸고, 오르다고." 전 챔피언이 소리를 질렀다. "게임은 이렇게 하는 거야, 라이. 얼마나 멋진 판인지 잘 봐. 네가 전혀 도와주지 않아서 나 혼자 얼마나 고군분투하고 있는지 말이야."

그는 오른손 검지와 엄지를 맞부딪쳐 소리를 냈다.

"좋아, 마르끼또스. 하지만 조심해." 라이가 말했다.

그들은 카드를 계속했고 게임중에 하는 말들만 주고받았다. 부랑자가 꼬냑 잔을 들고 왔다.

"고마워, 쎄컨드." 전 챔피언이 말했다. "내가 살 테니 한잔 마셔."

"고마워, 마르끼또스. 나중에 마실게."

"나중엔 안돼. 지금 내가 산다고 할 때 마셔."

"알았어. 지금 마시지."

"카드 쳐, 마르끼또스." 라이가 말했다.

"어디 보자, 난……"

"이번이 막판이야. 재들은 오 점이 필요하고 우린 이 점이 필요해." 라이가 말했다.

"그렇다면, 오르다고. 난 점수로 승부를 가리고 싶진 않아." 전 챔피언이 말했다.

"받아!" 상대편 중의 하나가 대답했다.

전 챔피언이 졌다.

"이것 봐……" 라이가 그를 힐책했다.

"점수로는 더 불리했을걸."

"네가 모두에게 패스했으면 우리가 이겼을걸."

라이 모레노는 눈대중으로 그에게 셈을 해 보였다.

"내가 조심하랬지?"

"누가 담배 한개비만 줄래?" 전 챔피언이 물었다.

부랑자들 중의 하나가 그에게 비손떼 담뱃갑을 건넸다. 전 챔피언은 담배에 불을 붙이고는 처음 피우는 사람처럼 연기를 입 밖으로 훅훅 내뿜으며 태우기 시작했다.

"이 게임은 처음부터 진 거였어, 완전히 진 게임이었다고."

"왜?" 라이가 물었다.

"뻔했으니까. 난 처음부터, 공이 울리는 순간부터 그걸 알았어."

영 산체스는 게임에서 이긴 편인 첼레, 아드리안 오르떼가와 얘기를 나누고 있었다.

"난 토요일에 사라고사에 가." 첼레가 말했다.

"난 이주일 후에 바르셀로나에서 시합이 있어." 아드리안 오르떼가가 말했다.

부랑자들은 전 챔피언을 둘러싸고 있었다. 그가 뜬금없이 말했다.

"갈게. 사람들이 날 기다리거든. 내일은 안 와."

"알았어, 마르끼또스." 첼레가 말했다. "만약 내일 게임이 없으면 결국 내가 사라고사에서 돌아올 때까지 게임이 없는 거네."

"너도 가는 거야?" 전 챔피언이 물었다.

"나도 떠나."

전 챔피언은 잠시 생각에 잠겼다.

"행운을 빌어, 첼레. 행운을 빌어, 영. 그럼 나중에 봐. 감자를 먹으라고."

전 챔피언은 춤을 추듯 걸어갔다. 카운터에서 잠시 걸음을 멈추고 계산을 했다. 그는 걸어갈 때 오른손을 머리에 얹고 있었다. 그는 문 쪽으로 향했다. 빗방울이 굵어지고 있었다. 영 산체스, 첼레, 아드리안 오르떼가 그리고 라이 모레노는 눈으로 그를 좇았다. 문가에 이르렀을 때 전 챔피언은 아무 망설임 없이 거리로 나섰다. 거리는 쓸쓸했다.

7

빠꼬는 선수용 라커룸의 마싸지 테이블에 앉아 있었다. 등뒤 몇미터 떨어진 곳에서 누군가가 부스따만떼의 손에 붕대를 감아주고 있었다.

"얼굴 좀 앞으로 내밀어봐."

빠꼬는 쎄컨드의 말에 순순히 따랐고 쎄컨드는 그의 얼굴에 글리쎄린을 덕지덕지 바르기 시작했다. 그러고는 얼굴을 닦으라며 그에게 수건을 건넸다.

"이제 준비가 끝났어."

빠꼬는 오른쪽 주먹을 감아쥐고 붕대가 제대로 감겼는지 시험해보면서 자신의 왼쪽 손바닥을 때렸다. 이어서 왼쪽 주먹으로 오른쪽 손바닥을 두들겼다.

"괜찮아?" 쎄컨드가 물었다.

"좋아요."

"난 나가서 시합이 어떻게 되어가는지 살펴볼게."

아마추어들의 마지막 시합이었다. 이 시합이 끝나면 곧바로 그들 차례였다. 그들은 혼합야간경기에서 첫 프로시합이었다. 빠꼬는 부스따만떼를 쳐다보았다. 오전에 있었던 공식 계체량에서 그를 소개받았다. 빠꼬가 그에게 "반가워"라고 말을 건넸지만 부스따만떼는 대답하지 않았다. 부스따만떼는 계체량에서 그보다 겨우 몇그램 더 나갔지만 덩치는 훨씬 컸다.

쎄컨드가 들어왔다.

"이 라운드 남았어. 양 선수 중에서 어느 누구도 펀치를 날리지 않아." 그가 말했다. "누워. 마싸지를 좀더 해줄게."

"괜찮아요."

"원하는 대로 해, 영. 긴장되지 않지?"

"예."

그는 '나보다 덩치가 더 커'라고 생각했다. 그리고 불현듯 두려움이 그의 다리로 기어올라와 맥이 풀리더니 복부로 올라왔고 마지막으로 위에 머문 느낌이었다. 위에서 딱딱한 덩어리가 느껴졌다. 하나의 덩어리, 그것은 어쩔 수 없이 심호흡을 하게 하는 두려움이었다. 그는 '그 덩어리가 숨을 막고, 아프게 하고 또 온 신경을 거기에 집중하게 만든다'고 생각했다. 그는 그 덩어리의 크기와 무게를 느끼기에 이르렀다. 그의 두려움은 정확히 일 킬로그램의 무게였고, 식료품점의 일 킬로그램짜리 추보다 더 크지는 않았다.

"마음을 가라앉혀." 쎄컨드가 말했다.

빠꼬는 희미하게 미소지었다.

"마음을 가라앉혀." 쎄컨드가 거듭 말했다. "그건 금방 사라질 거야. 다른 생각을 해."

그는 계속해서 웃음을 머금고 있었다.

"관중들은 너를 응원할 거야."

쎄컨드가 그에게 얘기를 하는 동안 빠꼬는 점차 안정을 찾아갔다. 그는 쎄컨드에게 주의를 기울였고, 그게 전부였다.

"적절히 체력을 안배하면서 사 라운드까지만 잘 버티면 시합은 네 거야. 또 일 라운드에서 기선을 제압해도 역시 승리는 네 거야. 나는 그를 잘 알아, 알겠어? 그의 리듬을 따라가지 마. 그러면 속수무책이니까. 그를 확실하게 제압하든가, 아니면 기다리는 거야."

빠꼬는 신뢰하지 않았다. 쎄컨드는 그의 생각을 떠보려는 것 같았다.

"내 말을 명심해. 난 널 속이지 않아."

쎄컨드는 아주 낮고 부드러운 어조로 말했다.

"그는 왼쪽 눈썹 부위에 약점이 있어. 그의 머리를 가격할 때 그곳을 노려야 돼. 사 라운드까지 잘 싸워. 혹시 모험을 걸어보겠다면……음…… 아니야, 기다리는 게 낫겠어."

안쪽 링에서 시합하는 선수들은 공동 라커룸에서 대기하지 않았다.

중간에서 시합하는 선수들은 이제 막 들어왔다. 그들 중의 한명이 옷을 벗으면서 휘파람을 불었다. 둘 중 누구도 인사를 하지 않았다. 빠꼬는 그를 기다리고 있었다. 각자 시합을 생각하고 있었다. 두 사람 다 두려움이 어떻게 다리와 복부를 통해 위까지 올라오는지 느끼고 있었다.

"이제 시합이 끝났어." 쎄컨드가 말했다.

"나가요?" 빠꼬가 물었다.

"선수들이 들어올 때까지 기다려."

부스따만떼는 문 쪽을 지켜보고 있었다. 관중들의 박수소리와 휘파람소리가 들려왔다. 빠꼬는 가운을 걸치고 서 있었다. 쎄컨드가 건네준 수건을 목에 둘렀다. 문이 열리고 쎄컨드의 부축을 받으며 한 소년이 들어왔다. 그의 쎄컨드는 패배를 의미하는 손짓을 했다. 소년은 몸을 가누기도 힘들어했고, 사람들은 그가 마싸지 테이블에 눕는 것을 거들었다. 곧이어 승리한 선수가 들어왔다.

"나가자." 쎄컨드가 말했다.

빠꼬는 얌전히 그를 뒤따랐다.

"마음을 가라앉혀." 쎄컨드가 말했다.

벌써 그들은 관중들 사이의 통로로 걸어가고 있었다. 빠꼬는 팔다리를 움직이며 몸을 풀었다. 열렬한 박수소리가 격렬하게 고동치는 그의 관자놀이에까지 닿았다. 그는 벌써 팬들의 존재를 느끼고 있었다. 그를 응원하는 최초의 팬들의 존재를. 박수소리와 용기를 불어넣는 응원들, 그리고 격렬함에 대한 그들의 욕망에서 팬들의 존재를 느꼈다.

그는 링으로 뛰어올라가 오른손을 높이 치켜들고 인사를 했다.

그는 코너로 갔다. 부스따만떼가 링으로 뛰어올라 인사하는 것을 지켜보았다. 박수소리를 가늠해보았다.

"손."

심판의 요구에 그는 거의 소스라치게 놀랐다. 그는 손을 뻗었고 심판은 절차를 진행했다.

"내가 한 말 잊지 마." 쎄컨드가 말했다.

"알았어요."

빠꼬는 가운을 벗어 어깨에 걸쳤다. 그리고 글러브를 꼈다. 링 아나운서가 그의 이름과 체중을 외쳤을 때 글러브를 낀 주먹을 들어 다시 인사했다.

그는 겁이 나지 않았다. 몸뚱이가 느껴지지 않았다. 그 어느 때보다 몸이 가벼웠다. 박수소리가 그를 떨쳐 일어나게 했다. 심판이 링 중앙으로 그들을 불렀다. 심판은 그들에게 의례적인 주의사항을 전달하고 화끈하게 싸울 것을 주문했다. 그들은 프로였다. 두 선수는 각자 자기 코너로 돌아갔다.

그는 '난 이겨야 해'라고 생각했다. 입을 벌리자 쎄컨드가 그에게 마우스피스를 물려주었다. 그는 생각했다. '난 그들을 위해 이겨야 해. 아버지와 아버지의 자존심을 위해, 누이동생과 그녀의 희망을 위해, 어머니와 그분의 평온을 위해 이 시합을 이겨야 해. 꼭 이겨야만 해.'

"내가 말한 대로 해." 쎄컨드가 말했다.

그때 공이 울렸고 그는 뒤를 돌아보았다. 그들이 그를 기다리고 있었다.

더 읽을거리

대표적인 단편집 『가슴과 다른 씁쓸한 열매들』(1959)에 수록된 작품들, 특히 「새벽의 사람들」(Los hombres del amanecer), 「까치, 도로를 가로지르다」(La urraca cruza la carretera) 등에서 스페인 중산층의 세계, 노동자들과 소외된 사람들의 삶을 탁월하게 형상화한 알데꼬아의 사회적 사실주의를 확인할 수 있다.

Ana María Matute

| 아나 마리아 마뚜떼 |

1926~

1926년 바르셀로나에서 태어났다. 까르멘 마르면 가이떼와 더불어 1950세대를 대표하는 여성작가로 쁠라네따 상, 국가문학상, 나달 문학상 등 많은 문학상을 수상하였으며 현재 스페인학술원의 유일한 여성회원이다. 그의 작품은 주로 유년기와 스페인내전을 배경으로 고립과 고통, 번민을 다루며 감각적이고 시적인 문체가 두드러진다. 최근까지 왕성하게 활동해온 그는 1997년, 10세기 무렵을 배경으로 한 역작 『잊혀진 구두 왕』(*Olvidado rey Gudú*)을 발표했다.

■ 태만의 죄 Pecado de omision

'메디오 씨글로'(Medio Siglo) 세대 작가들의 작품은 어린아이들로 넘친다. 그렇다고 성인문학의 조건을 충족하지 못한 채 아동문학에 머물러 있다는 말은 아니다. 『바보 아이들』(Los niños tontos, 1956)은 일견 아동문학처럼 보이지만 외면적인 단순함 뒤에 부드러움과 잔혹함, 마법과 불길의 세계가 감추어져 있다. 또한 전후의 현실에 당당하게 뿌리를 내리고 있다. 언론이 담당할 수 없는 비판적 책무를 문학이 떠맡아야 했던 시기에 작가는 특유의 섬세함으로 일상의 비참함을 반영한다. 「태만의 죄」가 수록되어 있는 『라 아르따밀라 이야기』(Historias de la Artámila, 1961)는 더 관행적인 작품이다. 그러나 이 책에 등장하는 거친 농부, 난폭한 광부, 실패한 선생, 술 취한 의사, 소외된 이방인 들은 『바보 아이들』의 주인공들을 환기시킨다. 리오하 지방의 마을을 모델로 한 라 아르따밀라는 다른 작품에서 이미 인간에게 적대적인 땅으로 등장한 바 있다. 이 책에서 작가는 인물들의 쇠락을 결정짓고 꿈을 송두리째 앗아가는 운명예정론을 암시한다. 가령, 짧지만 강렬한 작품인 「태만의 죄」에서 주인공 로뻬의 비극이 이를 잘 보여준다. 로뻬는 억지로 목동 일을 맡겨 자신을 무지렁이로 만든 아버지의 사촌 에메떼리오의 탐욕과 부당한 행위를 간과하면서 그의 삶의 방식에 군말 없이 순종함으로써 태만의 죄를 저지른다. 그러나 에메떼리오에 대한 분노가 폭발하는 마지막 장면에서 로뻬는 위엄있게 살아갈 수 있는 기회를 박탈당했다는 깨달음에 이른다. 작가는 생존만으로는 결코 충분치 않으며 언제나 꿈을 살찌워야 한다고, 꿈은 살아 있어야 한다고 역설하는 것 같다.

태만의 죄

그가 열세살 때 마지막 남은 혈육이던 어머니가 돌아가셨다. 고아가 되었을 때에는 이미 학교에 다니지 않은 지 적어도 삼년은 되었고, 그래서 그는 여기저기 날품팔 곳을 찾아헤매야 했다. 그의 유일한 친척은 아버지의 사촌인 에메떼리오 루이스 에레디아라는 사람이었다. 에메떼리오는 읍장이었고, 팔월의 태양 아래서 불그레한 빛이 감도는 둥 그런 마을광장 쪽을 향한 이층집을 소유하고 있었다. 에메떼리오에게는 사그라도 산기슭에서 풀을 뜯는 이백 마리의 가축과 가무잡잡하고 건장하며 생글거리는 다소 미욱한 스무살가량 된 젊은 딸이 있었다. 검은 버드나무처럼 단단하고 비쩍 마른 그의 부인은 입심이 사나웠고 집안 분위기를 장악할 줄 알았다. 에메떼리오 루이스는 그 먼 사촌과 사이가 원만하지 못했고, 그의 미망인이 임시적인 날품을 찾는 걸 의례적으로 도와주었다. 그리고 나중에 아이가 유산도 직업도 없는 고아 신세가 되자 그를 거두긴 했지만 공정하게 대해주지 않았다. 그건 그 집의 다른 식구들도 마찬가지였다.

처음으로 에메떼리오의 집에서 묵던 날 밤에 로뻬는 헛간 아래서 잠을 잤다. 그는 저녁식사와 한잔의 포도주를 얻었다. 어느날 수탉이 울고 막 동이 틀 무렵 에메떼리오가 바지 속에 셔츠를 집어넣으면서 층계 틈새로 그를 불렀다. 그를 부르는 소리에 층계 틈에서 잠을 자던 암탉들이 놀라 양날개를 푸드득거렸다.

"로뻬!"

로뻬는 눈곱낀 얼굴에 맨발로 내려갔다. 그는 열세살치고는 키가 별로 자라지 않았고 머리통이 커다란 까까머리였다.

"사그라도에 목동으로 가거라."

로뻬는 장화를 찾아 신었다. 부엌에는 딸인 프란시스까가 후춧가루 뿌린 감자수프를 데워놓았다. 로뻬는 수프를 입에 넣을 때마다 뚝뚝 흘려가며 알루미늄 숟가락으로 허겁지겁 삼켰다.

"넌 이미 어떻게 일해야 할지 알고 있어. 산따 아우레아 언덕에서 아우렐리오 베르날의 산양들과 더불어 봄 한철을 보냈지 아마."

"예, 어르신."

"혼자 가지 마라. 거기에 가면 로께 엘 메디아노가 있다. 함께 가도록 해라."

"예, 어르신."

프란시스까는 양치기의 자루에 빵 한덩이와 알루미늄 그릇 하나, 산양기름 그리고 육포를 넣어주었다.

"어서 가거라." 에메떼리오 루이스 에레디아가 말했다.

로뻬가 그를 쳐다보았다. 로뻬는 검고 반짝이는 둥근 눈을 가지고 있었다.

"뭘 보니? 빨리 가라니까!"

로뻬는 어깨에 자루를 둘러메고 떠났다. 그전에 손때가 묻어 반들반들해진 굵은 지팡이를 집어들었다. 지팡이는 개처럼 벽에 기대어 그를 기다라고 있었다.

어느덧 그가 사그라도 언덕을 올라가고 있을 때, 돈 로렌소 선생이 그를 보았다. 저녁때 선술집에서 돈 로렌소는 에메떼리오 옆자리에서 담배 한개비를 말고 있었다. 에메떼리오는 막 아니스 한잔을 들이켜려던 참이었다.

"로뻬를 봤습니다." 그가 말했다. "사그라도로 올라가고 있더군요. 애가 안됐어요."

"그래요." 손등으로 입술을 훔치며 에메떼리오가 말했다. "목동으로 가는 거지요. 이미 잘 아실 테지만 생계를 꾸려가야 합니다. 살기가 힘들어요. 뻬리꼬떼의 '나쁜 놈'은 그애한테 기대어 쉴 담벼락 하나 남겨주지 못했소이다."

"안타깝게도 장래성이 있는 아이예요." 돈 로렌소가 길고 누런 손톱으로 귀를 긁적거리며 말했다. "형편이 되신다면 그 아이를 잘 키워 득을 볼 수도 있을 텐데. 영리해요. 아주 영리합니다. 학교에서는……"

에메떼리오가 손사래를 치며 그의 말을 가로막았다.

"맞아요, 맞습니다! 아니라고 하진 않겠소. 하지만 밥벌이를 해야 합니다. 갈수록 살기가 힘들어요."

그는 아니스 한잔을 더 시켰다. 로렌소 선생은 고개를 끄덕여 공감을 표했다.

사그라도에 도착한 로뻬는 큰 소리로 로께 엘 메디아노를 찾았다. 로께는 좀 아둔했고 대략 십오년 전부터 에메떼리오를 위해 가축을 돌보고 있었다. 그는 나이가 쉰에 가까웠고 말수가 아주 적었다. 그들은 엉킨 나무뿌리를 이용해 떡갈나무 아래에 진흙으로 지은 오두막에서 같이 잠을 잤다. 오두막은 두 사람이 겨우 누울 수 있을 정도였고, 거의 땅바닥을 기다시피 드나들어야 했다. 그러나 여름에는 시원했고 겨울에는 제법 따뜻했다.

여름이 지나갔고, 이어 가을과 겨울이 지나갔다. 목동들은 축제일 말고는 마을에 내려가지 않았다. 보름마다 목동이 그들에게 '꼬예라(식량—옮긴이)'를 올려다주었다. 빵과 육포, 기름 그리고 마늘. 이따금씩 포도주 자루. 사그라도의 산정은 아름다웠고 눈이 부실 만큼 화사한 진청색을 띠었다. 대담한 눈동자처럼 높고 둥근 태양이 그곳을 다스리고 있었다. 로뻬는 아직 파리가 윙윙대는 소리도 삐걱거리는 소리도 들리지 않는 새벽에 안개 속에서 늘 흙지붕을 올려다보며 잠을 깨곤 했다. 그는 옆구리 쪽에서 살아숨쉬는 짐짝 같은 로께 엘 메디아노의 몸뚱이를 느끼며 잠시 꼼짝 않고 누워 있었다. 곧이어 땅바닥을 기어 닫혀 있는 문 쪽으로 나갔다. 하늘에서는 덧없는 커다란 외침소리가 서로 엇갈리며 별똥별처럼 스러지고 있었다. 어느 쪽으로 떨어질지는 오직 하느님만 알고 계셨다. 돌맹이처럼. 흐르는 세월처럼. 일년, 이년, 오년.

오년이 지난 어느날, 에메떼리오는 소년을 보내 그를 불러내렸다. 그는 의사에게 로뻬를 진찰시켰고, 그가 어느덧 한그루 나무처럼 건강하고 튼튼하게 자랐다는 것을 확인했다.

"떡갈나무처럼 딴딴하구나!" 새로 온 의사가 말했다. 로뻬는 얼굴이 빨개져 어쩔 줄 몰라했다.

프란시스까는 이미 결혼을 해서 광장 앞문에서 놀고 있는 세 명의 어린 자식을 두고 있었다. 개 한마리가 혀를 축 늘어뜨리고 그에게 다가왔다. 아마도 그를 알아본 것 같았다. 그때 언제나 그의 꽁무니를 졸졸 따라다니던 학교 때 친구 마누엘 엔리께스를 발견했다. 마누엘은 회색 양복에 넥타이를 매고 있었다. 그는 마누엘의 옆을 지나치며 손을 흔들어 인사했다.

프란시스까가 말했다.

"쟨 탄탄대로야. 쟤 아버지가 공부를 제대로 시켜서 이제 곧 변호사
가 될 거야."

분수대에 이르렀을 때 그와 다시 부딪쳤다. 갑자기 그를 부르고 싶어
졌다. 그러나 말이 구슬처럼 목구멍에 걸려 나오지 않았다.

"어이!" 그는 겨우 이 외마디를 내뱉었을 뿐이다. 아니면 그 비슷한
어떤 말을.

마누엘은 뒤돌아서서 그를 바라보았고 누군지 알아보았다. 그를 알
아보다니 거짓말 같았다. 그가 미소를 지었다.

"로뻬! 이 친구야, 로뻬……!"

어떻게 그가 하는 말을 알아들을 수 있었겠는가? 사람들이 얼마나
이상한 말투를 구사했고, 그들의 어두컴컴한 목구멍에서는 또 얼마나
괴상쩍은 말들이 튀어나왔던가! 마누엘 엔리께스의 말을 듣는 동안 진
한 피가 그의 혈관을 가득 채워갔다.

마누엘은 납작하고 작은 은색 담뱃갑을 열었다. 그 안에는 그가 생전
처음 본 질좋고 눈부시게 새하얀 담배가 들어 있었다. 마누엘은 웃으
면서 그에게 담뱃갑을 내밀었다.

로뻬는 손을 뻗었다. 그때 자기 손이 육포조각처럼 거칠고 두껍다는
것을 깨달았다. 손가락은 유연성이 없어 자유자재로 움직이지 않았다.
그런데 친구의 손은 얼마나 이상했던가. 유연하고 날렵한 흰 손가락이
달린 섬세한 손은 커다란 애벌레 같았다. 잘 다듬어져 반짝거리는 손
톱이 달린 밀랍 색깔의 손은 또 얼마나 괴상했던가. 얼마나 이상한 손
이었던가. 심지어 여자들조차 그 같은 손을 가지지 않았다. 로뻬의 손
은 서툴게 담뱃갑을 더듬었다. 마침내 그는 거친 손가락으로 날렵하고
기이한 하얀 담배 한개비를 집어들었다. 그의 손가락 사이에서 담배는
우스꽝스럽고 쓸모없어 보였다. 로뻬의 눈썹 사이에 피가 멈추었다.

갑자기 몰려와 멈춰버린 핏덩어리가 양미간에서 끓어올랐다. 그는 손가락으로 담배를 짓이기며 반쯤 돌아섰다. 그는 멈출 수 없었다. 소스라치게 놀라 연방 그를 불러대는 마누엘리또(마누엘의 애칭—옮긴이) 앞에서도 멈출 수 없었다.

"로뻬! 로뻬!"

에메떼리오는 셔츠만 걸치고 현관에 앉아 손자들을 바라보고 있었다. 그는 큰손자를 보며 미소를 머금었다. 손이 닿는 곳에 포도주 자루를 놓고 일을 쉬고 있었다. 로뻬는 곧장 에메떼리오에게 걸어가서 캐묻는 듯한 그의 회색빛 눈을 노려보았다.

"애야, 어서 사그라도로 돌아가거라. 이젠 떠날 시간이야……"

광장에는 불그레한 네모난 돌이 하나 있었다. 아이들이 무너진 담장에서 주워나르는, 멜론처럼 커다란 돌멩이들 중 하나였다. 로뻬는 두 손으로 천천히 돌을 집어들었다. 에메떼리오는 다소 의아하다는 듯한 표정으로 물끄러미 그를 쳐다보았다. 그는 오른손을 허리춤에 찔러넣고 있었다. 손을 뺄 겨를도 없었다. 소리없는 가격, 가슴팍에 뿌려지는 피, 죽음과 놀라움이 하나로 뒤얽혀 그의 몸을 타고 올라갔다. 그리고 그게 끝이었다.

사람들이 결박해 끌고 갈 때 로뻬는 울고 있었다. 여자들이 그를 때리려고 달려들었고, 그녀들은 비탄과 분개의 표시로 머리에 커다란 천을 뒤집어쓴 채 "아이고, 널 거두어준 그분을. 아이고, 널 어른으로 키워준 그분을. 아이고, 그분이 널 거두지 않았다면 벌써 굶어죽었을 텐데……"라고 늑대처럼 울부짖으며 그의 뒤를 따라갔다. 로뻬는 그저 울먹이며 이렇게 말할 뿐이었다.

"예, 그럼요, 맞고말고요……"

■ 더 읽을거리

　　『바보 아이들』과 『라 아르따밀라 이야기』는 마뚜떼 단편소설의 핵심을 이룬다. 이
책들에서 작가는 당대의 비참한 현실과 소통단절, 절망에 찌든 사람들의 얼굴을 보여준다. 그
러나 동시에 작가는 단 한순간도 표현수단으로서의 미학적 의지와 상상력을 거부하지 않는다.
동화 『어느날 홀쩍 커 버린 아이 후후』(김정하 옮김, 푸른숲 2005) 「인생 노트」(라우라 프레샤
스 엮음, 최지영 옮김 『엄마는 나의 딸』, 문학동네 2003)가 우리말로 번역되어 있다.

아나 마리아 마뚜떼 태만의 죄

Jesús Fernández Santos

| 헤수스 페르난데스 산또스 |

1926~88

1926년 마드리드에서 태어났다. 씨나리오 작가, 연극배우, 영화감독, 작가 등 다양한 이력의 소유
자다. '메디오 씨글로' 세대를 대표하는 작가의 한 사람으로 나달 문학상, 국가문학상, 쁠라네따
상 등 많은 문학상을 수상했으며 주로 사회소설 경향의 작품을 썼다. 1988년 마드리드에서 사망
했다.

■ 까까머리 Cabeza rapada

소설집 『까까머리』(1958)는 표제작을 포함해 모두 열네 편의 작품으로 구성되어 있다. 유사한 어조의 작품들은 아이들을 다루며 어린시절의 고통스러운 전쟁의 기억을 되살린다는 공통점이 있다. 일화, 언어, 시간, 묘사가 극히 간결하며 현재의 순간 혹은 인간적 상황의 단순한 시간의 파편에 시선을 집중할 뿐 눈에 띄는 예외적인 사건이 전혀 일어나지 않는다. 표제작인 「까까머리」는 스페인의 『끼메라』(Quimera) 지(242~43호, 2004년 4월)가 실시한, 20세기 스페인 단편문학을 대표하는 작품에 대한 설문조사에서 당당히 1위를 차지한 작품이다. 절제된 시적 언어로 전후의 피폐한 사회적 삶을 섬세하게 그려낸 이 작품의 재료는 극히 빈약하다. 한 어른이 열살도 채 안된, 폐병을 앓는 '조그만 아이'를 데려간다. 아이는 치료를 받아야 하지만 가난해서 돈이 없다. 아이는 길가의 나무에 기대 길동무인 화자에게 자기는 죽을 거라고 말한다. 이렇게 요약해버리면, 이 작품이 일종의 서사적 거리두기, 표면적인 객관성의 수단을 통해 극히 강렬한 감정을 포착하고 있다는 사실을 놓치기 쉽다. 고통과 고뇌는 호들갑스러운 감정표현 없이 분출한다. 눈에 보이지 않는 부드러움이 그 감정들을 최고조로 끌어올린다. 서정적 스케치가 단순한 기록의 스냅사진을 벗어나게 하고 서너 번의 빠른 붓 터치가 불의(不義)의 분위기를 만들어낸다. 이렇듯 어떤 반항이나 저항의 몸짓도 없이 시대를 증언하고 사회적 비판의지를 강하게 표출한다. 이 단편에서 작가는 최소한의 요소들을 흠잡을 데 없이 직조함으로써 살풍경한 인간적 기록을 삶의 비극적 운명에 대한 감동적인 메타포로 승화시키고 있다. 그 바탕에는 인간존재의 허약함과 어린아이의 심리에 대한 작가의 심오한 이해와 예리한 감각이 있다.

까까머리

따스한 바람이 불고 있었다. 흩날리는 나뭇잎들이 인도를 가득 메웠고, 나뭇잎들은 나무 꼭대기까지 날아올랐다가 다시 떨어져내렸다. 머리카락을 빡빡 밀어버린 까까머리. 땀과 햇살에 번들거리는 거뭇한 얼굴. 긴 코르덴바지가 두 다리를 덮고 있었다. 아직 채 열살도 되지 않은 어린 소년이었다. 우리는 벤치 구석과 도로를 비롯해 거리를 온통 점령한 낙엽과 먼지의 회오리바람에 휩싸인 채, 무성한 유칼리나무 소리에 흔들리며 그 넓은 길을 걷고 있었다. 자작나무나 작은 밤나무 잎처럼 조그맣고 불그레한 황갈색 낙엽은, 아무리 작은 틈새라도 구석구석 메우고 있었고 영혼이 육신에 들러붙듯 우리 몸에 들러붙었다.

번쩍이는 자동차의 검은 그림자가 지나가고 있었다. 빨간 후미등은 색이 도드라져 검붉어 보였다. 날은 쌀쌀하지 않았지만 우리는 모닥불께로 다가갔다. 공사장 관리인이 유칼리나무 가지를 태우고 있었다. 탁 트인 상쾌한 산내음이 공기중에 퍼졌다. 우리는 가슴깊이 산내음을 들이마시며 한동안 그 자리에 머물러 있었다. 그런데 녀석이 다시 콜록거리기 시작했다.

"아프니?"라고 내가 물었다.

녀석이 대답했다.

"조금." 그는 아주 힘겹게 말을 쏟아냈다.

"원한다면 여기에 좀더 있어도 좋아."

녀석이 그러자고 해서 우리는 자리에 앉았다. 머리 위에서는 거대한 나무들이 바람에 흔들리고 있었다. 간헐적으로 일정하게 휘잉 소리를 내며 나무 꼭대기에서 돌풍이 일었다. 가느다란 샘줄기가 흘러나오는 빨래터 너머로 사람들이 가로질러가는 모습이 보였다. 사람들은 옷이 몸에 달라붙은 채로 쌍쌍이 바싹 붙어서 걷고 있었다.

녀석이 다시 신음소리를 냈다.

"아직도 아프니?"

"여기가, 좀……"

녀석은 셔츠 밑으로 손을 가져갔다. 솜털 하나 없는 새하얀 피부는 겨울에 물속에서 일하는 사람의 손처럼 갈라져 있었다. 녀석은 다시 두려움에 사로잡혔다. 두렵기는 나도 마찬가지였지만, 애써 그를 진정시키려고 했다.

"걱정 마. 어제처럼 통증이 금방 사라질 거야."

"사라지지 않으면?"

"많이 아프니?"

공사장 관리인이 의심스러운 눈빛으로 우리를 바라보았다. 그러나 우리가 공구함에 몸을 기댔을 때 그는 아무 말도 하지 않았다. 그는 장난감 같은 프라이팬에 정어리를 튀기고 있었다. 오렌지빛 불길 속에서 기름냄새가 불타는 나무의 향과 뒤섞였다.

"그 친구 몸이 성치 않은데……"

"무슨 말씀이세요? 추워서 그런 것뿐이에요……"

녀석은 말이 없었다. 거의 잠에 취한 듯, 무겁게 불을 바라보았다.

"좋지 않은데……"

이제 그는 무뚝뚝한 표정이 아니었다. 녀석은 퉤 하고 불에 침을 뱉고는 침묵을 지켰다.

"거기에 앉아 있다가는 폐렴에 걸리기 십상이다."

나는 자리에서 일어나 반쯤 잠에 빠진 녀석의 팔을 잡고서 말했다.

"가자. 가자고."

나는 녀석을 데리고 모닥불과 관리인의 시선에서 점차 멀어져갔다.

걸어가면서 조금이라도 녀석의 기운을 북돋아주려고 시원하게 밀어버린 보드라운 머리통을 쓰다듬으며 말했다.

"아무것도 아니야, 짜샤!"

그러나 좀처럼 내 말을 믿으려 들지 않았다. 더군다나 뒤쪽에서 관리인의 목소리가 들려왔다.

"의사에게 보였어야지!"

"어제 벌써 병원에 갔는걸요."

병원에 갔을 때 이런 일이 있었다. 아는 사람이 아무도 없어서 우리는 진료를 받기 위해 병원 대기실에서 차례를 기다려야 했다. 천장이 높은 하얀 방이었는데, 맨 꼭대기에는 광택 없는 유리창이 달려 있었고 방의 양쪽 끝에는 쉽없이 열리는 두 개의 문이 나 있었다. 사람들은 벽을 따라 놓인 긴의자에 앉아 담소를 나누며 순서를 기다렸다. 멍한 눈으로 정면의 벽을 응시하며 말없이 앉아 있는 사람들도 있었다. 간호사가 문을 열며 "다음 환자" 하고 외쳤다. 그 순간 어떤 사람이 나오면서 "안녕히 계세요, 의사선생님" 하고 인사했다.

한 여자가 뭔가를 깜빡 잊은 사람처럼 다시 진찰실로 들어갔다. 그녀는 아무에게도 눈길을 주지 않고 인사말도 없이 황급히 나왔다. 그녀는 "죽는대, 죽는대……"라며 울부짖었다. 타인의 시선을 견디지 못하겠다는 듯, 모두들 타일 바닥만 바라보았고, 파리한 얼굴의 한 젊은이가 낮은 소리로 여러차례 욕설을 내뱉었다.

의사가 청진기로 녀석을 진찰하면서, 동시에 나를 바라보았다. 그는 다음날 찾아가야 할 곳이 적힌 종이쪽지를 우리에게 내밀었다.

"동생인가?"

"아니요."

다음날 우리는 종이에 적힌 곳에 가지 않았다.

녀석은 몸을 더 움츠렸다. 옆구리가 쿡쿡 쑤셔 매우 고통스러웠을 것이다. 그는 열 때문에 땀을 흘렸고 작은 땀방울이 맺혀 이마가 온통 번들거렸다. 나는 '녀석은 상태가 아주 안 좋아. 돈도 없고. 돈이 없으니 병세가 호전될 리 없지. 가슴께가 안 좋아. 폐결핵에 걸린 거야. 지나는 행인들에게 구걸해봤자 10뻬세따도 모으지 못할 거야. 죽는 수밖에 없어. 아는 사람이 아무도 없잖아. 그런 병에 걸리면 누구나 다 죽으니 녀석도 죽겠지. 세상에서 가장 자비로운 사람이 지나간다 해도 결국은 죽을 거야'라고 생각했다.

우리는 3뻬세따를 모았다. 그 돈으로 커피를 마시며 몸을 녹이기로 했다.

"몸이 따뜻해지면 통증이 사라질 거야."

어둠침침하고 텅 빈 커피숍 귀퉁이에 의자가 놓여 있었다. 벽과 벽을 가로질러 모퉁이를 막고 있는 안쪽의 카운터 바에는 늙은 웨이터가 자리를 지키고 있었다. 그는 심장질환을 앓아 자리에 앉아 있었고 돈푼깨나 있는 손님들이 올 때만 몸을 일으켰다. 동네사람들 셋이 도미노 게임을 하고 있었다. 에스쁘레쏘 커피 끓는 소리와 대리석 위에 도미노 말이 부딪치는 소리 사이로 탱고음악이 흘러나왔다.

우리는 잠깐 동안만 머물러 있었다. 정확히 커피 한잔을 마실 수 있을 만큼의 시간이었다. 나올 때 보니 모든 게 그대로였다. 부어오른 발을 보고 있는 카운터 뒤의 노인. 도미노게임을 하고 있는 손님들. 주파수를 맞추려고 연방 라디오의 다이얼을 만지작거리는 사람. 음악과 불빛은 홀연히 사라질 것만 같았다. 커피숍에서 마지막으로 본 사람들은 어둡고 슬픈, 나쁜 기억처럼 느껴졌다.

길가의 나무 아래서, 녀석은 다시 신음소리를 내며 주저앉고 싶어했다. 우리는 어둠속을 더듬어 잔디를 밟았다. 녀석은 무성한 아름드리 나무를 찾아내 등을 기대더니 울음을 터뜨렸다. 나는 다시 녀석의 둥근 머리를 쓰다듬어주었다. 내가 손을 내릴 때 손등에 눈물이 한방울 떨어졌다. 녀석은 말아쥔 주먹을 땅에 대고 무릎에 고개를 묻은 채 흐느꼈다.

"울지 마." 내가 녀석에게 말했다.

"난 죽을 거야."

"넌 죽지 않을 거야. 죽지 않아……"

■ 더 읽을거리

『용감한 사람들』(*Los bravos*, 1954)은 라파엘 산체스 페르로시오의 『하라마 강』(*El Jarama*), 까르멘 마르띤 가이떼의 『커튼 사이로』(*Entre visillos*) 등과 함께 '메디오 씨글로' 세대를 대표하는 작품의 하나로 꼽히며, 레온 지방 작은 마을의 비참한 삶을 그린 '집단'소설로 프랑꼬 치하의 스페인 사회를 비판하고 있다. 그밖에 국가문학상 수상작으로 아스뚜리아스 지방의 수도원을 배경으로 한 『성벽 너머』(*Extramuros*, 1978)가, 단편집으로 『까까머리』 외에 『유폐된 낙원』(*Paraíso encerrado*, 1973) 등이 있다.

Rubén Darío

| 루벤 다리오 |

1867~1916

1867년 니까라과의 메따빠에서 태어났다. 본명은 펠릭스 루벤 가르시아 사르미엔또. 칠레, 아르헨띠나, 스페인, 프랑스 등 라틴아메리카와 유럽의 여러 나라에서 신문기자와 외교관으로 활동하며 많은 지식인·작가들과 교유했다. 대륙적인 차원에서 전개된 라틴아메리카 최초의 혁신적 문학운동인 모데르니스모(Modernismo)를 주도했다. 후기낭만주의 시의 감상주의를 배제하고 완벽한 예술미를 추구했던 그는 라틴아메리카 문학에서 근대의 문을 연 작가로 평가될 만큼 독보적인 문학사적 위치를 점하고 있으며, 동시대의 스페인 98세대 작가들에게까지 영향을 끼쳤다. 1916년 니까라과의 레온에서 알코올 중독으로 사망했다.

■ 중국 여제(女帝)의 죽음 La muerte de la emperatriz de la China

시집 『세속적 쎄꿴띠아』(*Prosas profanas*, 1896)의 「서문」에서 "내 아내는 이 땅 출신이다. 그러나 내 연인은 빠리 출신이다"라고 선언했던 다리오는 프랑스적인 것을 추종하는 뿌리 뽑힌 작가라는 비판을 받기도 했다. 그러나 옥따비오 빠스는 그의 세계주의 정신을 현실로부터의 도피가 아니라 지역적 현실을 넘어 빠리와 런던의 동시대를 살고자 하는 주변부 작가의 욕망의 표현으로 읽어낸다. 심미성과 이국성, 신화적 세계에 대한 강조는 오늘날 혁명적이라기보다 장식적으로 보인다. 그러나 완벽한 형식에 대한 깊은 관심은 그의 단편에 긴장과 시적 언어의 엄밀한 경제성과 정제미를 부여한다. 『푸름』(*Azul…*, 1888)의 1890년판에 수록된 「중국 여제의 죽음」은 문체와 내용뿐만 아니라 인물들이 거주하는 이국적인 중국 취향의 분위기에 있어서도 모데르니스모의 전형적인 특징을 보여준다. 이야기는 아름다운 신부에 대한 관능적이고 에로틱한 사랑과 예술의 형식적 완벽성에 대한 예술가의 열정을 대립시킨다. 여기에서 예술가와 그의 부인은 각기 서로 다른 가치와 세계를 대변한다. 그녀는 생활을 사랑하고 그는 예술을 사랑한다. 그가 거처하는 공간은 작업실이고 그녀의 삶의 공간은 '푸른 카펫이 깔린 작은 거실'이다. 또 그는 예술을 창조하고 그녀는 예술품을 파괴한다. 이러한 모티브에서 이데아와 현실, 예술과 자연, 육체와 영혼이라는 해묵은 이항대립적 세계관이 드러난다. 이러한 구도는 숭고한 예술세계(진정성의 세계)와 일상적 삶의 세계(비진정성의 세계)가 분리된 당대의 사회상황에 대한 작가의 비판적 인식과 맞닿아 있다. 다리오는 구체적인 역사적 세계와 예술의 관계는 상호 배타적이며 갈등을 낳는다고 본다. 갈등의 원인을 제공한 예술품의 파괴를 가리키는 작품의 제목은 동시에 모든 욕망이 수렴되는 맹목적 숭배물인 예술품의 불가능한 죽음을 말한다. 결과적으로 이 작품은 물질주의가 지배하는 근대 부르주아사회 속에서 예술과 예술가가 처한 고립적 상황에 대한 비유인 동시에 역설적으로 삶에 대한 예술의 승리 선언으로 읽을 수 있다.

중국 여제의 죽음

색바랜 푸른 카펫이 깔린 작은 거실이 있는 조그만 집에 인간 보석처럼 화사하고 섬세한, 분홍빛 피부의 소녀가 살고 있었다. 거실은 그녀의 보석상자였다.

까만 눈과 빨간 부리를 가진 그 감미롭고 쾌활한 새의 주인은 누구였을까? 봄 양(孃)이 눈부신 태양 아래서 생글거리는 아름다운 얼굴을 보여주고, 들판의 꽃들이 피어나고, 또 둥지의 새끼들이 짹짹 지저귈 때, 이 새는 누구를 위해 성스러운 노래를 불렀을까? 한 몽상적인 사냥꾼 예술가가 비단과 레이스와 플러시 천으로 만든 새장에 넣은 작은 새의 이름은 슈제뜨였다. 그는 대기에 햇살이 가득 쏟아지고 장미꽃이 만발하던 어느 오월 아침에 그 새를 사로잡았다.

레까레도——아버지의 변덕! 그의 이름이 레까레도인 건 그의 탓이 아니었다!——는 일년 반 전에 결혼했다. "날 사랑해?" "사랑해. 당신은?" "진정 사랑해."

사제에게 혼인성사를 받고 난 뒤의 황금빛 하루는 얼마나 아름다웠던가! 그다음에 그들은 사랑의 기쁨을 만끽하려고 새로운 초원으로 갔다. 두 연인이 꽃이 핀 붉은 입술로 입맞춤을 나누며 서로 허리에 팔을 두르고 지날 때, 그곳 개울 옆 초록 이파리들의 창에서 향기로운 초롱꽃과 야생제비꽃 들이 도란도란 이야기하고 있었다. 그후에 대도시로, 젊음의 향기와 행복의 열기로 가득한 보금자리로 돌아갔다. 레까레도가 조각가라는 얘기를 이미 했나? 내가 아직 그 말을 하지 않았다면, 그렇게 알아두시라.

그는 조각가였다. 작은 집에는 대리석과 석고, 청동상, 떼라꼬따가 널린 그의 작업실이 있었다. 이따금씩 그 집 앞을 지나가는 사람들은 창 격자와 블라인드를 통해 노래하는 목소리와 쩌렁쩌렁 울리는 금속성의 망치질 소리를 들었다. 슈제뜨와 레까레도. 입에서 흘러나오는 노랫소리와 정 부딪는 소리.

그리고 끝없는 신혼의 달콤한 사랑. 그녀는 발끝으로 살금살금 그가 일하는 곳으로 다가가 그의 목덜미에 머리칼을 쏟아놓으며 빠르게 키스를 퍼붓는다. 그는 검은 스타킹에 신발을 신은 앙증맞은 발을 포개고 무릎에 책을 펼쳐놓은 채 그녀가 살포시 잠든 긴 의자로 소리없이 다가가 그녀의 입술에 입을 맞춘다. 숨을 빨아들이는 그의 입맞춤에 그녀는 말할 수 없이 영롱하게 빛나는 두 눈을 뜬다. 슈제뜨가 쇼팽을 연주할 때면 시무룩해져 노래도 하지 않는 새장 속의 구관조가 이 모든 광경에 깔깔대며 웃음을 터뜨린다. 깔깔대는 구관조의 웃음! 대단한 웃음소리였다. "날 좋아해?" "몰라서 물어?" "날 사랑해?" "죽도록 사랑해!" 괴물 같은 새는 이미 부리를 쳐들고 요란하게 웃어대고 있었다. 구관조를 새장에서 풀어주자 푸른 거실을 날아다니다, 아폴로 석고상의 머리나 어두운 청동상의 게르만족 노인의 창(槍)에 내려앉았다. 티이이이릿…… 리리리치…… 피이이…… 정말이지 그가 횡설수설 지껄이는 소리는 때때로 버릇없고 뻔뻔스러웠다! 하지만 슈제뜨의 손 위에는 아주 예쁘게 내려앉았다. 그녀는 새의 응석을 받아주었고, 빠져나오려고 발버둥칠 때까지 이빨 사이에 부리를 물고 짓눌렀다. 또 어떤 때는 떨리는 근엄한 목소리로 다정하게 말하곤 했다. "구관조 씨, 당신은 장난꾸러기야!"

두 연인은 함께 있을 때면 서로 머리를 빗겨주었다.

"노래해." 그가 말했다.

그녀는 천천히 노래를 불렀다. 사랑에 빠진 가난한 젊은이들에 지나지 않았지만, 그들은 눈부시고 진실하고 아름다워 보였다. 그녀는 그에게 엘자였고, 그는 그녀에게 로엔그린(바그너의 오페라 「로엔그린」에 등장하는 주인공들―옮긴이)이었다. 왜냐하면 사랑은, 오 피와 꿈으로 가득 찬 젊은이들은, 눈앞에 수정의 푸름을 선사하고 무한한 기쁨을 건네주기 때문이다!

그들은 서로 얼마나 끔찍이 사랑했던가! 그는 신(神)의 별들 너머로 그녀를 지그시 바라보았다. 열정의 모든 단계를 거친 그의 사랑은 이제 조심스럽거나 혹은 격렬하였으며, 때로는 거의 신비롭기까지 했다. 어떤 때는 라이더 해거드 경(Sir Henry Rider Haggard, 1856~1925, 영국의 대표적인 모험소설 작가로 절대미를 지닌 불사의 여왕 아샤 씨리즈로 인기를 얻었다―옮긴이)의 아샤처럼 사랑하는 여인에게서 초인적인 지고의 어떤 것을 보는 신지론자(神智論者)라고 말할 수 있을 정도였다. 그는 꽃처럼 그녀를 들이마시고 별처럼 그녀에게 미소지었으며, 그녀의 사랑스러운 머리를 가슴에 꼭 껴안을 때는 우쭐한 승리자가 된 기분이었다. 말없이 생각에 잠겨 있을 때면, 그녀의 머리는 메달에 새겨진 어느 비잔틴 여제(女帝)의 성스러운 옆모습에 견줄 만했다.

레까레도는 자신의 예술을 사랑했다. 그는 형식에 대한 열정이 있었다. 그는 대리석에서 눈동자는 없지만 희고 온화한 눈의 아름다운 나체의 여신들을 탄생시켰다. 그의 작업실은 말없는 조각상과 금속으로 만든 동물들, 괴물 형상의 무시무시한 이무깃돌(성문 따위의 난간에 끼워서 빗물이 흘러내리게 하는, 이무기 머리 모양의 돌로 된 홈—옮긴이), 초록색 긴 나뭇잎 꼬리가 달린 괴수, 아마도 심령학에서 영감을 받았을 고딕식 창작물 따위로 채워져 있었다. 그리고 무엇보다 그가 가장 아끼는 중국과 일본의 물건들! 레까레도는 이 점에서 괴짜였다. 나는 그가 중국어와 일본어를 간절히 말하고 싶어했다는 것을 알고 있다. 그는 최상의 문학선집을 알고 있었다. 그는 훌륭한 이국취미의 작품들을 읽었고 로띠(Pierre Loti, 1850~1923, 이국주의에 심취했던 프랑스 작가로 19세기말에 여러 번 일본을 다녀갔고『가을의 일본』『일본의 부인들』이라는 저서를 남겼다—옮긴이)와 쥐디뜨 고띠에(Judith Gautier, 1845~1917, 프랑스의 작가·동양학자로 테오필 고띠에의 딸이자 까뗄 망데스의 부인—옮긴이)를 흠모했다. 또 요꼬하마, 나가사끼, 쿄오또 혹은 난징이나 뻬이징에서 칼, 파이프, 최면 걸린 꿈속의 얼굴처럼 추악하고 신비로운 가면, 조롱박처럼 배가 불룩하고 쌀 모양으로 눈이 옆으로 찢어진 난쟁이 중국 관리, 톱니 모양 이빨의 커다란 개구리 입을 벌리고 있는 괴물, 그리고 무뚝뚝한 얼굴의 왜소한 따따르족 병사들 따위의 진본 작품을 손에 넣기 위해 갖은 희생을 마다하지 않았다.

"오." 슈제뜨가 그에게 말했다. "난 당신의 끔찍한 작업실이 싫어요. 당신에게서 나의 사랑을 앗아가는 마법사의 집, 괴상한 상자를 증오한다고요!" 그는 씩 웃으며 자신의 작업실, 진기한 잡동사니의 사원을 떠나 사랑스러운 살아 있는 보물을 보기 위해, 정신나간 명랑한 구관조의 노랫소리와 웃음소리를 듣기 위해 조그마한 푸른 거실로 내달았다.

그날 아침, 그가 들어갔을 때, 다정한 슈제뜨는 삼각대 위에 놓인 장미 화분 옆에 나른하게 누워 있었다. 그녀는 잠자는 숲 속의 미녀였을까? 어렴풋이 잠이 든 자태, 흰 가운 아래로 고혹적인 몸매를 드러낸 섬세한 몸뚱이, 한쪽 어깨 위로 둥글게 감긴 갈색 머리카락, 부드러운 여인의 향기를 발산하는 그녀 자체는 "옛날 옛적에 한 왕이 살고 있었다……"로 시작하는 멋진 동화 속의 매혹적인 주인공 같았다.

그는 그녀를 깨웠다.

"슈제뜨, 내 사랑!"

그의 얼굴은 기쁨에 넘쳤다. 그의 검은 눈은 작업할 때 쓰는 빨간 터키모자 아래서 반짝였다. 그는 한손에 엽서를 들고 있었다.

"로베르가 보낸 편지야, 슈제뜨. 그 나쁜 녀석은 나를 두고 혼자 중국에 가 있대!" "홍콩, 1월 18일……" 비몽사몽인 슈제뜨는 자리에 앉아 그에게서 엽서를 낚아챘다. 아무리 역마살이 낀 친구지만 그렇게 멀리까지 갔을 줄이야! "홍콩, 1월 18일……" 신기했다. 여행광인 로베르는 얼마나 멋진 젊은이인가! 그는 세상 끝까지 갈 것이다. 로베르, 근사한 친구! 그들은 거의 가족 같은 사이였다. 그는 이년 전에 캘리포니아의 쌘프란씨스코로 떠났다. 그런 괴짜는 두번 다시 보기 힘들 거야!

그는 엽서를 읽기 시작했다.

홍콩, 1888년 1월 18일

친애하는 레까레도

왔노라 보았노라. 아직 이기지는 못했노라.(플루타르크의 『영웅전』에 나오는 율리우스 카이사르의 명언 "Veni, Vide, Vici!"의 변형——옮긴이)

쌘프란씨스코에서 그대들의 결혼소식을 접하고 기뻤네. 난 훌쩍 건너뛰어 중국에 착륙했어. 비단, 칠기, 상아 그리고 그밖의 중국물건들을 취급하는 캘리포니아 수입회사의 대리인으로 왔네. 이 엽서와 함께 내가 보내는 선물을 받게 될 거야. 이 황색 나라의 물건들에 대한 자네의 애호를 고려해 진주로 만든 것을 보냈네. 슈제뜨에게 안부 전하고 친구에 대한 기억으로 선물을 잘 간직하길.

로베르

더도 덜도 아니고 그게 다였다. 두 사람은 너털웃음을 터뜨렸다. 구관조는 구관조대로 음악적인 환호성을 질러대며 온 새장을 들었다 놓았다 했다.

상자가 도착했는데 보통 크기였고, 스탬프, 숫자 그리고 내용물이 매우 부서지기 쉽다는 것을 알리는 검은 글자로 가득했다. 상자를 열자 신비한 물건이 모습을 드러냈다. 섬세한 자기(磁器) 흉상이었다. 창백하고 매력적인, 미소띤 여인의 멋진 흉상이었다. 바닥에는 중국어와 영어, 프랑스어 등 세 언어로 '중국 여제'라고 새겨져 있었다. 중국 여제! 어느 극동 예술가의 손이 그 매혹적인 신비의 형상을 빚어냈단 말인가? 단아하게 쪽찐 머리, 신비한 얼굴, 숭고한 여제의 낮게 내리깐 이국적인 눈, 스핑크스의 미소, 용이 수놓인 비단 물결에 싸인 비둘기 형상의 두 어깨 위로 곧추선 목. 이 모든 것은 희고 티없이 맑은 밀랍 색조와 더불어 백자에 마력을 부여했다. 중국 여제! 슈제뜨는 핑크빛 손가락으로 순수하고 고결한 눈썹의 원호(圓弧) 아래로 몽골주름을 그리며 약간 비스듬하게 내려오는 그 매력적인 군주의 눈 위를 만져보았다. 그녀는 흡족해했다. 그리고 레까레도는 그런 자기를 가진 것을 뿌듯해했다. 그는 여제가 루브르 박물관에 있는 밀로의 비너스처럼 천장을 씌운 장엄한 성역(聖域)에서 승리자처럼 홀로 살아가며 통치하도록 특수한 진열장을 만들어줄 것이다.

그리고 그는 정말로 실행에 옮겼다. 그는 작업실의 한쪽 끝에 논과 학으로 장식된 병풍으로 작은 진열장을 만들었다. 황색이 주조를 이루었다. 황금, 불, 동양의 황토, 낙엽에서 하얀색으로 용해되어 사위어가는 창백한 황색에 이르기까지 모든 황색 색조들이 있었다. 그리고 가운데에는 황금빛의 검은 받침대 위에 이국적인 여제가 웃음을 머금고 우뚝 솟아 있었다. 레까레도는 그녀 주위에 중국과 일본의 갖가지 골동품들을 배치했다. 그녀의 머리에는 동백나무와 선홍빛 굵은 장미가 그려진 커다란 일본 양산이 씌워져 있었다. 몽상적인 예술가가 파이프와 정을 한옆에 내려놓고 여제 앞에 가서 합장하고 절을 올리는 모습은 웃음을 자아냈다. 그는 매일 그녀를 한 번, 두 번, 열 번, 스무 번 찾아갔다. 그것은 하나의 열정이었다. 그는 그녀를 위해 요꼬하마 법랑 접시에 매일 싱싱한 꽃을 놓았다. 이따금씩 그는 매혹적인 부동의 위엄으로 그를 전율시키는 아시아의 흉상 앞에서 진정한 무아경에 빠지곤 했다. 그는 귓불, 둥근 입술선, 미려한 코, 눈썹의 몽골주름 등 그녀의 사소한 세부를 찬찬히 살펴보았다. 그의 우상, 고명한 여제! 슈제뜨가 멀리서 그를 불렀다.

"레까레도!"

"갈게!" 그는 그렇게 대답하고도 계속해서 자기 예술품을 지그시 바라보았다. 슈제뜨가 와서 입을 맞추며 그를 질질 끌고 갈 때까지 그러고 있었다.

어느날, 법랑접시의 꽃이 마술에 의한 것처럼 홀연히 사라졌다.

"누가 꽃을 치웠지?" 레까레도가 작업실에서 소리쳤다.

"내가 그랬어요." 슈제뜨가 떨리는 목소리로 말했다.

그녀는 온통 벌겋게 상기된 얼굴로 까만 눈을 번득이며 커튼을 반쯤 열어젖혔다.

조각가 레까레도 씨는 마음속으로 생각했다. 아내한테 무슨 일이 있는 걸까? 그녀는 음식을 거의 입에 대지 않았다. 상아로 만든 종이칼에 처녀성을 빼앗긴 그 훌륭한 책들은 책장이 덮인 채 그녀의 부드러운 분홍빛 손과 그녀의 향기롭고 따스한 무릎을 애타게 기다리며 검은색 작은 선반에 처박혀 있었다. 레까레도 씨는 그녀가 슬퍼하는 모습을 보았다. 아내한테 무슨 일이 있는 걸까? 그녀는 식탁에 앉아서도 통 먹을 생각을 하지 않았다. 그녀의 표정은 심각했다. 얼마나 심각했던가! 때때로 곁눈질로 보면, 그녀의 까만 눈동자는 금방이라도 울음을 터뜨릴 것처럼 촉촉하게 젖어 있었다. 대답을 할 때도 그녀는 사탕을 받지 못한 아이처럼 뾰로통하게 말했다. 아내에게 무슨 일이 있는 걸까? 아무 일도 없어요! 그녀는 "아무 일도 없어요"라는 말을 탄식의 목소리로 말했고, 음절과 음절 사이에는 눈물이 고여 있었다.

오, 레까레도 씨! 당신 부인이 이상해진 건 당신이 가증스러운 남자이기 때문이오. 미의 화신인 중국 여제가 집에 온 후로 푸른 응접실은 음울해졌고, 구관조는 노래하지도 옥구슬 같은 웃음을 웃지도 않는다는 걸 정녕 눈치채지 못했단 말이오? 슈제뜨는 쇼팽을 흔들어 깨우고, 음울하고 구슬픈 그의 멜로디가 검은 피아노에서 잔잔하게 울려퍼진다. 레까레도 씨, 그녀는 질투를 하고 있소! 그녀는 독오른 뱀처럼 영혼을 옥죄는 질식할 듯한 질투의 악에 사로잡혀 활활 타오르고 있소. 질투! 아마도 그는 눈치챘을 것이다. 왜냐하면 어느 오후 그는 커피잔을 사이에 두고 서로 마주보며 사랑하는 아내에게 이렇게 말했기 때문이다.

"당신은 너무 부당해. 내가 당신을 진심으로 사랑하지 않는 거 같아? 혹 내 눈에서 내 마음속을 읽을 줄 모르는 거야?"

슈제뜨는 울음을 터뜨렸다. 그녀를 사랑한다고! 아니다, 이제는 그녀를 사랑하지 않는다. 눈부시게 빛나던 아름다운 시간들은 사라졌고, 뜨거운 입맞춤도 날아가는 새처럼 흩어졌다. 이젠 그녀를 사랑하지 않았다. 그는 그녀를, 그의 종교이자 그의 기쁨이요, 그의 꿈, 그의 여왕이던 슈제뜨를 버렸다. 다른 여인 때문에 그녀를 버린 것이다.

다른 여인이라니! 레까레도는 펄쩍 뛰었다. 그녀는 오해하고 있었다. 한때 그가 사랑의 쎄레나데를 바쳤던 금발의 에울로히아 때문에 그렇게 말했을까?

그녀는 고개를 저었다. "아니에요." 그럼 그가 흉상을 만들었던, 길고 검은 머리와 설화석고처럼 새하얀 피부를 가진 벼락부자 가브리엘라 때문에? 아니면 잘록한 허리, 풍만한 가슴, 불타는 눈의 무용수 루이사 때문에? 그도 아니면 웃을 때 반짝이는 상앗빛 치아 사이로 고양이처럼 빨간 혀끝을 내미는 미망인 안드레아 때문에?

아니다. 이 여자들 중 누구도 아니다. 레까레도는 당혹스러웠다. "말해줘, 내 사랑. 진실을 말해줘. 그게 누구야? 내가 당신을 얼마나 사랑하는지 알잖아. 나의 엘자, 나의 줄리엣, 나의 영혼, 내 사랑……"

중간중간 끊어지며 떨리는 말들 속에서 깊은 사랑의 진실이 흔들렸다. 이제 눈물이 마른 그녀의 눈은 새빨개져 있었다. 그녀는 아름답고 고고한 머리를 똑바로 쳐들며 일어났다.

"날 사랑해요?"

"잘 알잖아!"

"그럼 내가 연적(戀敵)에게 복수하게 해줘요. 그녀예요, 나예요? 둘 중 한 사람을 택해요. 당신이 분명 날 사랑한다면, 나만 홀로 남아 당신의 열정을 믿을 수 있게 그녀를 영원히 당신 곁에서 떼어놓아도 되겠지요?"

"물론이지." 레까레도가 말했다.

그는 질투심에 불타는 고집센 그의 작은 새가 방에서 나가는 것을 바라보며 먹물처럼 새카만 커피를 계속 홀짝였다.

그가 커피를 세 모금도 채 마시기 전에 작업실 쪽에서 뭔가 와장창 깨지는 소리가 들려왔다.

그는 소리가 난 쪽으로 갔다. 그의 눈은 어떤 광경을 보았을까? 황금빛의 검은 받침대에 놓여 있던 흉상이 사라지고 없었다. 바닥에는, 작은 고관들과 부채가 떨어져 어지럽게 널려 있는 사이로, 슈제뜨의 앙증맞은 구두 밑에서 바스러지는 자기 조각들이 보였다. 얼굴은 잔뜩 상기되고 머리는 풀어헤친 채 그녀는 깔깔 은방울 소리를 내며 놀란 남편에게 이렇게 말하고는 입맞춤을 기다렸다.

"복수했어요. 이제 당신의 중국 여제는 죽었어요!"

기쁨이 가득한 푸른 방에서 그들의 입술이 뜨겁게 부딪치기 시작하자 구관조는 새장에서 배꼽을 쥐고 웃었다.

■ 더 읽을거리

모데르니스모의 탄생을 알리며 라틴아메리카 문학에 대한 국제적인 관심을 불러일으킨 시·산문집 『푸름』(1888, 1890)이 대표작이다. 「부르주아 왕」(El rey burgués)을 비롯해 여기에 수록된 단편들은 근대화를 찬양하는 동시에 물질주의적인 삶의 방식을 통렬하게 비판했던 세기말 예술가들의 태도를 잘 보여준다. 「아멜리아의 경우」(루이사 발렌수엘라 외, 송병선 옮김 『탱고』, 문학과지성사 1999), 「D.Q.」(레오나르도 파두라 외, 송병선 외 옮김 『알보라다 알만사의 행복한 죽음』, 현대문학 2004) 등이 우리말로 번역되어 있다.

Horacio Quiroga

| 오라시오 끼로가 |

1878~1937

1878년 살또에서 우루과이 주재 아르헨띠나 영사의 아들로 태어났다. 모데르니스모의 영향하에 시를 쓰기 시작했으며, 1899년 문학지 『레비스따 델 살또』를 창간했다. 몬떼비데오 대학에서 공부했고 1900년 세기말의 빠리 여행에서 환멸을 느끼고 귀국하였다. 실수로 절친한 친구를 죽인 비극적 사건 뒤에 부에노스아이레스로 이주했다. 아르헨띠나 정부의 초청으로 미시오네스를 방문한 경험이 그의 삶을 바꾸어놓았다. 아르헨띠나 북부의 열대삼림지역은 그의 관심을 끌었고, 그는 여러 해 동안 개척농민으로 그곳에 살았다. 그곳에서 겪은 자연은 많은 단편에 중요한 토양을 제공한다. '찌꺼기가 정제된 소설'로서의 단편을 추구했던 그는 문체적 혁신과 이론적 제안에 있어 근대 단편의 선구자의 한 사람으로 평가되며, 구이랄데스, 보르헤스, 꼬르따사르 등의 라틴아메리카 소설문학에 결정적인 영향을 끼쳤다. 1937년 암 판정을 받고 투병중에 아르헨띠나의 미시오네스에서 자살했다.

목 잘린 암탉 La gallina degollada

라틴아메리카 최고의 단편작가의 한 사람으로 평가받는 끼로가는 에드거 앨런 포우와 모빠쌍, 키플링, 체호프 등 거장들의 영향하에 모데르니스모의 피상적 화려함을 배제하고 풍속주의적 성격이 강했던 19세기말 남아메리카의 단편에 환상성이라는 근대적 요소를 도입했다. 폭력과 광기, 죽음이 지배하는 라틴아메리카 특유의 주변부적 공간과 주제를 감상주의나 지방색을 배제한 완벽한 기법과 결합시킬 줄 알았으며, 그의 작품은 주로 동물이야기와 포우 식의 공포물이다. 바보 아이들 넷을 둔 불행한 부부의 비극적 삶을 그린 소름끼치는 단편 「목 잘린 암탉」은 후자에 속한다. 이 작품이 수록된 단편집 『사랑과 광기와 죽음의 이야기』(Cuentos de amor, de locura y de muerte, 1917)에서는 미시오네스에서의 경험과 삶에 대한 우울하고 섬뜩한 감각이 결합되어 있다. 계부와 부인, 아들과 딸의 잇따른 자살에서 그 자신의 자살에 이르기까지 비극으로 점철된 삶은 그의 작품세계에 결정적 영향을 끼쳤다. 그는 "감정의 가치를 그 강렬함으로 판단한다면 두려움만큼 풍요로운 것은 없다"고 말하기도 했다. 윌리엄 포크너의 몇몇 강박관념과 주제를 선구적으로 구현한 「목 잘린 암탉」은 베개에 살며 밤마다 젊은 여자의 피를 빨아먹는 기생충 이야기인 「깃털 베개」(El almohadón de plumas)와 함께 끼로가의 대표작으로 손꼽힌다. 이 두 작품은 단편은 어떻게 씌어지는가에 대한 훌륭한 교본이다. 그러나 이 작품이 지닌 잔혹성만으로 그의 스타일을 재단하는 것은 오류다. 그의 단편에는 사회적 증언과 섬세한 고발, 인간미 넘치는 사랑이야기 또한 존재한다.

목 잘린 암탉

마치니 페라스 부부의 바보 사형제는 하루종일 안마당 벤치에 죽치고 앉아 있었다. 그들은 얼빠진 눈에 입은 헤벌린 채 입술 사이로 혀를 빼물고 머리를 좌우로 흔들었다.

안마당은 흙바닥이었고 벽돌담으로 서쪽이 막혀 있었다. 벤치는 오 미터 거리를 두고 담벼락과 나란히 놓여 있었고, 아이들은 벽돌에 시선을 고정시킨 채 벤치에서 꼼짝도 하지 않았다. 해가 기울어 담벼락 뒤로 사라지면 그들은 한껏 들뜬 분위기에 휩싸였다. 처음에는 눈부신 햇살에 관심을 보이다가 서서히 그들의 눈에 생기가 돌았다. 마침내, 그들은 마치 태양이 먹을 것이라도 되는 듯 야수 같은 기쁨의 눈길로 바라보았고, 하나같이 만면에 탐욕스러운 희색을 띠고 요란한 웃음을 터뜨렸다.

어떤 때는 벤치에 줄지어 앉아 몇시간이고 빽빽 소리를 내며 전차를 흉내내곤 했다. 또 힘찬 소리가 그들의 무기력을 흔들어 깨울 때면, 혀를 깨물고 으르렁대며 안마당 주위를 뛰어다녔다. 그러나 그들은 거의 언제나 백치스러운 우울한 혼수상태에 빠져 있었고, 하루종일 벤치에 앉아 다리를 늘어뜨린 채 미동도 없이 끈적끈적한 침으로 바지를 적시며 시간을 보냈다.

큰아이는 열두살이고 막내는 여덟살이었다. 돌봐주는 사람 하나 없어 보이는 꾀죄죄한 몰골에서 어머니의 보살핌을 전혀 받지 못한다는 것을 알 수 있었다.

그러나 바보 사형제도 한때는 부모에게 큰 기쁨이었다. 결혼하고 석달이 지났을 때, 마치니와 베르따는 남편과 아내, 아내와 남편으로서의 편협한 사랑을 한결 중대한 미래로 향하게 했다. 아이를 갖기로 한 것이다. 사랑하는 두 사람에게 아무런 목표도 없고 어떤 새로움의 희망도 없는──사랑 그 자체를 위해서는 후자가 더 심각하다──사랑의 졸렬한 이기주의에서 벗어나 성심껏 그들의 애정을 봉헌하는 것보다 더 큰 행복이 어디 있겠는가?

마치니와 베르따도 그렇게 생각했고, 결혼한 지 14개월 만에 아이가 태어나자 자신들의 행복이 이루어졌다고 믿었다. 갓난아이는 일년 육개월이 될 때까지 눈부실 만큼 어여쁘게 자랐다. 그런데 20개월이 된 어느날 밤에 끔찍한 경기를 하고 나더니 다음날 아침 깨어났을 때는 부모 얼굴도 알아보지 못했다. 의사는 전문가의 세심한 눈으로 아이를 검사했는데, 부모의 선천적인 질환에서 병의 원인을 찾아내려는 기색이 역력했다.

며칠이 지나자 마비된 팔다리가 움직임을 되찾았다. 그러나 지능과 정신, 심지어는 본능까지도 영영 잃고 말았다. 그는 완전히 바보천치가 되어 엄마 무릎 위에서 죽은 듯이 너부러져 지냈다.

"우리 아가, 사랑하는 우리 아가!" 엄마는 첫째아이의 가혹한 파멸에 흐느껴 울었다.

슬픔에 잠긴 아버지는 문밖까지 의사를 따라나갔다.

"사실대로 말씀드리죠. 절망적인 경우라고 봅니다. 아이는 상태가 호전될 수도 있고, 또 그의 백치상태가 허락하는 한도 내에서 교육을 받을 수도 있겠지만, 그 이상은 불가능합니다."

"네! 네……!" 마치니는 의사의 진단을 받아들였다. "그래도 말씀해주시죠. 유전이라고 생각하시나요? 아니면……"

"부계유전에 대해서라면 댁의 아드님을 보았을 때 이미 말씀드린 대롭니다. 모계 쪽에서는 폐에 문제가 있어요. 그밖에 별다른 이상은 없습니다만, 호흡이 좀 거칩니다. 부인께서 제대로 진찰을 받아보시는 게 좋겠어요."

양심의 가책으로 영혼이 갈기갈기 찢긴 마치니는 할아버지의 무절제에 대한 댓가를 치르고 있는 백치 자식에게 더 많은 사랑을 주었다. 그는 동시에 젊은 어머니로서의 좌절에 깊이 상처받은 베르따를 쉼없이 위로하고 보살펴주어야 했다.

자연스레 부부는 다음 아이에 대한 기대에 자신들의 모든 사랑을 쏟았다. 둘째아이가 태어났고, 아기의 건강과 해맑은 미소는 불꺼진 암울한 미래에 다시 불을 밝혔다. 그러나 18개월째에 첫째아이가 겪은 경기가 되풀이되었고, 이튿날 깨어났을 때는 바보천치가 되어 있었다.

이번에 부모는 깊은 절망에 빠졌다. 그들의 혈통, 그들의 사랑은 그렇게 저주받았던 것이다! 무엇보다, 그들의 사랑이! 그는 스물여덟살이고 그녀는 스물두살이었지만 그들의 열정적인 사랑도 정상적인 생명의 씨앗을 잉태하는 데 실패했던 것이다. 이제 그들은 더이상 첫째아이 때처럼 아름다움과 총명함을 바라지도 않았다. 그저 아이 하나, 다른 애들과 다름없는 평범한 아이 하나를 원했을 뿐이다!

또 한번의 재앙에서 아픈 사랑의 새로운 불꽃이, 기필코 그들의 고결한 애정을 되찾겠다는 격렬한 욕망이 싹텄다. 쌍둥이가 태어났고, 그들은 차츰차츰 두 형의 전철을 되풀이했다.

그러나 마치니와 베르따는 그 한없는 비통함을 극복하고 네 아이에게 깊은 연민을 품었다. 이제 부부는 그들의 영혼이 아니라 폐기된 본능 자체를 아득한 수성(獸性)의 수렁에서 구해내야 했다. 아이들은 음식을 넘길 줄도, 이리저리 자리를 옮길 줄도, 심지어는 자리에 앉을 줄도 몰랐다. 마침내 걷는 법을 배웠지만, 장애물을 분간하지 못해 온 사방에 부딪히기 일쑤였다. 몸을 씻길 때면, 아이들은 얼굴이 벌겋게 달아오를 정도로 악을 쓰며 울었다. 그들은 밥을 먹을 때나, 눈부신 색깔을 보거나 천둥소리를 들을 때만 생기가 돌았다. 그럴 때면 야수적인 광기를 번득이며 혀를 밖으로 내밀고 침을 질질 흘리며 웃었다. 한편, 아이들에게는 어느정도 흉내내는 능력이 있었지만, 그 이상은 전혀 기대할 수 없었다.

끔찍한 혈통도 쌍둥이들과 더불어 막을 내린 것처럼 보였다. 그러나 삼년이 지나자, 부부는 긴 세월이 그들의 운명을 잠재웠을 것으로 믿고 다시 한번 간절히 아이를 원하게 되었다.

그들의 소망은 성취되지 않았다. 아무런 결실도 얻지 못한 채 그에 비례해 불타는 갈망만 격앙되어가자 부부는 더 초조해졌다. 그때까지만 해도 부부는 각자 자식들의 불행에 대한 책임이 자신에게도 있다고 인정했다. 그러나 그들에게서 태어난 네 마리 짐승들에게 구원의 가능성이 없다는 것을 알고 나서 절망한 나머지 상대방에게 책임을 전가할 필요성을 절실하게 느끼게 되었는데, 이는 비굴한 사람들 특유의 행태이다.

그들은 '당신 자식들'이라고 호칭을 바꾸는 것으로 말다툼을 시작했다. 그리고 욕지거리도 모자라 악의적으로 몰아붙이기까지 했으니 분위기는 한껏 험악해졌다.

"나는 말이야." 어느날 밤 마치니가 막 귀가해 손을 씻고는 아내에게 말했다. "당신이 아이들을 좀더 깔끔하게 보살필 수 있다고 보는데."

베르따는 들은 척도 하지 않고 계속 책을 읽었다.

"당신이 당신 애들 문제로 걱정하는 건 생전처음 보네요." 잠시 뒤에 그녀가 쏘아붙였다.

마치니는 억지웃음을 흘리며 그녀 쪽으로 약간 얼굴을 돌렸다.

"우리 애들이야. 아닌가?"

"그래요, 우리 애들이에요. 이제 됐어요?" 그녀가 눈을 치켜떴다. 이 번엔 마치니가 불편한 심기를 여과 없이 드러냈다.

"설마 내 탓이라고 말하려는 건 아니겠지, 엉?"

"허, 아니요!" 베르따가 창백한 얼굴에 웃음을 머금었다. "하지만 내 탓도 아니라고 생각해요! 천만에!" 그녀가 중얼거렸다.

"뭐라고? 그럼 내 탓이란 말이야?"

"누군가 허물이 있다고 해도 난 아니라고요. 아시겠어요? 이게 당신 한테 하고 싶었던 말이에요."

남편은 욕설을 퍼붓고 싶은 잔인한 욕망을 느끼며 물끄러미 아내를 바라보았다.

"관둬!" 그가 이제야 손을 닦으며 내뱉었다.

"좋으실 대로. 하지만 당신이 하고 싶은 말이⋯⋯"

"베르따!"

"맘대로 하세요!"

이것이 첫 충돌이었고 이후에 다른 충돌이 잇따랐다. 그러나 어쩔 수 없는 화해 속에서, 그들의 영혼은 새로운 자식을 갖고자 하는 몇배의 흥분과 광기로 결합되었다.

그렇게 해서 딸아이가 태어났다. 그들은 또다시 재앙이 닥칠까봐 노심초사하며 두 해를 보냈다. 하지만 아무 일도 일어나지 않았고, 부모는 딸을 지극정성으로 보살폈다. 아이는 응석받이로 자란 나머지 아주 버릇이 없었다.

최근까지도 베르따는 늘 자식들을 보살폈지만, 베르띠따가 태어난 뒤로는 나머지 아이들에 대해서 거의 까맣게 잊고 지냈다. 그녀는 그들을 생각하는 것만으로도 마치 억지로 잔혹한 짓을 저지르기라도 하는 것처럼 소름끼쳐 했다. 그 정도는 아니었지만, 마치니도 마찬가지였다.

그렇다고 해서 그들의 영혼에 평화가 찾아오진 않았다. 그들은 딸이 하찮은 병에만 걸려도 아이를 잃을까봐 두려운 나머지 온전치 못한 자식들에 대한 분통을 터뜨렸다. 그들은 사소한 자극에도 감정이 폭발할 만큼 아주 오랫동안 두고두고 상대방에 대한 분노를 쌓았다. 처음으로 불쾌한 언쟁을 벌인 순간부터 마치니와 베르따는 상대방에 대한 존중은 안중에도 없었다. 사람은 일단 칼을 뽑은 이상 상대방을 철저히 깔아뭉개는 데서 잔인한 쾌감을 느끼게 된다. 전에는 공동의 좌절이었기에 감정을 억제하였지만, 성한 자식을 갖는 데 성공한 지금은 각자 자신에게 그 공(功)을 돌리며 상대방 탓에 어쩔 수 없이 생겨난 불구의 네 아이들에 대한 수치심을 한층 더 강하게 느꼈다.

이런 감정을 품었으니 위로 네 아이들에 대한 애정이 솟을 가능성은 이미 남아 있지 않았다. 하녀가 아이들의 옷을 입히고 음식을 차려주고, 또 잠자리를 챙겨주는 일을 맡았는데, 그녀는 그들을 거칠고 난폭하게 다루었다. 또 아이들을 씻기는 법이 거의 없었다. 아이들은 찬밥 신세가 되어 관심 밖으로 밀려난 채 거의 하루종일 담장 앞에 앉아서 시간을 보냈다.

어느덧 시간이 흘러 베르띠따는 네 돌을 맞았고, 부모는 부득이 아이에게 진수성찬으로 생일상을 차려주게 되었다. 그로 인해 그날 밤 아이는 가벼운 오한과 열이 있었다. 딸이 죽거나 천치가 될지도 모른다는 두려움에 영원히 아물지 않을 상처가 다시 열렸다.

그들은 세 시간째 서로 말을 하지 않았다. 언제나 그렇듯, 마치니의 빠른 걸음걸이가 발단이 되었다.

"세상에! 좀 천천히 걸을 수 없어요? 도대체 몇번째야?"

"알았어. 내가 깜빡했어. 됐지! 일부러 그런 게 아니라고."

그녀는 경멸적인 미소를 지었다

"도대체 믿을 수가 있어야지, 믿을 수가!"

"나라고 뭐 당신이 미더운 줄 알아…… 폐병쟁이야!"

"뭐! 뭐라고 했어?"

"아무것도 아니야!"

"맞아. 분명 뭐라고 하는 소릴 들었어! 이것 보세요, 당신이 뭐라고 했는지 모르지만, 맹세컨대 당신 아버지 같은 아버지를 두느니 혀라도 깨물고 말겠어!"

마치니의 얼굴이 새파랗게 질렸다.

"결국은!" 그가 이를 앙다물고 말을 씹어뱉었다. "이 독사 같으니라고. 네가 결국 본색을 드러내는구나!"

"그래, 독사 맞아! 하지만 우리 부모님은 온전하다고! 알아들어? 온전하다고! 우리 아버진 실성해서 돌아가시진 않았어! 난 세상의 보통 아이들처럼 멀쩡한 자식들을 가질 수 있었다고! 그것들은 당신 자식이야, 그 네 녀석들은 당신 자식이라고!"

이번에는 마치니가 폭발했다.

"폐병쟁이 독사! 이게 내가 했던 말이야. 너한테 또 그 말을 하고 싶다고! 물어봐. 네 자식들의 뇌막염이 누구 탓인지 의사한테 한번 물어보라고. 내 아버진지, 아니면 벌레먹은 네 폐인지, 이 독사 같은 년!"

베르띠따의 신음소리가 순간적으로 그들의 입을 얼어붙게 할 때까지, 두 사람은 점점 더 격렬하게 말싸움을 계속했다. 새벽 한시쯤 아이의 가벼운 소화불량이 사라지자, 그들은 서로에 대한 모욕이 치욕적이었던 만큼 더욱 눈물겨운 화해를 이루었다. 단 한번이라도 뜨겁게 사랑해본 젊은 부부라면 으레 겪는 일이었다.

눈부신 하루가 밝았고, 베르따는 잠자리에서 일어나다가 피를 토했다. 틀림없이 끔찍했던 지난밤에 흥분한 게 주된 원인이었을 것이다. 마치니는 한참 동안 그녀를 감싸안고 있었다. 그녀가 절망적으로 오열했지만 어느 누구도 선뜻 말 한마디 건네지 못했다.

열시에 부부는 점심식사를 하고 외출하기로 했다. 그들은 시간이 없어서 하녀에게 암탉 한마리를 잡으라고 일렀다.

눈부신 햇살이 얼간이들을 벤치에서 끌어냈다. 하녀는 부엌에서 피를 아주 조금만 흘리면서(베르따는 어머니에게서 고기의 신선도를 유지하는 이 훌륭한 방법을 배웠다) 닭의 모가지를 따고 있었다. 그때 그녀는 등뒤에서 숨소리 비슷한 게 느껴진다고 생각했다. 돌아보니 바보 사형제가 어깨를 나란히 붙이고 서서 넋을 잃고 그 광경을 바라보고 있었다. 시뻘게…… 시뻘게……

"부인! 애들이 여기 부엌에 있어요."

베르따가 부리나케 달려왔다. 그녀는 애들이 부엌에 한 발자국도 들여놓지 않기를 바랐다. 그러나 이 충만한 용서와 망각 그리고 되찾은 행복의 순간에조차 그 끔찍한 광경은 피할 수 없었다! 당연히 남편과 딸에 대한 사랑의 기쁨이 컸던 만큼 괴물 같은 자식들에 대한 분노가 더욱더 치밀었기 때문이다.

"내보내, 마리아! 애들을 쫓아내! 쫓아내라잖아!"

두들겨맞으며 무자비하게 떠밀려나온 가련한 네 마리 짐승들은 그들의 벤치로 되돌아갔다.

점심을 먹고 나서 모두들 집을 나섰다. 하녀는 부에노스아이레스로 갔고, 부부는 산보삼아 별장을 둘러보러 갔다. 그들은 해질 무렵에 돌아왔다. 그러나 베르따는 이웃집 여자들과 잠시 인사를 나누고자 했다. 딸아이는 곧장 집으로 내달았다.

한편, 바보 사형제는 하루종일 꼼짝 않고 벤치에 앉아 있었다. 해는 이미 기울어 담장 뒤로 가라앉기 시작했고, 그들은 그 어느 때보다 무기력하게 계속 벽돌만 바라보고 있었다.

갑자기 그들의 시선과 담장 사이로 무언가가 끼어들었다. 부모와 다섯 시간을 보내면서 녹초가 된 여동생이 혼자서 잠시 주위를 살펴보고 싶었던 것이다. 그녀는 담장 밑에서 걸음을 멈추더니 담장 꼭대기를 골똘히 올려다보았다. 그곳에 올라가고 싶은 게 분명했다. 급기야 밑이 빠진 의자를 써보았지만, 여전히 꼭대기에 미치지 못했다. 그러자 그녀는 석유통을 들어다가 뛰어난 공간지각능력으로 똑바로 세웠다. 그렇게 해서 그녀는 담장 꼭대기에 다다를 수 있었다.

바보 사형제는 무심한 눈길로 어떻게 여동생이 끈기있게 균형을 유지하는지, 어떻게 까치발로 서서 담장 꼭대기로 위태롭게 두 손을 뻗치고 그 사이로 턱을 지탱하는지 지켜보고 있었다. 그들은 여동생이 사방을 둘러보며 더 높이 올라가려고 발디딜 곳을 찾는 것을 보았다.

그러나 천치들의 눈빛에는 벌써 생기가 돌았다. 예의 그 집요한 빛이 그들의 눈동자에 맺혀 있었다. 그들은 점점 커져가는 짐승 같은 식욕에 얼굴을 실룩거리며 한시도 여동생에게서 눈을 떼지 않았다. 그들은 천천히 담장 쪽으로 다가갔다. 발디딜 곳을 찾는 데 성공한 아이는 이제 담벼락에 걸터앉아 반대쪽으로 떨어질 참이었는데, 분명 누군가가 한쪽 다리를 잡아당기는 느낌을 받았다. 밑에서 그녀의 눈을 뚫어지게 응시하는 여덟 개의 눈동자에 그녀는 두려움에 떨었다.

"놔줘! 놔주란 말이야!" 그녀는 발버둥치며 소리를 질렀다. 그러나 결국 끌어당겨지고 말았다.

"엄마! 아아, 엄마! 엄마, 아빠!" 그녀가 다급하게 울부짖었다. 그녀는 아직 담장 모서리에 매달려 버티려고 안간힘을 썼지만 잡아당겨지는 느낌과 함께 땅바닥에 나뒹굴었다.

"엄마! 아악, 엄……!" 그녀는 더이상 소리를 지를 수 없었다. 그들 중 한명이 마치 깃털을 뽑듯이 그녀의 머리카락을 쥐어뜯으며 목을 조였고, 나머지 형제들은 한쪽 다리를 잡고 그녀를 부엌으로 질질 끌고 갔다. 그날 아침 암탉 한마리가 단단히 붙들린 채 피를 흘리며 서서히 숨이 끊어져가던 그 부엌으로.

맞은편 집에 있던 마치니는 딸아이의 목소리가 들린 것 같았다.

"당신을 찾는 것 같은데." 그가 베르따에게 말했다.

그들은 불안해하며 귀를 기울였지만 더이상 아무 소리도 들리지 않았다. 그렇지만 그들은 잠시 후 헤어졌고, 베르따가 모자를 두러 간 사이에 마치니는 안마당으로 걸어갔다.

"베르띠따!"

아무 대답이 없었다.

"베르띠따!" 그는 이미 다급해진 목소리를 더욱 높였다.

그의 가슴은 늘 겁에 질려 있었으므로 침묵은 참으로 음산했고, 그는 끔찍한 예감에 순간 등골이 오싹해졌다.

"내 딸아, 내 딸아!" 이제 그는 필사적으로 집안으로 내달렸다. 그러나 부엌 앞을 지나는 순간 바닥이 온통 피바다가 된 것을 목격했다. 그는 반쯤 닫힌 문을 거칠게 열어젖혔다. 그리고 공포의 비명을 내질렀다.

남편이 애타게 딸아이를 부르는 소리를 듣고 이미 뛰어가고 있던 베르따는 그의 비명소리를 듣는 순간 역시 비명을 질렀다. 그러나 부엌으로 뛰어들었을 때, 죽은 사람처럼 핏기 없는 얼굴의 마치니가 그녀를 가로막으며 제지했다.

"들어가지 마! 들어가지 말라고!"

베르따는 결국 피범벅이 된 부엌 바닥을 보고 말았다. 그녀는 그저 두 손으로 머리를 감싼 채 목쉰 탄식을 토해내며 남편에게 매달려 천천히 바닥에 주저앉았다.

더 읽을거리

단편집 『사랑과 광기와 죽음의 이야기』 외에 『밀림 이야기』(Cuentos de la selva, 1918), 『아나꼰다』(Anaconda, 1921) 등의 작품이 있으며 대부분 아르헨띠나의 밀림을 배경으로 하고 있다. 『밀림 이야기』(안금영 옮김, 사람과책 2000)와 「깃털 베개」(『탱고』, 1999)가 우리말로 번역되어 있다.

Alejo Carpentier

| 알레호 까르뻰띠에르 |

1904~80

1904년 꾸바의 아바나에서 프랑스인 아버지와 러시아인 어머니 사이에서 태어났다. 1912년 가족과 함께 프랑스로 이주하여 수년간 빠리에 거주했다. 1927년 좌파적 정치이념 때문에 마차도 독재하에서 7개월간 수감 생활을 했다. 1928년 프랑스로 망명하여 11년간 빠리에 살며 프랑스 초현실주의자들과 교우했고 그들을 통해 조국의 찬란함에 눈떴다. 1939년 귀국하여 여러 해 동안 생계를 위해 라디오 프로그램을 진행했고 꾸바혁명 성공 후에는 다양한 정치·외교적 직책을 수행하며 라틴아메리카의 작가들이 활발하게 소통할 수 있는 길을 열어주었다. 백과사전적 교양을 갖춘 지식인이었던 그는 역사와 문학 외에도 음악, 건축 그리고 회화에 정통하였다. 1977년 세르반떼스상을 수상했으며 1980년 빠리에서 사망했다.

■ 씨앗으로 돌아가는 여행 El viaje a la semilla

까르뻰띠에르의 본질적인 관심사의 하나는 시간의 문제다. 시간을 다루는 데 있어서 그는 존재하는 시간적 차원의 모든 가능성과 이미지들을 고갈시키는 것처럼 보인다. 『잃어버린 발자취』(*Los pasos perdidos*, 1953)에서 우리는 단선적 시간에서의 여행의 가능성과 함께 신화적 시간과 대면한다. 또 『시간 전쟁』(*Guerra del tiempo*, 1958)에서는 원형의 시간, 시간의 역행, 잃어버린 시간 등이 등장한다. 1949년에 발표되고 이 단편집에 실려 있는 「씨앗으로 돌아가는 여행」에서는 마치 언어가 가역적인 것처럼 거꾸로 이야기된다. 즉 영화의 장면을 거꾸로 돌리듯이 주인공 돈 마르시알의 사망과 헐린 저택의 이미지부터 그가 태어나는 순간까지의 이야기가 역방향으로 전개된다. 양모담요가 양떼로 돌아가고 어른이 아이가 되며 책상이나 의자가 자란다. 작품의 마지막에서 일꾼들이 철거작업을 계속하려고 갔을 때 이미 작업은 끝났고, 과거로의 여행은 다시 방향을 바꾸어 우리를 죽음으로 이끄는 실제적 시간이 시작된다. 원천을 찾아 강을 거슬러오르듯 시간을 거슬러오르는 이 여행에서 죽음과 탄생은 동전의 양면처럼 맞물려 있다. 이러한 서술형식 속에서 독서행위는 단지 이야기 전개를 좇아 앞으로 나아가는 것만을 의미하지 않는다. 그것은 흐르는 시간을 뛰어넘는 허구적 과정이며 시간의 자궁이 숨어 있는 태초의 씨앗으로 다가서는 것이다. 이러한 기법은 이해할 수 있는 현실을 초현실적, 마술적 비전으로 바꾸며, 작가는 이런 기법을 통해 그가 선호하는 원시로의 복귀의 비전을 제시한다. 이처럼 작가 스스로 '경이로운 현실'(lo real maravilloso)이란 용어로 이름붙인 아메리카적 공간의 이미지 속에서 신화와 마술, 운명, 꿈은 그의 문학의 진정한 주인공이 되기에 이른다.

씨앗으로 돌아가는 여행

1

"무슨 일이세요, 영감님?⋯⋯"

높은 비계에서 거듭 질문이 떨어졌다. 그러나 노인은 대답이 없었다. 모퉁이를 기웃거리고 알아들을 수 없는 혼잣말을 길게 중얼거리며 이곳저곳을 서성일 뿐이었다. 이미 헐린 기와는 구운 찰흙의 모자이크로 죽은 화단을 뒤덮고 있었다. 머리 위에서는 곡괭이로 벽돌을 떼어내고 있었고, 떼어낸 벽돌은 쏟아져내리는 석회·회반죽과 뒤엉켜 나무 홈통으로 굴러떨어졌다. 톱니 모양으로 듬성듬성 이빨이 빠진 총안흉벽을 통해 타원형 혹은 사각형의 천장, 코니스(처마 돌림띠—옮긴이), 화관 장식, 치상(齒狀)장식, 염주 쇠시리, 그리고 뱀의 허물처럼 건물 정면에 걸려 있는 풀 묻은 종이쪼가리들이—그 비밀을 벗은 채—모습을 드러냈다. 뒷마당에서는 검은색 줄무늬의 곡물 머리장식을 한 케레스(로마신화에서 풍작의 여신으로 그리스신화의 데메테르에 해당—옮긴이) 여신상이 형체를 알아보기 힘든 괴인면(怪人面) 분수대 위에 서서 철거작업을 지켜보고 있었다. 여신상의 코는 뭉개졌고 페플럼(윗옷이나 블라우스에 붙은, 허리만 두르게 된 짧은 스커트 모양의 천—옮긴이)은 색이 바랬다. 어둠이 내릴 무렵 햇살의 방문을 받은 연못의 회색빛 물고기들은 동그란 눈으로 눈부신 하늘 위 인부들의 검은 씰루엣을 바라보며 이끼로 뒤덮인 미지근한 물속에서 하품을 하고 있었다. 인부들은 수백년 된 집채의 높이를 낮추고 있었다. 노인은 지팡이에 턱을 괴고 여신상 발치에 앉아 있었다. 그는 귀중한 파편조각들이 가득 담긴 두레박이 오르내리는 것을 지켜보았다. 불쾌하게 울어대는, 뻔뻔스러운 새들처럼 위쪽에서 정으로 돌을 쪼는 소리에 맞춰 도르래가 기분나쁘게 끽끽 소리를 합창하는 동안 거리의 소리가 희미하게 들려왔다.

괘종시계가 다섯시를 알렸다. 코니스와 엔타블레이처(기둥 위에 건너지른 수평부—옮긴이)가 무너져내렸다. 다음날의 본격적인 철거작업을 위해 접사다리만 남겨놓았다. 땀과 욕설, 밧줄이 삐걱거리는 소리, 기름통을 달라고 소리치는 굴대, 그리고 미끈거리는 몸통을 손바닥으로 때리는 소리 따위가 잦아들자 대기는 한결 시원해졌다. 철거중인 집에는 황혼이 더 일찍 찾아왔다. 어제까지만 해도 지금은 무너져내린 상부 난간이 건물 정면에 마지막 햇살을 선사하던 바로 그 시간인데 집은 이미 어둠에 휩싸여 있었다. 케레스 여신상은 입술을 꼭 다물고 있었다. 방들은 난생처음 사방에 잡석들이 널린 풍경을 응시하며 블라인드도 없이 잠이 들 것이다.

원래는 서 있어야 할 기둥머리들이 풀숲 여기저기에 나뒹굴고 있었다. 기둥머리의 아칸서스 잎들은 식물의 상태를 나타냈다. 덩굴식물은 가족 같은 분위기에 끌려 덩굴손을 과감히 이오니아식 소용돌이 장식 쪽으로 뻗었다. 땅거미가 깔리자 집은 땅바닥에 한층 가까워졌다. 위쪽에는, 뒤죽박죽된 돌쩌귀에 유령 같은 어둠의 널빤지를 매단 채 문틀 하나가 여전히 똑바로 서 있었다.

2

그때 그 자리에 꼼짝 않고 있던 흑인 노인이 사방에 널브러진 바닥타일 더미 위로 지팡이를 휘두르며 이상한 몸짓을 했다.

희고 검은 네모난 대리석이 방바닥으로 날아올라 흙을 뒤덮었다. 돌맹이들은 정확히 튀어올라 좁은 벽의 갈라진 틈을 메웠다. 징이 박힌 호두나무 문짝들이 문틀에 끼어들었고, 돌쩌귀의 나사들은 빠른 속도로 회전하며 다시 구멍 속으로 가라앉았다. 죽은 화단에서 자라나는 꽃들의 도움으로 몸을 일으킨 기왓장이 파편조각들을 이어 맞추며 요란한 흙바람을 일으켰다가 빗물처럼 지붕의 뼈대 위로 쏟아져내렸다. 품위있게 옷을 차려입은 집은 다시 평소의 균형을 되찾으며 커져갔다. 케레스 여신상은 점차 회색빛이 가셨다. 분수에서는 더 많은 물고기가 헤엄쳤고, 졸졸대는 물의 속삭임은 잊혀진 베고니아를 다시 살려냈다.

노인은 현관문의 자물통에 열쇠를 꽂았고 창문을 열기 시작했다. 그의 구두굽 소리가 공허하게 울렸다. 그가 램프에 불을 붙이자 노란 일렁임이 유화작품인 가족 초상화에 번졌고, 검은 옷을 입은 사람들이 초콜릿 컵을 휘젓는 스푼의 리듬에 맞춰 회랑마다에서 나지막이 소곤거렸다.

까뻬야니아스 후작 돈 마르시알은 임종의 자리에 누워 있었다. 그의 가슴에는 훈장이 주렁주렁 매달려 있었고 촛농이 길게 늘어진 네 개의 대형초가 그를 지키고 있었다.

3

초는 촛농을 빨아들이며 서서히 길어졌다. 초가 원래의 크기가 되었을 때, 수녀는 촛불을 끄고 성냥을 치웠다. 탄 부분이 없어지며 초의 심지가 하얘졌다. 방문객들은 썰물처럼 집을 빠져나가 마차를 타고 어둠 속으로 떠났다. 돈 마르시알은 보이지 않는 건반을 누르며 눈을 떴다.

어지럽게 널린 천장 대들보는 서서히 제자리로 돌아갔다. 약병, 다마스크 장식술, 침대 머리맡의 성의(聖衣), 은판사진, 쇠창살의 야자나무 잎이 안개 속에서 나타났다. 의사가 가망이 없다는 표정으로 고개를 가로저었을 때, 환자의 몸 상태는 한결 좋아졌다. 그가 몇시간 자고서 눈을 떠보니 아나스따시오 신부가 짙은 눈썹을 찌푸리며 내려다보고 있었다. 그가 저지른 숱한 죄를 솔직하고 세세하게 고해하기 시작했지만, 점차 입이 무거워지고 고통스러운 듯 얼버무려버렸다. 하지만 그 까르멜회 신부가 무슨 권리로 그의 인생에 간섭한단 말인가? 돈 마르시알이 문득 정신을 차려보니 방 한가운데에 쓰러져 있었다. 관자놀이의 압박감이 잦아들자 그는 놀랍도록 기민하게 일어났다. 알몸의 여인이 침대의 금란 위에서 기지개를 켜고 나서 속치마와 보디스(코르셋 위에 입는 여성용 조끼—옮긴이)를 찾기 시작했고, 잠시 뒤에 비단 스치는 소리와 향기 속으로 사라졌다. 아래쪽, 문이 닫힌 마차의 놋쇠 장식 달린 좌석 위에는 금화가 든 봉투가 놓여 있었다.

돈 마르시알은 몸이 좋지 않았다. 콘솔 거울 앞에서 넥타이를 맬 때 그의 얼굴은 벌겋게 달아올라 있었다. 그는 집의 경매 절차를 밟기 위해 법률가들—변호사들과 그 서기들—이 대기하고 있는 사무실로 내려갔다. 백방으로 뛰어보았으나 소용이 없었다. 그의 자산은 테이블을 두드리는 의사봉의 장단에 맞추어 최고 입찰자의 손에 넘어갈 것이다. 마르시알이 인사를 건네자 그들은 그를 혼자 남겨두고 떠났다. 그는 쓰여진 글자들이 얼마나 불가사의한가를 생각했다. 계약, 서약, 합의, 증거, 진술, 성명, 직함, 날짜, 땅, 나무 그리고 돌을 짰다 풀었다하면서 누금세공 견적서의 널찍한 종잇장 위에서 짜이고 풀리는 그 검은 실들이, 범법자의 길을 가지 못하게 막아서며 다리를 휘감는, 잉크병에서 뽑아낸 헝클어진 그 실타래가, 마음 내키는 대로 말하는 것의 공포를 눈치챘을 때 목구멍을 옥죄어오던 올가미가 얼마나 불가사의한가를. 그는 자신의 서명에 배반당했다. 서명은 서류뭉치를 이리저리 얽히고설키게 했다. 서명의 덫에 걸려 뼈와 살의 인간은 종이인간이 되어버렸다.

새벽녘이었다. 식당의 시계가 막 오후 여섯시를 알렸다.

4

갈수록 커져가는 자책의 그림자 아래서 애도하며 몇달이 흘러갔다. 처음에는 방에 여자를 끌어들이는 게 그다지 도리에 어긋난다고 생각하지 않았다. 그러나 새로운 몸뚱이에 대한 욕망은 점차 양심의 가책으로 바뀌었고 끝내 자학으로 이어졌다. 어느날 밤, 돈 마르시알은 피가 날 때까지 가죽끈으로 자기 살을 내리쳤다. 그 순간 그는 더 큰 욕망을 느꼈지만 잠시뿐이었다. 바로 후작부인이 알멘다레스 강변을 산책하고 돌아온 어느날 오후였다. 그녀의 마차를 끌던 말들의 갈기는 그들이 흘린 땀만으로 흥건하게 젖었다. 그러나 그날 남은 시간 내내, 말들은 계속해서 마구간의 나무판자를 걷어찼는데, 보아하니 낮게 걸린 구름이 꼼짝도 하지 않아 화가 난 것 같았다.

해질녘에 후작부인의 욕실에서 물이 가득 담긴 항아리가 깨졌다. 이윽고 연못에 오월의 비가 흘러넘쳤다. 불행히도 탈주노예로 침대 밑에 비둘기를 기르던 흑인 노파는 "마님, 강물을 믿지 마세요. 녹색을 띤 흐르는 것을 믿으면 안돼요"라고 중얼거리며 안마당을 거닐었다. 물이 자신의 존재를 드러내지 않는 날은 단 하루도 없었다. 그러나 결국 물의 존재는 식민지 사령관이 마련한 기념무도회에서 돌아왔을 때 빠리에서 가져온 드레스 위에 엎질러진 물 한컵에 지나지 않게 되고 말았다.

수많은 친척들이 다시 나타났다. 그리고 많은 친구들이 돌아왔다. 이제 널찍한 홀의 샹들리에가 밝게 빛나고 있었다. 건물 정면의 갈라진 틈은 하나하나 메워지고 있었다. 피아노는 클라비코드(피아노가 발명되기 전까지 사용하던 건반 현악기―옮긴이)로 돌아갔다. 야자나무는 나이테를 잃어버렸다. 덩굴식물은 위쪽 코니스를 타넘었다. 케레스 여신상의 눈밑 그림자는 하얘졌고, 기둥머리는 이제 막 깎아놓은 듯했다. 이제 한층 열정적이 된 마르시알은 오후 내내 부인을 껴안고 지내곤 했다. 눈가 주름과 찌푸린 얼굴, 이중턱은 사라졌고, 피부는 탄력을 되찾았다. 어느날, 집안에 갓 칠한 페인트냄새가 진동했다.

5

그들은 가슴속 욕망을 감추지 못하고 얼굴이 빨개졌다. 밤마다 병풍이 조금씩 더 펼쳐졌고, 치마는 좀더 어두운 방구석에 떨어졌다. 치마는 새로운 레이스의 장벽이었다. 마침내 후작부인은 입으로 바람을 불어 램프를 껐다. 어둠속에서 그만 혼자 얘기했다.

그들은 긴 마차 행렬을 이루며 제당공장으로 떠났다. 갈색 말궁둥이, 은재갈 그리고 에나멜 구두가 햇살을 받아 반짝였다. 그러나 숙소의 실내주랑현관을 붉게 물들이던 포인세티아(멕시코와 중앙아메리카가 원산지인 상록활엽관목으로 크리스마스트리 장식에 쓰인다—옮긴이)의 그늘에서, 그들은 자신들이 서로를 거의 모른다는 것을 깨달았다. 그날들에 마르시알은 아랫사람들이 화장수냄새와 안식향의 욕실냄새, 흐트러진 머리칼냄새, 그리고 열 때마다 타일바닥 위로 한 묶음의 베티베르(인도와 벵골 원산이며 열대와 난대지방에서 뿌리 부분의 향료를 채취하기 위하여 재배한다—옮긴이)가 떨어지는 옷장에서 꺼낸 시트냄새를 잠시 잊고 즐길 수 있도록 북을 치고 민속춤을 추게 허락했다. 사탕수수 찌는 냄새가 삼종기도 종소리와 뒤섞여 산들바람 속을 떠돌았다. 콘도르가 낮게 날며 말없이 비를 예고하고 있었다. 구리 부딪는 소리가 날 만큼 바싹 마른 기왓장이 후드득거리는 굵은 첫 빗방울들을 빨아들였다. 서투른 포옹 때문에 늘어진 새벽이 지나고서 오해가 풀리고 상처가 아문 두 사람은 함께 도시로 돌아왔다. 후작부인은 여행복장을 웨딩드레스로 갈아입었고, 부부는 관례대로 자유를 되찾기 위해 교회로 갔다. 친척과 친구들은 선물을 되돌려받았고, 그들은 마차의 청동장식을 짤랑거리고 화려한 장신구를 뽐내며 와자지껄 각자 집으로 떠났다. 금세공인의 작업실로 결혼반지를 되가져가 새겨진 글자를 지울 때까지, 마르시알은 한동안 계속 마리아 델 라스 메르세데스의 집을 들락거렸다. 마르시알에게는 새로운 삶이 시작되고 있었다. 쇠창살 높은 집에서는 케레스 여신상이 있던 자리에 이딸리아의 비너스상이 세워졌다. 동틀 녘에도 여전히 램프가 타오르고 있었기 때문에 분수대의 돋을새김은 미세하게 도드라져 보였다.

6

어느날 밤, 과음을 하고 친구들이 남겨놓은 싸늘한 담배연기에 메스꺼움을 느끼고 난 뒤, 마르시알은 집안의 시계들이 하나같이 다섯시를 치고서 네시 반을 치고, 다음에 네시를, 그다음에 세시 반을…… 친다는 이상한 느낌이 들었다. 마치 다른 가능성들에 대해 어렴풋이 깨닫게 된 것 같았다. 밤새 잠을 못 자 지칠 대로 지쳤을 때 가구가 들보 사이에 단단히 붙어 있고 천장을 방바닥삼아 그 위를 걸을 수 있다는 생각이 드는 것처럼. 그때 이미 그는 골똘히 생각하는 버릇이 없었으므로, 그것은 한갓 스쳐지나가는 느낌이었을 뿐, 그의 마음에 아무런 흔적도 남기지 않았다.

그리고 음악홀에서 성대한 이브닝파티가 열리던 날, 그는 미성년의 나이가 되었다. 그의 서명은 이미 법적 효력을 상실했고 좀먹은 등기부와 공증서류가 이제 그의 세계에서 사라졌다고 생각하자 그는 기뻤다. 그의 신체적 존재는 법으로 인정받지 못했기 때문에, 법정이 더이상 두렵지 않았다. 넉넉한 와인에 얼큰히 취하자 젊은이들은 벽에서 자개 박힌 기타와 쌀테리오(근세에 사용되는 쳄발로의 전신으로 후에 피아노의 근원이 됨—옮긴이) 그리고 쎄르팡(뱀 모양의 저음 취주 악기—옮긴이)을 끄집어내렸다. 누군가가 「목동의 노래」(Ranz des vaches, 알프스의 목동이 소를 불러모을 때 뿔피리로 부는 곡—옮긴이)와 「스코틀랜드 호수의 발라드」를 연주하는 시계의 태엽을 감았다. 다른 누군가는 구리에 똘똘 감긴 채 유리 진열장의 붉은 펠트천 위에 있던 사냥용 뿔피리를 불었다. 뿔피리 옆에는 아랑후에스에서 가져온, 옆으로 부는 플루트가 나란히 놓여 있었다. 대담하게도 깜뽀플로리도에서 온 처녀를 꼬드기고 있던 마르시알은 귀에 거슬리는 베이스 반주에 맞춰 피아노로 뜨리뻴리 뜨라빨라(18세기 말엽의 스페인 음악—옮긴이)의 곡조를 연주하며 야단법석에 합류했다. 그때 그들은 갑자기 우르르 다락방으로 몰려갔다. 회벽(灰壁)을 되찾아가고 있던 다락방의 들보 아래에 까뻬야니아스 가문의 의복과 제복이 보관되어 있다는 사실을 떠올렸던 것이다. 방충제가 서리처럼 뽀얗게 내려앉은 선반에는 궁중의상, 대사의 검, 솜을 누빈 여러 벌의 군복 상의, 교회의 군자(추기경의 칭호—옮긴이)의 쑤딴, 그리고 주름 사이에 축축한 얼룩이 있는, 다마스크 단추 달린 긴 프록코트가 놓여 있었다. 다락방의 어스름은 자주색 리본, 노란색 크리놀린 스커트, 색 바랜 튜닉 그리고 벨벳으로 만든 꽃들과 한데 어우러졌다. 언젠가 카니발의 가장무도회를 위해 만들었던 술장식 머리그물이 달린 멋쟁이 의상은 환호성을 자아냈다. 깜뽀플로리도에서 온 처녀는 끄리오요(신대륙 발견 후 아메리카 대륙에서 태어난 스페인인과 프랑스인의 자손들을 일컫는 말—옮긴이) 살색의 숄로 먼지투성이가 된 어깨를 둥글게 감쌌다. 그 숄은 언젠가 가족의 중요한 결정이 내려지던 밤에 집안의 한 할머니가 끌라라 수도원의 부유한 관재인(管財人)의 가라앉은 열정을 되살리려고 걸쳤던 것이었다.

젊은이들은 가장을 하고 음악홀로 돌아갔다. 시(市) 참사회원의 삼각모자를 쓰고 있던 마르시알은 지팡이로 마룻바닥을 세 번 두드려 왈츠의 시작을 알렸다. 어머니들은 젊은 아가씨들이 이 춤을 추는 것을 아주 못마땅하게 여겼다. 왈츠는『자르댕 데 모드』의 최신 모델을 따라 만들어진 코르셋의 뼈대 위에 남자가 손을 얹고 허리를 휘감도록 가만히 있어야 하기 때문이었다. 문간은 떠들썩한 파티를 구경하려고 외떨어진 바깥채와 숨막힐 듯한 골방에서 빠져나온 하녀들과 소년 마부들, 머슴들에 가로막혀 발디딜 틈이 없었다. 그후에 그들은 장님놀이와 술

래잡기를 했다. 깜뽀플로리도의 처녀와 함께 중국산 병풍 뒤에 숨은 마르시알은 그녀의 목덜미에 입을 맞추었고, 그 보답으로 그녀에게서 향수 뿌린 손수건을 받았다. 손수건의 브뤼쎌 레이스에는 여인의 앞가슴의 달콤한 온기가 아직 남아 있었다. 소녀들이 바다 위에 짙은 회색빛으로 물든 망루와 탑을 향해 황혼 속으로 떠났을 때, 젊은이들은 댄스홀로 갔다. 그곳에서는 큰 팔찌를 찬 물라또 여자들이 고혹적으로 어깨와 엉덩이를 흔들어대고 있었다. 과라차(스페인에서 기원한 꾸바·뿌에르또리꼬의 경쾌하고 빠른 음악·춤—옮긴이)의 광란 속에서도 그녀들은 하이힐을 잃어버리는 법이 없었다. 그리고 카니발 씨즌이어서 '까빌도 아라라 뜨레스 오호스 밴드' 단원들이 석류나무가 있는 안마당의 중간 벽 뒤에서 우레 같은 북소리를 울려댔다. 마르시알과 친구들은 테이블과 걸상 위에 올라가서 반백의 곱슬머리를 가진 한 흑인 여자의 우아한 몸놀림에 탄성을 질렀다. 그녀가 도도하고 도발적인 표정으로 춤을 추며 어깨 위로 눈길을 주었을 때, 그녀는 아름다움을 되찾았고 가히 탐나도록 매력적이었다.

7

이제 가족의 공증인이자 유언집행인인 돈 아분디오의 발길이 부쩍 잦아졌다. 그는 마르시알의 침대 머리맡에 엄숙하게 앉아서 그를 서둘러 깨우려고 아카나 나무(중미산 적철과 나무로 흔히 건축용 목재로 사용됨—옮긴이) 지팡이를 바닥에 떨어뜨리곤 했다. 마르시알이 눈을 떴을 때 비듬이 잔뜩 내려앉은 알파카 프록코트가 눈에 들어왔다. 차용증서와 임대료를 징수하느라 소매가 반들반들했다. 결국 그에게는 일체의 광란을 끊어야 할 만큼의 적당한 연금만 남게 되었다. 마르시알이 산 까를로스 왕립신학교에 입학하기를 원한 건 바로 이때였다.

그럭저럭 시험을 치른 뒤에 열심히 강의에 들어갔지만, 그는 갈수록 라틴어 선생의 설명을 이해할 수 없었다. 그의 관념의 세계는 갈수록 황폐해졌다. 처음에는 페플럼, 더블릿(15~17세기 유럽에서 남자들이 많이 입던, 허리가 잘록한 윗옷——옮긴이)과 주름깃, 가발, 그리고 논쟁가와 논객들의 총회였으나 이제는 밀랍박물관처럼 활기를 잃어버렸다. 이제 마르시알은 체계에 대한 스콜라적 설명으로 만족했고, 교과서에서 말하는 것은 무엇이든 진리로 받아들였다. '사자' '타조' '고래' '재규어' 같은 단어들이 자연사 교과서의 동판삽화 밑에 찍혀 있었다. 마찬가지로, '아리스토텔레스' '성 토마스' '베이컨' '데까르뜨' 같은 말들이 검은 활자면의 볼드체 표제를 장식하고 있었고, 그 옆에는 우주에 대한 다양한 해석들이 깨알 같은 글씨로 따분하게 나열되어 있었다. 차츰 마르시알은 이런 것들에 대한 공부를 그만두었고, 마음의 무거운 부담도 덜 수 있게 되었다. 순전히 본능적으로 사물을 지각하게 되면서 그의 마음은 즐겁고 활기가 넘쳤다. 겨울날의 맑은 햇살이 항구의 요새를 더 속속들이 선명하게 보여주는데, 뭐 하러 굳이 프리즘을 생각하겠는가? 나무에서 떨어지는 사과는 그저 한입 베물고 싶을 뿐이었다(뉴턴이 떨어지는 사과를 보고 만유인력의 법칙을 발견했다는 일화를 말함——옮긴이). 욕조에 담근 발 한쪽은 욕조의 발 한쪽에 지나지 않았다(아르키메데스가 목욕탕에서 부력의 원리를 깨닫고 '유레카'라고 외쳤던 일화를 말함——옮긴이). 그는 신학교를 떠나던 날, 책에 관한 것은 깡그리 잊었다. 그노몬(고대 바빌로니아와 이집트의 해시계——옮긴이)은 요정의 범주를 되찾았고, 스펙트럼은 유령의 동의어였으며, 팔면체는 등에 가시가 달린 갑충류였다.

그는 도시의 성벽 아래에 있는 푸른 문들 뒤에서 속삭이는 여자들을 두근대는 마음으로 허겁지겁 여러 차례 찾아갔다. 수놓은 쌘들을 신고 귀 뒤에 향기로운 바질잎을 꽂고 다니던 여자에 대한 기억이 뜨거운 오후에 치통처럼 그를 따라다녔다. 그러나 어느날, 그는 고해신부의 노여움과 협박이 무서워 울고 말았다. 그는 마지막으로 지옥의 침대시트에 떨어졌고, 그뒤로는 인적 드문 거리를 통해 우회하는 것도, 또 바닥이 갈라진 인도에 등을 돌리고——그가 땅을 보고 걸을 때는 방향을 틀어 향기로운 문지방을 밟아야 한다는 신호——화가 나서 집으로 돌아가게 만들던 마지막 순간의 소심함과도 영영 이별이었다.

이제 그는 종교적 성상과 부활절의 어린 양과 자기(磁器) 비둘기, 하늘색 푸른 망또를 걸친 성처녀, 금종이로 만든 별, 동방박사들, 백조의 날개가 달린 천사들, 당나귀, 황소, 그리고 무시무시한 쌩 드니——머리가 잘린 채 잃어버린 물건을 찾는 사람처럼 머뭇거리며 걷는 모습으로 그의 꿈에 나타났다——가 우글거리는 영적 위기를 겪고 있었다. 침대에 부딪혀 깜짝 놀라 잠이 깨면 마르시알은 곧장 손을 뻗어 소리 없이 묵주를 잡았다. 기름접시의 심지가 본래의 색깔을 되찾아가는 성상에 슬픈 빛을 드리웠다.

8

가구들의 키가 점점 커지고 있었다. 식탁 모서리에 팔을 올려놓기가 더 힘들어졌다. 코니스가 정교하게 세공된 벽장의 앞면은 더 넓어졌다. 계단에 새겨진 무어인들은 몸통을 뻗쳐 횃불을 층계참의 난간에 더 가까이 가져갔다. 안락의자는 더 깊어지고 흔들의자는 뒤쪽으로 넘어가기 일쑤였다. 이제는 대리석 장식고리가 달린 욕조바닥에 몸을 눕힐 때 더이상 다리를 구부릴 필요가 없었다.

어느날 아침 음란서적을 읽다가 갑자기 마르시알은 나무 상자에서 잠자고 있는 밀랍병정들과 놀고 싶어졌다. 그는 책을 다시 세면기 밑에 감추고는 거미줄이 잔뜩 처진 서랍을 열었다. 그의 책상은 너무 작아서 그 많은 병정들을 다 올려놓을 수 없었다. 그래서 마르시알은 바닥에 주저앉았다. 그는 척탄병을 팔열로 배치했다. 그다음에, 기수를 둘러싼, 말 탄 장교들이 놓여졌다. 뒤쪽에는 대포와 포강 소제봉, 화승총을 갖춘 포병들이 배치되었다. 고수(鼓手)들의 호위를 받으며 피리와 씸벌즈의 군악대가 행렬의 맨뒤를 장식했다. 박격포는 유리구슬을 일 미터 이상 날려보낼 수 있는 용수철을 장착하고 있었다.

"쾅!…… 쾅!…… 쾅!……"

말들이 꼬꾸라지고 기수들이 넘어졌다. 고수들도 쓰러졌다. 흑인 엘리히오가 세 번을 부른 뒤에야 그는 손을 씻고 식당으로 내려가야겠다고 마음먹었다.

그날 이후, 마르시알은 타일바닥에 주저앉는 버릇이 생겼다. 그러한 습관의 잇점을 깨달았을 때, 그는 전에 미처 그런 생각을 하지 못한 것에 적잖이 놀랐다. 벨벳 방석을 좋아하는 어른들은 땀을 뻘뻘 흘린다. 어떤 어른들은 일년 사시사철 대리석바닥에 큰대자로 누워 있는 게 얼마나 시원한지 모르기 때문에 — 돈 아분디오처럼 — 공중인의 냄새를 풍긴다. 오직 바닥에 누워야만 방안 구석구석이 온전히 한눈에 들어온다. 목재의 아름다운 나뭇결과 곤충들의 비밀통로, 그리고 어른 높이에서는 보이지 않는 어슴푸레한 구석들이 있다. 비 오는 날이면, 마르시알은 클라비코드 밑에 숨었다. 천둥이 칠 때마다 공명상자가 진동하며 모든 키가 노래했다. 하늘에서는 페르마타(늘임표라고도 하며 '⌢'로 표시한다——옮긴이)의 아치 지붕——오르간, 솔바람, 귀뚜라미들의 만돌린——을 세우기 위해 번갯불이 떨어졌다.

9

그날 아침 그는 방에 갇혔다. 집안 곳곳에서 웅성거리는 소리가 들려왔다. 그들이 가져다준 점심은 평일 식사치고는 너무 풍성했다. 알라메다의 제과점 빵과자가 여섯 개나 있었다. 평소에는 일요일 미사 후에 고작 두 개만 먹을 수 있었다. 그는 문 아래로 들어오는, 점점 더 커지는 웅성거림에 블라인드 틈으로 밖을 내다보게 될 때까지, 여행삽화를 보며 놀았다. 청동 손잡이가 달린 상자를 들고 검은 옷을 입은 남자들이 도착하고 있었다. 그가 막 울음을 터뜨릴 참이었는데, 그 순간 마부 멜초르가 철렁철렁 울리는 굽높은 부츠를 신고 나타나 이를 드러내며 씩 웃었다. 그들은 체스놀이를 시작했다. 멜초르는 나이트였고, 그는 킹이었다. 타일바닥을 체스판삼아 그는 한 칸 한 칸 전진할 수 있었다. 반면에 멜초르는 앞으로 한 칸 옆으로 두 칸, 혹은 반대로 앞으로 두 칸 옆으로 한 칸을 움직여야 했다. 놀이는 날이 어두워져 상가(商街) 소방대가 지나가는 시간까지 계속되었다.

잠자리에서 일어난 그는 병상에 누워 있는 아버지의 손에 입을 맞추러 갔다. 후작은 병세가 한결 호전되었고, 아들에게 평소의 엄숙하고 교훈적인 태도로 말했다. "예, 아버지" "아니요, 아버지" 같은 말들이, 미사에서 복사가 응답하듯, 염주처럼 줄줄이 이어지는 질문 사이에 끼어들었다. 마르시알은 후작을 존경했지만, 누구도 상상하기 힘든 이유 때문이었다. 그를 존경한 것은 키가 훤칠한데다 무도회가 있는 밤이면 가슴에 번쩍이는 훈장을 주렁주렁 매달고 외출했기 때문이었다. 또 그가 허리에 찬 군도(軍刀)와 장교의 금몰(금으로 장식한 줄—옮긴이)을 흠모했기 때문이었다. 또 그가 성탄절 씨즌에 아몬드와 건포도로 속을 채운 칠면조 한마리를 통째로 먹어 내기에서 이겼기 때문이었다. 또 한번은 분명 매질할 작정으로 원형홀을 쓸고 있던 한 물라또 여자를 붙잡아 껴안고 자기 방으로 데려갔기 때문이었다. 마르시알은 커튼 뒤에 숨어서 잠시 뒤에 그녀가 단추가 풀어진 채 눈물을 글썽이며 나오는 것을 보았다. 그녀가 매질당한 것이 기뻤다. 그녀는 언제나 벽장에 돌려놓은 설탕절임과일 접시를 비워버렸기 때문이다.

아버지는 하느님 다음으로 사랑해야 할 무섭고도 고결한 존재였다. 그의 권능은 손으로 만질 수 있는 일상적인 것이었기 때문에, 마르시알에게는 하느님보다 더 하느님다운 존재였다. 하지만 그는 오히려 하늘에 계신 하느님을 더 좋아했는데, 덜 성가신 존재였기 때문이다.

10

가구들이 좀더 커지고 마르시알이 침대와 벽장과 장식장 밑에 무엇이 있는지 누구보다 잘 알게 되었을 때, 그는 마부인 멜초르가 곁에 없으면 사는 게 심드렁하다는 커다란 비밀을 모두에게 감췄다. 하느님도, 아버지도, 황금빛 제의를 입은 성체축일 행렬의 주교도 멜초르만큼 중요하지 않았다.

멜초르는 아주 멀리서 왔다. 그는 패배한 군주의 후손이었다. 그의 왕국에는 코끼리와 하마와 호랑이와 기린이 있었다. 그곳 사람들은 돈 아분디오처럼 서류뭉치가 가득 쌓인 어두운 방에서 일하지 않았다. 사람들은 동물들보다 더 약삭빨라서 생계를 꾸려갈 수 있었다. 어떤 사람은 구운 거위 열두 마리의 꽉 들어찬 몸뚱이에 꼬챙이를 숨겨 커다란 악어를 꿰찌른 다음 푸른 호수에서 잡아올렸다. 멜초르는 가사에 의미가 없는데다 계속 반복되어서 쉽게 배울 수 있는 노래들을 알고 있었다. 그는 부엌에서 사탕과자를 훔치기도 했고, 또 밤이면 마구간 문으로 몰래 빠져나가곤 했다. 언젠가는 경찰에게 돌을 던지고는 라아마르구라 거리의 어둠속으로 종적을 감추기도 했다.

비 오는 날이면 그는 젖은 장화를 말리려고 부엌 아궁이 옆에 놓아두곤 했다. 마르시알은 그 장화를 꽉 채울 만큼 커다란 발을 갖고 싶어했다. 오른쪽 장화는 깔람빈, 그리고 왼쪽 장화는 깔람반이라 불렀다. 단지 손가락 두 개로 입술을 붙잡음으로써 야생마를 길들일 줄 알았던 그 사람, 아주 높은 씰크해트(서양의 남성 정장 모자—옮긴이)를 쓰고 다니던, 벨벳과 박차의 그 멋진 신사 역시 여름날에 대리석바닥이 얼마나 서늘한가를 알고 있었고, 커다란 응접실로 내가는 쟁반에서 슬쩍 훔쳐낸 과일이나 케이크를 가구 밑에 감추기도 했다. 마르시알과 멜초르는 사탕과 아몬드를 감춰두는 비밀장소를 같이 썼다. 그들은 자기들끼리만 통하는 깔깔웃음을 터뜨리며 이 장소를 "우리, 우리, 우라"로 불렀다. 둘은 위아래로 온 집안을 샅샅이 살펴보았다. 마구간 밑에 네덜란드산 향수병이 그득한 작은 지하실이 존재하며, 하녀들 방 위에 있는 사용하지 않는 다락방의 깨진 유리상자에서 열두 마리의 나비가 먼지를 뒤집어쓴 채 막 날개를 잃어버렸다는 것을 아는 사람은 그들뿐이었다.

11

마르시알에게 물건을 깨뜨리는 버릇이 생겼을 때, 그는 멜초르를 잊고 개들과 가까워졌다. 집에는 개가 여러 마리 있었다. 호랑이처럼 줄무늬가 있는 덩치큰 개, 젖꼭지를 바닥에 질질 끌고 다니는 바셋하운드, 뛰어놀기에는 너무 늙은 그레이하운드, 일정한 시기만 되면 꽁무니를 따라다니는 수컷들 때문에 하녀들이 가둬놓아야 했던 푸들. 마르시알은 특히 까넬로를 좋아했는데, 침실에서 신발을 물어내왔고 안뜰의 장미나무를 파헤쳤기 때문이었다. 놈은 언제나 숯검정이나 붉은 흙을 뒤집어쓰고 다른 놈들의 먹이를 게걸스럽게 먹어치웠으며, 또 이유없이 짖어대거나 분수대 밑에 훔친 뼈다귀를 감춰두었다. 또 이따금씩 암탉을 주둥이로 거칠게 들이받아 공중에 날려버리고는 갓 낳은 달걀을 비워버렸다. 모두들 까넬로를 걷어찼다. 그러나 까넬로를 데려갈 때마다 마르시알은 시름시름 앓았다. 그러나 '자선의 집' 너머에 버려졌던 개는 꼬리를 흔들며 의기양양하게 돌아왔고, 집안에서 다른 개들이 밤새 집을 잘 지키거나 뛰어난 사냥 솜씨를 지니고도 결코 차지한 적이 없는 독보적인 위치를 되찾았다.

까넬로와 마르시알은 나란히 서서 함께 오줌을 누곤 했다. 이따금씩 둘은 거실의 페르시아 산 양탄자를 골라 보드라운 털 위에 서서히 번지는 짙은 회색 구름 형상을 그렸다. 이 일로 그들은 매를 맞았다. 그러나 매는 어른들이 생각하는 것만큼 그렇게 아프지 않았다. 오히려, 둘이 한목소리로 울부짖어 이웃사람들의 동정심을 불러일으키기 위한 좋은 구실이 되었다. 이웃에 사는 사팔뜨기 여자가 아버지를 '야만인'이라고 불렀을 때, 마르시알은 눈웃음을 치며 까넬로를 쳐다보았다.

그들은 비스킷을 얻어먹으려고 좀더 눈물을 쏟았고, 그후에 모든 것은 잊혀졌다. 둘 다 흙을 먹거나 햇빛 아래서 뒹굴었고, 또 물고기가 노니는 분수에서 물을 마시거나 바질 덤불 아래서 그늘과 향기를 찾아다녔다. 날이 뜨거워지는 시간이면 축축한 화단이 북적거렸다. 그곳에는 안짱다리 사이에 주머니를 매단 잿빛 거위, 엉덩이가 벗겨진 늙은 수탉, 목구멍에서 분홍빛 리본을 내밀며 연신 "우리, 우라"라고 소리내는 작은 도마뱀, 암컷도 없이 도회지에서 태어난 슬픈 뱀, 그리고 거북알로 구멍을 막는 쥐가 있었다. 어느날 사람들이 개를 가리키며 마르시알에게 말했다.

"멍멍, 멍멍!" 마르시알이 말했다.

그는 자신만의 언어로 말하고 있었다. 그는 이미 지고(至高)의 자유를 얻었다. 이제 그는 자신의 손이 닿지 않는 곳에 있는 물건을 잡으려고 했다.

12

배고픔, 갈증, 더위, 고통, 추위. 지각대상을 이러한 본질적 현실에 대한 것으로 축소하자마자, 마르시알은 이미 그에게 부차적이 되어버린 빛을 팽개쳤다. 자신의 이름도 알지 못했다. 찝찔한 소금으로 세례가 철회되자 그는 이제 후각도 청각도, 심지어 시각도 원치 않게 되었다. 그의 손은 기분좋은 형상을 어루만졌다. 그는 철저히 감각적이고 촉각적인 존재가 되었다. 모든 숨구멍을 통해 우주가 그의 몸속으로 들어갔다. 그때 그는 단지 흐릿하고 거대한 형체들밖에 분간할 수 없는 눈을 감았고, 어둠 가득한, 뜨겁고 축축한, 죽어가는 몸뚱이 속으로 들어갔다. 죽은 몸뚱이의 물질에 싸였음을 느꼈을 때 그는 삶을 향해 미끄러졌다.

그러나 이제 시간은, 그 마지막 시각은 가늘어지며 더 빨리 흘렀다. 매 순간 노름꾼의 엄지손가락 밑에서 카드장이 미끄러지는 듯한 소리가 났다. 새들은 깃털의 회오리바람을 일으키며 알로 돌아갔다. 물고기들은 연못 바닥에 비늘의 강설(強雪)을 남기고 알로 응결되었다. 야자나무는 부채를 접듯 갈라진 잎을 접고 땅속으로 사라졌다. 줄기들은 잎사귀들을 다시 빨아들였고, 대지는 자신에게 속한 모든 것을 회수했다. 천둥이 회랑에 울려퍼졌다. 샤무아가죽 장갑에서는 털이 자랐다. 양모담요는 올이 풀려 멀리 있는 목장의 양털이 되었다. 밤이 오자 벽장과 장식장, 침대, 그리스도수난상, 탁자, 블라인드는 밀림 가까이의 옛 근원을 찾아 어둠속으로 날아갔다. 못이 박혔던 모든 것들이 무너져내렸다. 어디에 정박해 있는지 아무도 몰랐던 쌍돛범선은 건물 바닥과 분수대의 대리석을 황급히 이딸리아로 실어날랐다. 갑옷, 쇠붙이 연장, 열쇠, 구리냄비, 마구간의 재갈은 녹아내려 지붕 없는 회랑을 통해 일렁이는 철의 강을 이루며 땅속으로 흘러갔다. 모든 것이 모습을 바꾸어 처음의 상태로 돌아갔다. 흙은 한때 집이 서 있던 자리에 황무지를 남기며 흙으로 돌아갔다.

13

날이 밝고 철거작업을 계속하기 위해 인부들이 왔을 때, 일은 이미 끝나 있었다. 전날 골동품상에게 팔린 케레스 석상은 누군가가 가져가 버리고 없었다. 노조에 불평을 늘어놓고 나서 인부들은 시립공원의 벤치에 가서 앉았다. 그때 그들 중 한사람이 오월의 어느 오후에 알멘다레스 강의 수초 사이에서 익사한 까뻬야니아 후작부인의 아주 희미한 이야기를 기억해냈다. 그러나 아무도 그의 이야기를 귀담아듣지 않았다. 왜냐하면 태양은 동쪽에서 서쪽으로 움직이고 있었고, 시계방향으로 늘어가는 시간은 가장 확실하게 죽음을 향해 가는 시간이므로 게으름을 피우며 길게 늘어져야 하기 때문이었다.

더 읽을거리

아이티 혁명을 다룬 『지상의 왕국』(El reino de este mundo, 1949), 근대문명의 공허한 삶을 버리고 적도지역의 원시밀림으로 들어가 선사시대의 아메리카로 시간여행을 하는 한 베네수엘라 음악가에 관한 이야기인 『잃어버린 발자취』, 카리브인들의 눈으로 바라본 프랑스혁명을 묘사한 『계몽의 세기』(El siglo de las luces, 1962) 등의 소설과 『시간 전쟁』을 비롯한 단편집이 있다. 「씨앗으로 돌아가는 여행」과 『잃어버린 발자취』의 연계는 분명하다. 이 소설에서도 주인공은 '살아 있는 죽음'에서 인간의 기원에 이르기까지 시간을 거슬러오른다. 차이는 단편에서는 기원이 개인적인 데 반해 장편에서는 집단적(아메리카의 유년)이라는 점이다. 「씨앗으로 가는 여행」(『알보라다 알만사의 행복한 죽음』, 2004)으로 옮겨진 우리말본이 있으며, 그밖에 「산티아고 가는 길」(가브리엘 가르시아 마르께스 외, 송병선 옮김 『붐 그리고 포스트붐』, 예문 2005)이 우리말로 번역되어 있다.

Arturo Uslar Pietri

| 아르뚜로 우슬라르 삐에뜨리 |

1906~2001

베네수엘라의 작가·정치가로 1906년 까라까스에서 태어났다. 쎈뜨랄 대학에서 정치학을 공부하
였으며, 1939년과 1941년에 각각 교육부장관과 대통령 비서실장에 임명되는 등 정부요직을 두루
거쳤다. 메디나 대통령 실각 후에 투옥되었다가 미국으로 추방되었다. 1958년 귀국하여 뻬레스
히메네스 독재에 맞서 투쟁하다가 재투옥되었으며 1963년 민주주의국민전선(FND)을 창설했다.
일찍이 『베네수엘라의 문학과 사람들』(*Letras y hombres de Venezuela*, 1948)에서 라틴아메리카
의 새로운 서사문학을 가리키기 위해 마술적 사실주의라는 용어를 사용했으며 미겔 앙헬 아스뚜
리아스와 함께 1930년대의 이 흐름을 대표한다. 2001년 까라까스에서 사망했다.

■ 비 La lluvia

　　1935년 『엘리뜨』(Elite) 지가 주최한 꽁꾸르에서 일등상을 수상한 바 있는 「비」에는 우슬라르 삐에뜨리 문학의 모든 특징이 응축되어 있다. 주제는 공개적으로 지역주의적이고 토착적이며 통속적이다. 특히 중심 모티브를 이루는 가뭄은 토착주의(criollismo)가 선호하는 것 중의 하나다. 또 중심인물인 헤수소와 우세비아 부부는 가난한 농부들이며 무대는 라틴아메리카의 전형적 공간이다. 그러나 현실의 구체적 이미지를 제공하는 이 모든 요소들은 탈현실화 기능을 수행하는 일련의 신화적·환상적 요소들과 결합한다. 그중에서도 거의 마법적으로 등장했다 사라지는 소년은 중심적인 위치를 점하고 있다. 그는 어디에서 와서 어디로 갔는지 알 수 없는 익명의 환상적 존재다. 그저 소년의 '형상'을 한 희미한 씰루엣으로 그려질 뿐이다. 그러나 작품의 결말에 이르러 우리는 소년이 하나의 덧없는 환영(幻影)에 지나지 않는다는 것을 알게 된다. 작품에서 황량함과 가뭄은 노부부의 고독과 불모성의 상징으로 그려지며, 비는 메마르고 쭈글쭈글한 이 존재들이 내적 욕구불만을 버리고 서로에게 마음을 여는 순간을 대변한다. 애정과 활력을 가져온 신비로운 소년이 갑자기 어디론가 사라지고 비가 내리기 시작했을 때 노부부는 완전히 새로운 존재로 남는다. 작가는 극심한 가뭄의 한계상황에서도 끝내 인간의 존엄과 품격을 지켜내는 평범한 사람들의 삶을 통해 인간적 고통을 보편적인 인간적 가치로 승화시킨다. 이 작품의 진정한 근대성은 형식의 대담성이나 서사적 완결성보다는 화자가 자신의 존재를 교묘하게 감추면서 독자의 적극적인 참여를 이끌어내는 데 있다.

비

오두막의 틈새마다 달빛이 스며들었고 옥수수밭에서는 빗소리처럼 촘촘하고 가는 바람소리가 들려왔다. 얇은 함석판 아래 난도질당한 어둠속에서 삼보(인디오와 흑인의 혼혈—옮긴이) 노인의 해먹이 느릿느릿 흔들리고 있었다. 나무판에 묶어놓은 끈이 규칙적으로 삐걱거리는 소리를 냈고, 한쪽 구석에서는 작은 접침상 위에 누워 있는 노파의 쌕쌕거리는 짧은 숨소리가 들렸다.

마른 옥수숫잎과 나뭇잎 위로 바람이 미끄러지며 뿌연 흙먼지의 단단한 대기에 축축한 메아리를 남겼고 점점 더 빗소리에 가까워졌다.

마치 돌 밑에서 들려오듯 땅속 깊은 곳에서 두근거리는 피의 고동소리가 들려왔다.

온몸에 땀을 뒤집어쓴 채 잠을 이루지 못하던 노파가 귀를 쫑긋 세우며 눈을 반쯤 떴다. 그녀는 환하게 빛나는 경계선들을 통해 무슨 일인지 가늠해보려고 애를 썼고, 잠시 살펴보다가 꿈쩍도 하지 않는 무거운 해먹을 쳐다보며 퉁명스러운 목소리로 남편을 불렀다.

"헤수소!"

그녀는 대답을 기다리면서 목소리를 가라앉히고 거만한 어조로 빈정거렸다.

"잠잘 때 보면 당신은 완전 통나무야. 당최 아무짝에도 쓸모가 없다니까. 살아 있어도 송장이나 매한가지여……"

잠자던 남편은 부인이 불러대는 소리에 퍼뜩 잠에서 깨어나 기지개를 켜며 굼뜬 목소리로 물었다.

"무슨 일이야, 우세비아? 웬 난리법석이냐고? 오밤중에도 사람을 가만히 내버려두질 않는구먼!"

"헤수소, 잠자코 들어봐요."

"뭘?"

"비가 오고 있어요. 비가 내린다고요, 헤수소! 내 참, 저 소리도 안 들린담. 이젠 귀까지 먹었구려."

노인은 언짢은 기분으로 낑낑거리며 일어나 문 쪽으로 향했다. 그는 문을 요란하게 열어젖히고는 얼굴과 벌거벗은 상반신을 내밀고 어둠을 휘저으며 소농장의 산비탈로 올라오는 뜨거운 바람과 보름달의 은빛 월광을 받았다. 하늘 가득 별들이 빛나고 있었다.

그는 손바닥을 펴서 집채 바깥쪽으로 내밀어보았으나 빗방울이 느껴지지 않았다.

그는 힘없이 손을 떨어뜨렸고, 온몸에 맥이 풀려 문틀에 몸을 기댔다.

"이 정신나간 할망구야, 당신이 말하는 소나기가 어디 있어? 인내심을 시험하고 싶은 게로군."

노파는 문간을 통해 환한 기운이 물밀듯이 쏟아져들어오는 모습을 뚫어져라 바라보고 있었다. 그 순간 빠르게 흐르는 땀방울이 그녀의 뺨을 간질였다. 후텁지근한 공기가 집안 가득 밀려들어왔다.

헤수소는 문을 닫고 소리없이 해먹 있는 데까지 걸어가 다시 기지개를 켰다. 해먹이 흔들릴 때마다 나무에서 다시 삐걱대는 소리가 들려왔다. 한쪽 손은 방바닥까지 늘어져 바닥의 흙을 스치고 있었다.

땅은 거친 피부처럼 메말라 있었다. 이미 뿌리 밑동까지 뼈다귀처럼 앙상하게 말라비틀어져 있었다. 마치 사람들을 괴롭히는 갈증과 헐떡거림의 열병이 땅위를 떠다니는 것처럼 느껴졌다.

나무 그림자 같은 먹구름은 이미 사라지고 없었다. 가장 높은 마지막 언덕들 뒤로 자취를 감추었다. 꿈처럼, 휴식처럼 떠나버렸다. 낮은 뜨거웠다. 움직임 없는 금속성의 불빛으로 이글거리는 밤도 뜨거웠다.

갈라진 틈들이 도처에 입을 벌리고 있는 언덕과 벌거숭이 계곡에서 사람들은 늘 비가 내릴 징조는 없는지 이곳저곳 살피고 다녔고, 아름다운 비의 환영에 사로잡힌 채 멍청하게 지쳐갔다……

골짜기와 언덕 위에 있는 집들마다 똑같은 말들이 반복해서 오갔다.

"까라오(물새의 일종—옮긴이)가 울었어요. 비가 오려나봐요……"

"비는 오지 않아!"

그들은 마치 고뇌를 상징하는 암호처럼 그런 말을 주고받았다.

"산그늘에서 바람이 불었어요. 비가 오려나봐요……"

"비는 오지 않아!"

그들은 한없는 기다림 속에서 스스로 강해지기 위해서인 듯 같은 말을 반복했다.

"매미 울음소리가 멎었어요. 비가 오려나봐요……"

"비는 오지 않아!"

눈부신 석회질의 햇빛과 태양 아래서 그들은 숨이 턱턱 막혔다.

"여보, 비가 오지 않으면 어떻게 될까요?"

헤수소는 소형 접침상 위에서 힘겹게 움직이고 있는 그림자를 바라보았다. 그는 그런 말을 함으로써 자신의 고통을 배가시키려는 부인의 속셈을 알아차렸다. 그는 뭔가 말을 내뱉고 싶었지만, 온몸이 나른해지며 졸음이 쏟아졌다. 그는 눈을 감았고 어느새 잠속으로 빠져드는 기분을 느꼈다.

아침에 동이 트자마자 헤수소는 소농장으로 나가 어슬렁거리며 둘러보기 시작했다. 그의 맨발 밑에서 유리처럼 바짝 마른 나뭇잎이 바스러지는 소리가 났다. 그는 이쪽저쪽으로 눈을 돌려 햇볕에 누렇게 탄 긴 옥수수 행렬과 듬성듬성 서 있는 헐벗은 나무들, 그리고 깊은 녹색 언덕 높은 곳에 꼿꼿하게 서 있는 선인장 한그루를 쳐다보았다. 이따금씩 걸음을 멈추고 손으로 말라비틀어진 강낭콩 꼬투리를 따서는 천천히 바스러뜨려 제대로 여물지 않은 쭈글쭈글한 콩 알갱이가 손가락 사이로 튕겨나가게 했다.

해가 높아질수록 황량한 느낌과 열기가 더 강해졌다. 이글거리는 파란 하늘에는 구름 한점 보이지 않았다. 헤수소는 뿌린 씨앗이 이미 말라죽은 탓에 평소처럼 하릴없이 소농장의 오솔길을 배회하고 있었다. 한편으로는 그의 무의식적인 습관 때문이었고, 또다른 한편으로는 우세비아의 지독한 잔소리가 지겨워서였다.

언덕에서 바라보이는 풍경에서 가장 두드러지는 것은 말라붙은 좁은 골짜기와 민둥산 위에 유독 다채롭게 펼쳐진 메마른 황색이었다. 민둥산 옆에는 석회질의 먼지 얼룩이 길을 가리키고 있었다.

잔잔한 바람, 눈부신 햇살만 가득할 뿐 어떤 생명체의 움직임도 감지되지 않았다. 그저 그림자가 짧아지고 있을 뿐이었다. 금방이라도 불길이 타오를 것 같은 분위기였다.

헤수소는 이따금씩 길들여진 동물처럼 걸음을 멈추고 땅바닥에 눈길을 주거나 혼잣말을 하며 천천히 걸어갔다.

"축복받을지어다! 이번 가뭄에 우리처럼 가난한 사람들은 어찌될꼬? 어떻게 올해 비가 한방울도 내리질 않아. 작년 겨울엔 그렇게 억수로 쏟아지더니. 예상보다 비가 많이 내려 강물이 불어났고, 농지가 휩쓸리고, 다리가 떠내려갔지. 이래저래 어찌할 방도가 없어. 비가 오면, 비가 와서 탈이고…… 비가 안 오면, 비가 안 와서 난리니, 쯧쯧……"

그는 혼잣말을 멈추고 황량한 침묵속에 땅을 내려다보며 느릿느릿 발걸음을 옮겼다. 순간 그는 눈으로 확인하지는 못했지만 오솔길 안쪽에서 뭔가 예사롭지 않은 것이 느껴져 고개를 번쩍 들었다.

비쩍 마르고 왜소한 소년의 몸뚱이였다. 그는 등을 돌리고 웅크린 채 넋을 놓고 뚫어져라 땅바닥을 응시하고 있었다.

헤수소는 소년이 눈치채지 못하게 소리없이 다가갔다. 그리고 소년의 등뒤에 서서 큰키를 이용해 그가 하는 양을 굽어보았다. 가는 오줌줄기가 꼬불꼬불 뱀처럼 땅위를 흘러가고 있었다. 끝이 납작하고 먼지로 흐려진 오줌줄기에는 작은 지푸라기가 끌려가고 있었다. 바로 그 순간, 꼬질꼬질 때가 묻은 아이의 손가락 사이로 개미 한마리가 떨어졌다.

"둑이 무너졌다…… 벌써 물줄기가 몰려왔다…… 브루움…… 브루움, 사람들이 정신없이 뛰어가고 있다…… 두꺼비 아저씨네 농장이 쓸려갔고…… 그리고 다음엔 왕메뚜기 아줌마네 목장이…… 그리고 아름드리 통나무들이 모조리 떠내려갔다…… 쏴아아아…… 부루우우움…… 이젠 벌써 개미 아줌마가 거대한 물살에 휩쓸렸다……"

누군가의 시선을 느낀 소년은 별안간 몸을 휙 돌렸다. 소스라치게 놀란 눈으로 주름이 자글자글한 노인의 얼굴을 쳐다보고는 창피하면서도 화가 난 표정으로 몸을 일으켰다.

소년은 가냘프고 탄력적인데다 손발이 길고 멀쩡했으며 앞가슴은 좁았다. 황갈색 생면직 옷 사이로 지저분한 황금빛 살갗이 드러났고, 머리는 총명해 보였다. 또 두 눈은 불안정했고 뾰족한 코는 가볍게 떨렸으며 입술은 여성스러웠다. 오래 써서 번들거리는 낡은 펠트모자를 뒤집어쓰고 있었는데, 뾰족한 이각모자처럼 양쪽 귀 쪽이 접혀 올라가 불안해하는 약삭빠른 작은 설치류 같은 인상을 풍겼다.

헤수소는 말없이 소년을 구석구석 살피고는 미소를 머금었다.

"애야, 넌 어디서 왔느냐?"

"저쪽에서요……"

"어디서?"

"저쪽이요……"

이렇게 말하며 소년은 눈앞에 펼쳐진 들판으로 어정쩡하게 한쪽 손을 뻗었다.

"그런데 어떻게 왔누?"

"걸어서요."

소년의 대답하는 말투가 하도 도도하고 방자해 노인은 의아하게 생각했다.

"이름이 뭐냐?"

"신부님이 지어주신 대로지요."

헤수소는 소년의 완강하고 숫기없는 태도가 거슬려 인상을 찌푸렸다.

이런 낌새를 눈치챘는지 소년은 버릇없는 말투를 만회하려는 듯 어느새 친밀하고 스스럼없는 표정을 지어 보였다.

"버릇없이 굴면 안되지." 말은 이렇게 시작했지만, 노인은 인자한 마음으로 표정을 누그러뜨리며 한층 친근하게 목소리를 낮추었다. "왜 대답을 않는 거냐?"

"뭣 때문에 물으세요?" 소년은 놀라우리만큼 천진스레 반문했다.

"넌 뭔가 숨기고 있어. 아무래도 가출한 게로구나."

"아니에요, 할아버지."

노인은 거의 호기심을 드러내지 않고 게임을 하듯 단조롭게 질문을 던지고 있었다.

"아니면 뭔가 사고를 친 모양이지."

"아니에요, 할아버지."

"그도 아니면 어디가 모자란다고 널 내다버렸구나."

"아닌데요, 할아버지."

그러자 헤수소는 머리를 긁적거리고서 딴청을 부리며 덧붙였다.

"아니면 다리가 근질근질해지기 시작해서 뛰쳐나온 게로군, 그렇지? 떠돌이꼬마야."

소년은 아무 대꾸도 하지 않았다. 뒷짐을 진 채 혀를 끌끌 차면서 두 발로 버티고 서서 몸을 흔들기 시작했다.

"그런데 이제 어디로 가니?"

"아무데도요."

"그런데 지금 뭘 하고 있는 거냐?"

"보시는 대로요."

"정말 맹랑한 녀석이로다!"

헤수소 노인은 말문이 막혔다. 두 사람은 말없이 마주보고 있었는데, 누구도 감히 상대방의 눈을 똑바로 보지 못했다. 조금 뒤에, 도저히 그 침묵과 적막을 깨뜨릴 방도를 찾지 못해 불편해진 노인은 무슨 환상동물처럼 어기적어기적 걷기 시작했다. 그는 자신이 그런 행동을 하고 있다는 것을 의식했고, 또 소년을 즐겁게 하기 위해 그런 해괴한 몸짓을 할 수 있다고 생각하니 얼굴이 화끈거렸다.

"따라올래?" 그가 소년에게 질문을 툭 던졌다. 소년은 잠자코 그를 따라갔다.

오두막의 문간에 도착하자 불을 지피느라고 분주한 우세비아의 모습이 보였다. 그녀는 누런 종이상자에서 뜯어낸 나뭇더미 위에 바람을 훅훅 거칠게 불어넣고 있었다.

"여보, 우세비아." 노인이 기어들어가는 목소리로 부인을 불렀다. "누가 왔는지 좀 봐?"

"훅훅." 우세비아는 돌아보지도 않고 툴툴거리며 계속해서 바람을 불어넣고 있었다.

노인은 소년의 가냘픈 어깨 위에 솥뚜껑같이 시커먼 손을 올려놓으며 마치 소개라도 시킬 것처럼 자기 앞에 세웠다.

"저어, 좀 보래도!"

그러자 우세비아는 매섭게 고개를 휙 돌렸고, 앞에 있는 두 사람과 마주치자 연기 때문에 눈물을 글썽이며 그들을 보려고 애를 썼다.

"뭐라고요?"

막연한 온화함에 그녀의 표정이 서서히 누그러졌다.

"아하! 누구예요?"

이제 그녀는 소년의 미소에 미소로 응답하고 있었다.

"넌 누구니?"

"그애한테 물어봤자 시간낭비야. 이 뻔뻔한 녀석은 통 대답을 안하거든."

우세비아는 미소를 지으며 잠시 소년의 외모를 살펴보았는데, 헤수소가 미처 알아채지 못한 것을 이해할 것도 같았다. 우세비아는 아주 천천히 구석자리로 가서 빨간 천주머니에 손을 넣어 휘젓더니 오래된 단단한 쇠처럼 반질반질한 노란 비스킷을 꺼냈다. 우세비아는 그것을 아이에게 건네주었고, 아이가 딱딱하게 굳은 과자를 낑낑대며 깨물어 먹는 동안 놀란 눈빛으로, 아니 거의 걱정어린 눈빛으로 남편과 아이를 번갈아가며 계속 보았다.

우세비아는 잊혀진 가느다란 기억의 실마리를 애써 찾는 듯 보였다.

"헤수소, 까시께를 기억해요? 그 가련한 것."

늙은 충견의 모습이 주마등처럼 스쳐지나갔다. 가슴속에서 애절한 감정이 일었다.

"까―시―께……" 헤수소 노인은 또박또박 읽는 법을 배우듯이 말했다.

소년은 고개를 돌려 순수하고 온전한 눈빛으로 노인을 바라보았다. 노인은 부인을 보았고, 두 사람은 짐짓 놀란 듯 수줍게 미소지었다.

시간이 흘러 낮이 깊어갈수록 햇빛은 소년의 모습이 오두막의 친밀한 작은 공간 속에 자리잡게 해주었다. 소년의 피부색은 단단한 대지의 갈색을 풍부하게 했고, 그의 두 눈에 드리워진 상쾌한 그림자는 이글거리며 살아 있었다.

사물들은 차차 그의 존재를 위해 자리를 내주며 틀을 잡아갔다. 이제 그의 손은 식탁의 매끄러운 나무판 위를 쉽게 미끄러졌으며 발은 문지방의 울퉁불퉁한 높낮이를 분간할 수 있었다. 또 그의 몸뚱이는 가죽 접의자에 딱 맞게 틀을 갖추었고 동작들은 예정된 곳에서 기품있게 이루어졌다.

헤수소 노인은 즐거우면서도 초조한 표정으로 다시 들판으로 나가고 없었다. 한편, 우세비아는 꼬마손님 앞에서 외로움을 떨쳐버리려고 애쓰며 부산하게 움직였다. 불 위에서 냄비를 치우는가 하면, 음식에 넣을 재료를 찾아 정신없이 오갔고, 또 이따금씩 등을 돌리고 있을 때는 곁눈질로 흘끗흘끗 소년을 훔쳐보기도 했다.

소년은 다리 사이에 양손을 끼운 채 말이 없었고, 자신의 두 발이 땅바닥을 구르는 것을 보느라 고개를 숙이고 있었다. 어슴푸레 소년의 모습이 보이는 곳에서 제멋대로인 낮은 휘파람소리가 우세비아의 귓가에 들려오기 시작했다. 그러나 그녀는 무슨 음악인지 기억하지 못했다.

잠시 후에 우세비아는 소년 쪽으로 거의 몸을 돌리지도 않은 채 물었다.

"귀뚤귀뚤 우는 귀뚜라미가 누군고?"

대답 대신 계속 휘파람소리가 들려왔기 때문에 그녀는 너무 작게 말한 모양이라고 생각했다. 휘파람소리는 이제 더 경쾌해져서 흡사 갑작스레 격앙된 새들의 노랫소리 같았다.

"까시께! 까시께!" 그녀가 거의 부끄러워하며 넌지시 말했다.

소년이 "아하!" 하며 반응을 보이자 그녀는 무척 기뻤다.

"어떻게 네가 그 이름을 좋아하누?"

잠시 말을 멈추었다가 그녀가 덧붙였다.

"내 이름은 우세비아란다."

그녀의 귀에 잦아든 메아리 같은 말이 들려왔다.

"작은 수지양초……"

그녀는 놀라움과 언짢음이 뒤섞인 표정으로 미소를 지어 보였다.

"어찌하여 넌 이름붙이기를 좋아하누?"

"저한테 그런 이름을 붙인 건 바로 할머니잖아요?"

"그래, 네 말이 맞다."

그녀는 그 집에서 지내는 게 만족스러운지 소년에게 물어보려고 했지만, 외로운 삶이 그녀의 감정에 덕지덕지 앉혀놓은 딱딱한 딱지 때문에 표현한다는 것 자체가 힘들고 고통에 가까웠다.

그녀는 다시 입을 다물었고, 마음의 문을 열고 자유롭게 소통하고 싶은 충동을 외면한 채 가상의 일 속에서 기계적으로 몸을 움직였다. 소년은 다시 휘파람을 불기 시작했다.

침묵을 더욱 무겁게 만들며 해가 점점 밝아지고 있었다. 그녀는 머릿속에 떠오르는 모든 것들에 대해 아무렇게나 이야기를 꺼내거나 또다시 홀로 있기 위해 고독속으로 달아나고 싶어했는지도 모른다.

그녀는 고통이 한계에 다다를 때까지 가슴속의 어질증을 말없이 참아냈다. 이윽고 말문을 열면서 화들짝 놀랐을 때, 그녀는 터진 혈관에서 피가 흘러나오듯이 무언가가 흘러나온다는 느낌 말고는 아무런 의식이 없었다.

"까시께야, 넌 이제 모든 게 어떻게 변하는지 보게 될 거다. 난 이미 더이상 혜수소를 견딜 수가 없었어……"

말을 하는 중간중간에 시커멓고 말없는 깡마른 노인의 환영이 스쳐지나갔다. 그녀는 소년이 "새끼노새"라고 말했다고 생각하고는 그것이 자기가 내뱉은 말의 반향인 줄도 모른 채 실없이 웃었다.

"……정말로 평생 영감탱이를 어떻게 참고 살았는지 모르겠구나. 언제나 막돼먹은 거짓말쟁이였지. 나 같은 건 안중에도 없었고……"

도저히 용인할 수 없는 많은 잘못을 남편의 탓으로 돌리면서 고통스럽고 신산한 삶의 씁쓸한 맛이 남편에 대한 회상에 집중되었다.

"……그렇게 오랜 세월 해왔으면서도 들일도 제대로 못한단다. 남들 같았으면 밑바닥에서 올라와 일가를 이루었을 텐데 우린 자꾸 뒷걸음질만 치고 있으니 원…… 까시께야, 게다가 올해는……"

그녀는 한숨을 내쉬며 말을 끊었다가 마치 멀리 있는 누군가가 들어주기를 바라는 듯이 단호하고 격앙된 목소리로 말을 이어갔다.

"……비도 내리지 않았어. 모든 것을 태워버리며 여름도 다 끝나가는데. 비가 단 한방울도 내리지 않았어!"

타는 듯한 대기 속에 뜨겁게 달아오른 목소리는 어서 서늘해지기를 바라는 간절한 소망, 즉 목마른 고뇌를 가져왔다. 햇볕에 탄 언덕과 바싹 마른 잎사귀들, 그리고 쩍쩍 갈라진 땅이 내뿜는 광채가 마치 하나의 몸뚱이처럼 확연하게 나타나자 다른 근심걱정은 멀리 사라졌다.

그녀는 한동안 침묵을 지키다가 이윽고 고통스러운 목소리로 말을 끝맺었다.

"까시께야, 이 양철통을 가지고 깊은 골짜기로 내려가서 물을 찾아보렴."

노인은 점심을 준비하느라 부산한 우세비아를 물끄러미 바라보며 마치 특별한 의식이 준비되고 있는 것처럼, 어쩌면 음식의 종교적 특성을 이제 막 발견한 것처럼 마음속 깊이 희열을 느꼈다.

평범한 사물들은 하나같이 화려하게 옷을 입었고 더욱 아름다워 보였으며 처음으로 생명을 얻은 듯 활기가 넘쳤다.

"음식이 맛있게 됐어, 우세비아?"

대답도 질문만큼이나 예사롭지 않았다.

"맛있게 잘됐어요, 영감."

소년은 밖에 나가 있었지만, 그의 존재는 희미하게나마 그들에게까지 효과적으로 닿고 있었다.

예리하고 호기심 많은 얼굴을 한 소년의 이미지는 그들에게 자꾸 새로운 생각을 떠올려주었다. 그들은 예전에는 전혀 중요치 않았던 물건들에 대해 애정을 가지고 생각하게 되었다. 작은 쌘들, 나무로 만든 작은 말들, 레몬바퀴가 달린 꼬마자동차들, 무지갯빛 유리로 만든 장난감공.

말없는 기쁨이 그들 부부를 하나로 결합시키고 아름답게 했다. 또 두 사람은 이제 막 서로를 알게 되어 미래의 삶에 대한 꿈에 부풀어 있는 듯했다. 이젠 상대방의 이름까지도 아름답게 여겨졌으며 단지 그 이름을 부르는 것만으로도 기쁨에 넘쳤다.

"헤수소……"

"우세비아……"

이제 그들에게 시간은 절망적인 기다림이 아니라 솟아나는 샘처럼 상큼한 어떤 것이었다.

밥상이 차려지자 노인은 자리에서 일어나 문간을 가로질러 소년을 부르러 갔다. 소년은 밖에서 사마귀를 갖고 땅바닥을 뒹굴며 놀고 있었다.

"까시께, 와서 밥 먹어라!"

소년은 나뭇잎의 잎맥처럼 섬세하고 푸른 벌레를 관찰하느라 정신이 팔려 부르는 소리를 듣지 못했다. 그는 눈을 땅에 바짝 붙이고서 그 벌레가 마치 자기 몸집만큼 커져버린 무섭고 괴물 같은 거대한 짐승이라도 되는 양 바라보고 있었다. "사마귀야, 사마귀야, 너네 집 농장은 얼마나 크냐?" 하면서 끊임없이 콧노래를 흥얼거리는 소년의 목소리가 들리는 가운데 사마귀는 빙글빙글 돌면서 가까스로 몸을 움직이고 있었다.

벌레는 마치 막연히 무엇을 측정하듯이 율동적으로 두 앞발을 벌리곤 했다. 소년의 흥얼거림은 사마귀의 움직임에 맞추어 계속되었고, 그 작은 벌레는 소년의 상상 속에서 예기치 못한 엉뚱한 모습으로 계속 변해가다가 마침내는 도저히 알아볼 수 없는 지경에 이르렀다.

"까시께야, 와서 밥 먹어라!"

그제야 소년은 고개를 돌려 쳐다보고는 마치 긴 여행에서 돌아온 사람처럼 피곤한 기색으로 몸을 일으켰다.

소년은 노인을 따라 연기가 자욱한 오두막으로 들어갔다. 우세비아가 가장자리가 깨진 백랍접시에 점심을 날라왔다. 식탁 한복판에서는 울퉁불퉁한 차가운 옥수수빵이 하얗게 도드라져 보였다.

하루 중 대부분의 시간을 밭과 산비탈을 어슬렁거리며 보내는 평소의 습관과 달리 혜수소 노인은 점심이 좀 지난 시간에 오두막으로 돌아왔다.

그가 평소와 같은 시간에 돌아올 때면, 으레 습관적인 몸짓을 반복하고 입에 익은 대로 말하고 또 그 시간의 자연스러운 결과로서 자신의 존재를 보여줄 정확한 장소를 찾아내는 것이 수월했다. 그러나 그 예사롭지 않은, 때이른 귀가는 생활의 흐름에 엄청난 변화를 가져다주어 그는 우세비아가 필시 깜짝 놀랄 것이라고 넘겨짚고는 쑥스러운 듯이 집으로 기어들어갔다.

그는 부인을 똑바로 보지도 못하고 곧장 해먹 있는 데로 가서 길게 드러누웠다. 그는 부인이 설명을 요구하며 자신에게 던지는 질문을 이상할 것도 없다는 듯이 태연하게 들었다.

"아하! 이젠 영감도 게으름을 다 피우시는구려?"

혜수소는 변명거리를 찾았다.

"그럼 내가 시뻘겋게 타버린 언덕에서 뭘 하겠어?"

곧이어 이제 고분고분하고 한결 상냥해진 우세비아의 목소리가 돌아왔다.

"물이 정말 절실하게 필요해요! 당장 시원한 소나기라도 오래도록 퍼부었으면 좋으련만. 제발!"

"날씨는 푹푹 찌고 하늘엔 구름 한점 없으니, 어딜 보아도 비가 내릴 것 같지 않구려."

"비가 오면 다시 파종을 할 수 있을 텐데."

"아무렴, 그야 그렇지."

"그리고 많은 농장들이 말라버렸으니 소득도 더 많이 올릴 수 있을 테지요."

"아무렴, 그렇겠지."

"단 한차례만 소나기가 쏟아져도 저 산기슭이 온통 파릇파릇해질 텐데."

"그렇게만 되면 돈을 벌어 우리한테 꼭 필요한 당나귀를 살 수 있을 텐데. 우세비아, 당신 잠옷도 몇벌 살 수 있을 거고 말이야."

이리하여 뜻하지 않게 둘 사이에 애정이 샘솟았고, 그 기적으로 노부부는 오랜만에 웃음을 머금을 수 있었다.

"그리고 헤수소 당신을 위해선 쉽게 상하지 않는 침대용 모포를 한장 사겠어요."

그러고 나서 "그런데 까시께를 위해선 뭘 살까?" 하며 두 내외는 마치 합창을 하듯 한목소리로 말했다.

"읍내로 데려가서 맘에 드는 걸 고르라고 합시다."

시간이 꽤나 흐른 듯 오두막 문으로 들어오는 햇빛이 약해져 희미하게 어두워져가고 있었다. 그러나 점심시간 뒤로 그렇게 많은 시간이 지난 것 같지는 않았다. 습기를 머금은 산들바람이 불어와 방안에 틀어박혀 있어도 한결 상쾌하게 해주었다.

그저 아주 이따금씩 막연하고 하찮은 이야기를 나누는 가운데 거의 침묵속에 한나절이 꼬박 지나갔다. 그러나 주고받는 말들을 통해 은밀하고 투박하게나마 새로운 마음상태, 즉 일종의 평온과 평화, 행복한 피로가 느껴지기 시작했다.

"이제 어둑어둑하네요." 우세비아가 문가에 번져오는 회색빛을 바라보며 말했다.

"벌써 그렇게 됐구려." 헤수소 노인이 멍하니 고개를 끄덕였다.

그리고 생각지도 않게 덧붙였다.

"그런데 까시께는 오후 내내 어찌된 일이지? 눈에 띄는 동물들과 함께 놀면서 농장 쪽에 있었으려나. 그 녀석은 무엇이건 벌레만 발견하면 멈춰서서 사람이라도 되는 양 대화를 시작한다니까."

자신의 말이 불러일으킨 모든 영상들이 천천히 머릿속을 스쳐지나가고 나서 한참 뒤에 그가 덧붙여 말했다.

"······그렇다면 내가 그 아이를 찾아봐야겠군."

노인은 해먹에서 느릿느릿 몸을 일으킨 뒤 문께로 걸어갔다. 말라빠진 언덕의 누런 색깔들은 하늘을 뒤덮은 두꺼운 검은 뭉게구름의 어두운 빛 아래서 온통 보랏빛으로 변해 있었다. 날카로운 한줄기 산들바람이 햇볕에 타서 사각거리는 모든 잎사귀들을 흔들고 있었다.

"이봐, 우세비아!" 하고 노인이 불렀다.

그러자 노파가 문지방께로 나오며 물었다.

"까시께가 거기에 있어요?"

"아니! 저 시커먼 하늘을 좀 봐."

"전에도 몇번 저런 적이 있었지만 비는 내리지 않았어요."

그녀는 문간을 지키고 서 있었고 그는 집밖으로 나가서 두 손을 나팔 모양으로 오므려 입가에 대고는 천천히 목청껏 외쳤다.

"까시께! 까시이이이이께!"

노인의 외침소리는 물거품처럼 언덕을 휘감으며 들끓는 무수한 작은 소리들과 나뭇잎 소리에 뒤섞여 산들바람과 함께 사라졌다.

헤수소 노인은 농장에서 가장 넓찍한 오솔길을 따라 걷기 시작했다.

그는 첫번째 굽이에서 여전히 네모진 문지방에 붙어선 채로 꼼짝 않고 있는 우세비아를 곁눈질로 보았다. 그러나 꾸불꾸불한 길을 따라가

느라 그녀를 시야에서 놓치고 말았다.

떨어진 낙엽들 위로 날랜 작은 짐승들이 지나가는 소리가 귓가를 스쳤고, 육중하게 지나가는 거대한 바람의 널따란 바닥 위로 황갈색 비둘기들이 날아가며 내는 으스스한 소리가 들려왔다. 빛과 공기 속으로 차가운 물기가 스며들고 있었다.

헤수소는 무의식중에 마치 길을 잃은 사람처럼 농장의 오솔길보다 더 꼬불꼬불하고 복잡하고, 더 어둡고 수상쩍은 오솔길에 자꾸만 발을 들여놓고 있었다. 그는 걷는 속도를 바꾸어가며 기계적으로 걸어갔다. 때때로 가던 길을 멈추고 보면 홀연히 다른 장소에 가 있기도 했다.

사물들의 윤곽이 부드럽게 흐려져갔고, 물기를 머금은 물질처럼 회색빛을 띠며 형체가 변해갔다.

언뜻언뜻 헤수소의 눈에 옥수수 대궁 사이에 웅크리고 있는 소년의 작은 몸뚱이가 보이는 것 같았고 그때마다 재빠르게 "까시께" 하며 불러보았으나 이내 산들바람과 어두운 그림자가 소년의 형상을 휘저어버리고는 알아볼 수 없는 다른 모습을 만들어놓았다.

훨씬 더 깊고 낮게 깔린 구름들로 인해 시시각각 어둠이 짙어져갔다. 그는 언덕의 중턱을 걸어가고 있었는데, 이제 키큰 나무들은 어두운 대기 속으로 사라져가는 연기기둥처럼 보였다.

모든 형상들은 분간이 되지 않는 그림자들이었기 때문에 이제 헤수소는 자신의 눈을 믿지 못하고 있었다. 그래서 이따금씩 걸음을 멈추고 지나가는 소리에 귀를 기울여보았다.

"까시께!"

졸졸거리는 소리, 메아리소리, 삐걱거리는 소리 들의 물질이 무한한 반향을 일으키며 들끓고 있었다.

그는 바람이 끌고 가는 흩어진 작은 소리들의 소용돌이 속에서 소년의 음성을 또렷하게 들었다.

"사마귀야, 사마귀야……"

바로 그것이었다. 소년이 앳된 목소리로 내뱉던 음절이요 말이었다. 그것은 뒹구는 돌멩이의 반향도, 멀찍이서 보면 모습이 흉측하게 일그러진 어떤 새의 노랫소리도 아니었다. 또 자신의 외침소리가 작아져서 가냘프게 되돌아오는 것도 아니었다.

"사마귀야, 사마귀야……"

그의 머리를 가득 채우는 흐릿한 연기 사이에서 한줄기 차갑고 예리한 고뇌가 그의 발걸음을 재촉하며, 미친 듯이 그를 몰아세우며 괴롭히고 있었다. 그는 몸을 웅크린 채 옥수숫대를 격렬하게 휘저으며 들어갔고 이따금씩은 네 발로 기어들어갔다. 그는 앞으로 나아가다가 잇달아 멈추어섰지만 들리는 건 자신의 숨소리뿐이었다. 그는 거의 길을 잃었고 누군가가 자신을 부르고 있다고 느꼈다.

"까시께! 까시이이이이께!"

그는 지금껏 길을 잘못 든 채 소리를 지르고 헐떡거리며 같은 자리를 뱅글뱅글 맴돌았고, 그제야 비로소 다시 언덕을 올라가고 있음을 알아챘다. 어둠과 펄떡거리는 심장의 고동소리, 그리고 찾아보았자 소용없다는 불안감으로 인해 평소의 유순한 노인의 모습은 온데간데없이 사라지고 흡사 본능적 충동에 사로잡힌 기이한 동물처럼 보였다. 그는 언덕에서 눈에 익은 풍경을 보지 못했다. 그 언덕을 낯설게 만들고 알지 못할 소리와 움직임으로 가득 채우는 뜻밖의 성장과 변형만이 눈에 들어왔을 뿐이다.

공기는 조밀해서 숨을 쉴 수 없을 정도였고 그의 몸에는 땀이 흥건하게 흐르고 있었다. 그는 언제나 긴장과 초조에 사로잡혀 같은 자리에서 빙빙 돌기도 했고 정신없이 내달리기도 했다.

"까시께!"

그 가혹하고 고통스러운 고독에서 나올 엉뚱한 무언가를 발견하는 것, 그것은 이제 생사가 걸린 일이었다. 그 자신의 목쉰 외침소리가 사방팔방으로 그를 부르는 것 같았다. 그곳에는 무겁게 짓누르는 그날 밤의 무언가가 그를 기다리고 있었다.

그것은 단말마의 고통이었고 타는 목마름이었다. 막 갈아엎은 밭고랑 냄새가 이제 땅에 닿을락말락하는 높이에서 부서진 여린 잎사귀 냄새를 풍기고 있었다.

다른 형상들처럼 이제 분간할 수 없는 소년의 얼굴은 칠흑 같은 어둠 속으로 사라졌고 인간의 모습으로 보이지도 않았으며, 간혹 그의 생김새도 그의 특징도, 심지어 그의 옆모습조차도 기억나지 않았다.

"까시께!"

송골송골 땀이 맺힌 그의 이마에 굵고 서늘한 빗방울 하나가 떨어져 부서졌다. 그가 고개를 쳐들었을 때 갈라진 입술에 또 한방울이 떨어졌고, 흙투성이가 된 그의 손에도 빗방울들이 떨어졌다.

"까시께!"

그리고 땀으로 미끈거리는 그의 가슴에 차가운 빗방울들이 떨어졌고, 침침하게 흐려진 그의 두 눈에도 빗방울들이 떨어졌다.

"까시께! 까시께! 까시께……"

이제 시원한 감촉이 그의 온 살갗을 쓰다듬고 그의 옷을 몸에 달라붙게 만들었으며 나른해진 그의 팔다리로 흘러내리고 있었다.

낙엽들마다에서 빽빽하고 요란한 소리가 솟구쳐 그의 목소리를 질식시켰다. 사방에서 뿌리 냄새와 땅밑에 사는 지렁이 냄새, 싹이 튼 씨앗 냄새, 그리고 귀를 먹먹하게 하는 비의 냄새가 물씬 풍기고 있었다.

이제 노인은 빗방울들의 둥근 메아리로 변해버린 자신의 목소리도 알아듣지 못했다. 그의 입은 흡족한 듯 침묵을 지켰고, 그는 빗물에 죄이고 비에 흠뻑 젖은 채로 깊고 광막한 비의 메아리를 자장가 삼아 천천히 앞으로 걸어가며 잠을 자는 것 같았다.

헤수소 노인은 자신이 집으로 돌아가고 있는지도 몰랐다. 그는 마치 흐르는 눈물 사이로 바라보듯 투명한 빗물의 술장식을 통해 문지방의 불빛 속에 꼼짝 않고 서 있는 우세비아의 시커먼 형상을 바라보았다.

더 읽을거리

베네수엘라 독립전쟁을 배경으로 한 『붉은 창』(*Las lanzas coloradas*, 1931), 로뻬 데 아기레의 라틴아메리카 정복을 다룬 『엘도라도의 길』(*El camino de El Dorado*, 1947) 등의 소설과 『망나니들과 다른 이야기들』(*Barrabás y otros relatos*, 1928) 등의 단편집이 있다.

Juan Carlos Onetti

| 후안 까를로스 오네띠 |

1909~94

1909년 우루과이의 몬떼비데오에서 태어났다. 21세에 사촌 마리아 아말리아와 결혼하고 부에노스아이레스로 이주하여 로이터 통신사에서 일했다. 1955년 귀국해 저널리즘에 종사했으며 1957년 시립도서관장에 임명되었다. 보르다베리의 독재체제하에서 반체제적인 작품을 수상작으로 선정한 심사위원단에 참여했다는 이유로 투옥되었으며, 결국 1974년 망명길에 올라 스페인에 정착했다. 1963년과 1980년에 각각 우루과이 국가문학상과 세르반떼스상을 수상하였다. 1960년대까지는 대체로 잊혀진 채 베일에 싸인 작가였지만 후에 라틴아메리카 붐 소설가들의 선구자로 새롭게 평가되었다. 1994년 마드리드에서 사망했다.

■ 환영해, 밥 Bienvenido, Bob

오네띠는 라틴아메리카의 윌리엄 포크너다. 포크너가 요크나파토파를 창조했듯이 오네띠는 자급자족의 가상공간인 산따 마리아를 창조하였으며, 그의 작품에는 포크너적인 운명의식이 존재한다. 그러나 그의 작품은 포크너보다 더 어둡고 성도착에 더 집착한다. 오네띠의 세계는 더 탈선적인, 도스또옙스끼적 세계, 광기와 싸디즘과 마조히즘의 세계다. 실의에 대한 그의 감각과 페씨미즘, 그의 인물들의 타락은 쎌린을 연상시킨다. 이 모든 특징들은 흔히 오네띠 작품의 근간으로 평가되는 『짧은 생애』(*La vida breve*, 1950)에 이미 드러나 있다. 오네띠의 가장 큰 미덕은 정도를 벗어나 뒤틀린 모티브와 개인적으로, 그리고 문학적으로 모순적인 픽션의 구조를 탐사하는 특유의 방식이다. 1944년에 발표되었으며 단편집 『실현된 꿈과 다른 이야기들』(*Un sueño realizado y otros cuentos*, 1951)에 수록된 「환영해, 밥」은 한때는 순수했으나 꿈과 신성한 가치를 잃어버리고 중년의 좌절과 환멸로 변해버린 젊음의 주제를 다루고 있다. 오네띠의 인물들은 흔히 나이, 죽음에 대한 두려움, 지나간 삶을 되찾고자 하는 절망적 몸부림, 유년기의 어느 곳에 묻혀 있을 진실의 순간을 회복하기 위해 시간을 거슬러올라갈 강박적 필요로 고통을 겪는다. 「환영해, 밥」에서 주동인물들인 밥과 화자는 각자 다른 세대에 속하기 때문에 서로 적대적이며 고립되어 있다. 밥은 젊은이이고 화자 '나'는 이미 체념하고 환멸을 느낀 '성숙한' 남자다. 밥은 '나'가 늙었다는 이유로 여동생 이네스와의 결혼에 반대한다. 시간이 흘러 미래와 세상의 주인이던 밥이 술에 찌든 무기력한 로베르또가 되어 그토록 증오하던 비열한 성인의 세계에 입문했을 때 비로소 오랜 세월 쌓인 분노와 증오의 응어리가 풀리고 두 사람 사이의 소통이 가능해진다. 결국 시간의 흐름 속에서 본질적으로 적대적인 두 개의 사고와 삶의 방식이 결합하는 것이다. 순수의 상실, 개인의 고독과 환멸 등 현대인의 실존적 문제를 그려내고 있는 이 작품에서 우리는 현실과 운명의 잔혹성 앞에 내던져진 고독한 존재들을 만난다. 오네띠 특유의 고뇌에 사로잡힌 등장인물들은 무기력한 악몽의 세계에서 움직인다. 작가의 음울한 염세주의에도 불구하고 우리는 그를 포크너나 베께뜨에 버금가는 진정한 작가로 인정하지 않을 수 없다.

환영해, 밥

H. A. T.에게

    그는 분명 하루하루 더 늙어갈 것이고, 이마 위로 흘러내리던 금발머리와 미소, 반짝이던 두 눈을 가진, 밥이라고 불리던 시절에서 더 멀어질 것이다. 조용히 거실로 들어서며 인사말을 웅얼거리거나 한손을 귀 가까이로 가져가던 그 시절에서 멀어질 것이다. 거실에 들어온 그는 책을 가지고 피아노 옆에 놓인 램프 아래에 가서 앉거나, 아니면 단지 혼자 떨어진 채 무표정한 얼굴로 넋을 놓고 오랫동안 말없이 우리를 바라보곤 했다. 이따금씩 담배를 매만지거나 밝은색 양복의 깃에서 재를 털어내기 위해 손가락을 움직였을 뿐이다.

    마찬가지로 그는——지금은 로베르또라는 이름으로 불리며 아무거나 마시고 술에 취하고 기침을 할 때 지저분한 손으로 입을 가린다——주크박스에서 사용하려고 클럽 바의 테이블에 십 쎈따보짜리 동전을 산처럼 쌓아놓고 달랑 맥주 두 잔으로 긴긴 밤을 지새우던 밥에게서 멀어질 것이다. 그는 항상 졸린 듯한, 행복하고 창백한 얼굴로 혼자서

재즈를 듣고 있었고, 내가 지나갈 때 고개를 거의 움직이지 않고 건성으로 인사를 했다. 그러고는 내가 바에 머무르는 내내 눈으로 나를 좇았다. 힘들이지 않고 극도의 경멸과 아주 가벼운 비웃음을 유지하며 끊임없이 내게 머물러 있는 그의 푸른 시선을 내가 더이상 견딜 수 없을 때까지. 또 토요일이면 이따금씩 밥은 자신만큼이나 새파랗게 젊은 녀석과 어울리곤 했는데, 둘이서 쏠로와 호른, 코러스에 대해 대화를 나누었고, 건축가가 되었을 때 그가 해변에 세울 거대한 도시에 대해 얘기했다. 내가 지나가는 것을 보면 그는 짧은 인사를 건네고 그때부터 말을 멈추고는 줄곧 내 얼굴에서 시선을 떼지 않았다. 그의 입은 동료를 향해 있었지만 활기없는 말과 미소가 흘러나왔고, 결국 그 동료도 언제나 나를 응시하며 말없이 그의 침묵과 비웃음을 배가시켰다.

때때로 나는 스스로 나 자신이 강하다고 생각하며 그의 시선을 맞받아치려고 애썼다. 나는 한손으로 턱을 괸 채 술잔 위로 담배연기를 내뿜으며 그를 응시했다. 나는 눈썹조차 움직이지 않고 그를 바라보았고, 또 내 얼굴이 냉정을 유지하고 다소 우울해 보이도록 한시도 긴장의 끈을 놓지 않았다. 그 시절에 밥은 이네스를 쏙 빼닮았다. 나는 클럽의 바 라운지 너머로 그를 보면서 그의 얼굴 어딘가에서 그녀의 모습을 찾을 수 있었다. 아마도 어느날 밤에는 그녀를 바라보듯 그를 바라보았을 것이다. 그러나 거의 항상 밥의 눈을 잊고 싶어 그를 등지고 앉아서 내 테이블에서 얘기하는 사람들의 입을 바라보았다. 이따금씩 나는 슬픈 표정으로 말없이 앉아 있곤 했는데, 내 안에 그가 거칠게 판단하는 것 이상의 무언가가, 그와 흡사한 무언가가 있다는 것을 그에게 보여주고 싶어서였다. 또 어떤 때는 술을 몇잔 들이켜고 용기를 내서 "친애하는 밥, 가서 누이동생한테 그 얘길 해줘"라고 말할까 생각하기도 했다. 그사이에 나는 내 테이블에 앉아 있던 어린 여자들의 손을 쓰다듬거나 무엇에 대해서건 신소리를 늘어놓았다. 단지 그녀들을 웃게 만들고 밥이 그 웃음소리를 듣도록 하기 위해서였다.

그러나 내가 어떻게 행동하든 그 당시에 밥의 태도나 얼굴표정은 전혀 달라질 기미가 보이지 않았다. 단지 내가 술집에서 연극을 하고 있다는 것을 그가 눈치챘다는 증거로 이 이야기를 기억할 뿐이다. 어느 날 저녁, 내가 그들 집의 거실에 있는 피아노 옆에서 이네스를 기다리고 있을 때 그가 들어왔다. 그는 깃까지 단추를 채운 우비 차림에 두 손을 호주머니에 찔러넣고 있었다. 그는 고개를 끄덕여 나에게 인사를 하고 나서 주위를 휙 둘러보고는 마치 빠르게 고개를 한번 끄덕인 것으로 나의 존재를 완전히 지워버렸다는 듯이 곧장 방 안쪽으로 걸어갔다. 나는 그가 베이지색 고무신발을 신은 채 양탄자 위를 걸으며 테이블 근처를 서성이는 것을 지켜보았다. 그는 손가락으로 꽃을 건드렸고 테이블 가장자리에 앉아서 꽃병을 바라보며 담배를 피우기 시작했다. 살짝 기울어진 그의 차분한 옆얼굴은 내 쪽을 향해 있었는데 느긋하게 생각에 잠겨 있었다. 경솔하게도 나는 왼손으로 저음키를 눌렀고— 나는 피아노에 기대어 서 있었다—이제 부득이하게 그를 쳐다보며 삼초마다 같은 음을 반복할 수밖에 없었다.

내가 그에 대해 느낀 것은 증오심과 굴욕적인 존경심뿐이었고, 비겁하게도 나는 집안의 침묵 속에서 연거푸 피아노 키를 격렬하게 두드려댔다. 그런데 문득 정신을 차려보니 내가 바깥쪽에 있어서 마치 계단 꼭대기나 문간에서 바라보듯 그를 보고 느끼며 그 장면을 지켜보고 있었다. 밥은 흔들리며 올라가는 가느다란 담배연기 옆에서 말없이 우두커니 서 있었다. 그는 내가 정확히 삼초마다 검지로 저음키를 두드리는 것을 의식하고 있었다. 나는 키가 크고 뻣뻣한데다 어딘가 측은하고 어스름 속에서 다소 우스꽝스러워 보였다. 그때 문득 내가 그 피아노 음을 두드리고 있은 건 단지 얼빠진 허세 때문이 아니라 실제로 그를 부르고 있었음을 깨달았다. 진동이 잦아들 때마다 나의 손가락이 집요하게 다시 생명을 불어넣는 피아노의 저음은 그의 무자비한 젊음에게 관용과 이해를 요구할 수 있는, 마침내 찾아낸, 유일한 애원의 말이라고 생각했다. 그는 이네스가 이층 침실 문을 꽝 닫고 나와 합류하기 위해 내려올 때까지 계속 꼼짝 않고 있었다. 그때 밥이 자리를 박차고 일어나 피아노의 맞은편 끝 쪽으로 느릿느릿 걸어왔다. 그는 피아노 위에 팔꿈치를 대고 잠시 나를 보더니 멋진 미소를 지으며 말했다. "오늘밤은 침대에서 뒹굴 건가요, 아니면 위스키에 곯아떨어질 건가요? 구원에의 충동입니까, 아니면 나락으로의 추락입니까?"

나는 그에게 대답을 할 수 없었고, 그렇다고 그의 얼굴을 후려칠 수도 없었다. 나는 건반 치는 것을 멈추고 천천히 피아노에서 손을 거두었다. 이네스가 계단을 반쯤 내려왔을 때 그가 나에게 말했다. "글쎄, 뭐 당신이 즉흥적으로 다른 행동을 취할 수도 있겠군."

신경전은 서너 달 계속되었고, 나는 밤에 클럽에서 발을 끊을 수 없었는데—말이 나왔으니 하는 말인데 그 시기에 클럽에서 테니스대회가 열렸던 것으로 기억한다—내가 한동안 그곳에 나타나지 않으면, 그때마다 밥은 한껏 고조된 경멸과 빈정거림의 눈빛으로 돌아온 나를 맞았고 느긋하게 의자에 틀어박혀 이를 드러내고 히죽히죽 웃었기 때문이다.

내가 최대한 서둘러 이네스와 결혼하는 것 말고 다른 해결책을 바랄 수 없는 순간이 도래했을 때, 밥과 그의 전술이 바뀌었다. 내가 그의 누이동생과 결혼해야 할 필요성을 느끼고 있다는 것을 그가 어떻게 알았는지, 그리고 내가 어떻게 있는 힘을 다해 그 필요성을 받아들였는지 모르겠다. 그 필요성에 대한 나의 열정은 현재와 연결된 모든 끈과 과거를 사라지게 했다. 그러자 나는 밥에게 마음을 쓰지 않게 되었다. 그러나 얼마 지나지 않아 나는 그 시기에 그가 몰라보게 변했다는 것을 알아차렸고, 어떤 때는 꼼짝 않고 모퉁이에 서서 이를 부득부득 갈았다. 나는 그때 그의 얼굴이 더이상 나를 조롱하지 않고 철저한 계산 아래 진지하게 나와 맞선다는 것을 깨달았다. 마치 위험한 상황이나 복잡한 문제를 바라보듯이, 혹은 스스로 방해물을 진단하고 애써 계량하고자 노력하듯이. 그러나 이제 나는 더이상 그를 대수롭게 생각하지 않았고, 심지어는 뚫어져라 응시하는 그의 무표정한 얼굴에서 심오한 나의 본질에 대한 이해가, 나를 그에게 더 가까이 데려가기 위해 이네스와 결혼해야 할 절실한 필요성이 세월과 사건들 아래에서 길어올린 순수한 나의 과거에 대한 이해가 싹트고 있다고 생각하기에 이르렀다.

후에 나는 그가 적당한 밤을 기다리고 있다는 것을 알게 되었다. 그러나 마지막 순간에야 그것을 알 수 있었다. 그날 밤 밥은 도착해서 내가 혼자 앉아 있던 테이블로 다가와 앉으며 손짓으로 웨이터를 물러가게 했다. 나는 그를 바라보며 잠시 기다렸다. 그가 눈썹을 움직일 때 보면 그녀를 쏙 빼닮았다. 그리고 말을 할 때면 이네스처럼 코끝이 약간 주저앉았다. "당신은 이네스와 결혼할 수 없어요." 잠시 뒤에 그가 말했다. 나는 그를 보며 미소짓다가 그에게서 얼굴을 돌렸다. "안됩니다. 그녀와 결혼할 수 없어요. 내가 그걸 막기로 단단히 결심한 이상 그런 일은 막을 수 있으니까요." 나는 다시 미소를 머금으며 말했다. "몇해 전이었다면 당신 말을 듣고 더더욱 그녀와 결혼하고 싶어졌을 거요. 지금은 상황에 전혀 영향을 끼치지 못해요. 그러나 굳이 설명을 하고 싶다면, 들어줄 수는 있소……" 그는 고개를 들고 잠자코 계속 나를 쳐다보았다. 말이 혀끝에서 맴돌았지만 그는 먼저 내 말이 끝나기를 기다리는 눈치였다. 나는 "내가 그녀와 결혼하기를 바라지 않는 이유를 설명하고 싶다면" 하고 천천히 말하며 벽에 등을 기댔다. 나는 즉시 그가 나를 얼마나 깊이 그리고 얼마나 단호하게 증오하는지를 결코 생각해본 적이 없음을 머릿속에 떠올렸다. 그는 핏기 없는 얼굴에 입술과 이를 앙다문 채 미소를 띠고 있었다.

그가 말했다. "이유를 설명하자면 얘기가 길어요. 오늘밤에 끝낼 수 없을 거요. 하지만 두세 마디로 줄여서 말할 수 있어요. 당신은 늙었고 그녀는 젊으니 결혼할 수 없습니다. 난 당신이 서른살인지 마흔살인지 몰라요. 그건 중요하지 않소. 하지만 당신은 이미 완성된 인간이오. 다시 말해 비상하지 못하다면 당신 연배의 모든 사람들이 그렇듯 망가진 존재란 말이오." 그는 불꺼진 담배를 빨며 거리 쪽을 바라보더니 다시 나에게 시선을 돌렸다. 나는 벽에 머리를 기댄 채 다음 말을 기다렸다. "물론 당신이 자신에게 비상한 구석이 있다고 여길 만한 이유가 있겠지요. 당신은 난파상황에서 많은 것들을 구했다고 믿을 겁니다. 하지만 그렇지 않습니다." 나는 그의 옆에 나란히 서서 담배를 피우기 시작했다. 그가 내 기분을 상하게 했지만 나는 그를 믿지 않았다. 그가 나에게 사소한 증오심을 불러일으켰지만 이네스와 결혼할 필요성을 깨닫게 된 이상 그 무엇도 나 자신에 대한 믿음을 흔들어놓지 못할 것임을 확신하고 있었다. 그렇다. 우리는 같은 테이블에 앉아 있었고 나는 그 못지않게 말쑥하고 젊었다. 내가 말했다. "당신이 틀렸을 수도 있어요. 괜찮으시다면 내가 어디가 망가졌는지 구체적으로 말해보시겠소……" 그가 재빨리 말을 받았다. "아니요, 싫습니다. 난 그럴 만큼 철부지 어린애가 아니요. 난 그런 게임에 말려들지 않을 거요. 당신은 이기주의자요. 당신은 더러운 방식으로 관능적이지. 당신은 비열한 것들에 얽매여 있고 당신을 타락시키는 건 바로 그런 것들이오. 당신은 성공하지 못할 것이고 또 당신은 정말로 성공하길 바라지도 않소. 바로 그겁니다. 그게 다요. 당신은 늙었고 그녀는 젊어요. 난 당신 앞에서 그녀 생각을 떠올려서도 안되오. 그런데 하물며 당신은……" 그 순간에도 나는 그의 얼굴을 뭉개버릴 수 없었다. 그래서 나는 그를 무시하기로 했고 주크박스로 가서 되는대로 아무 곡이나 선택한 다음 동전 한개를 떨어뜨렸다. 나는 천천히 자리로 돌아가 음악에 귀를 기울였다. 음악은 그다지 요란하지 않았고, 긴 휴지부 사이에 누군가가 감미롭게 노래를 부르고 있었다. 밥은 내 옆에서 자기나 자기 같은 사람은 누가 됐든 이네스의 눈을 바라볼 자격조차 없다고 말하고 있었다. 나는 감탄하여, 불쌍한 녀석, 하고 생각했다. 계속해서 그는 그가 노년이라고 부르는 것에서 가장 언짢은 것, 다시 말해 해체를 결정짓는 것은 개념을 통해 생각하는 것, 여자라는 단어 안에 세상의 모든 여자들을 우겨넣은 다음 보잘것없는 경험으로 형성된 개념에 맞도록 아무렇게나 그녀들을 밀어붙이는 것이라고 말했다. 그러나 그는 또 경험이라는 단어 역시 정확하지 않다고 말했다. 더이상 경험은 없고, 오직 습관과 반복, 그리고 계속해서 사물들에 붙여지고 또 어설프게 그 사물들을 창조하기 위한 시든 이름들이 있을 뿐이라는 것이었다. 그는 대략 그렇게 말했다. 그리고 나는 그 가련한 녀석이 자신은 손가락 끝으로 이네스를 만지거나 그녀의 옷단, 그녀의 발자국 따위에 입을 맞출 가치조차 없다고 말했을 때 그가 내 안에 불러일으킨 인상을 말한다면 그가 쓰러져 죽을까, 아니면 당장 그 자리에서 나를 죽이려고 덤벼들까 궁금해하고 있었다. 밥은 잠시 말을 끊었다가——음악은 이미 멈추었고 주크박스의 불빛마저 꺼져 침묵이 깊어졌다——"얘기 끝났소"라고 말하고는 빠르지도 느리지도 않은 예의 확신에 찬 걸음으로 가버렸다.

만약 그날 밤 내가 밥의 이목구비에서 언뜻 이네스의 얼굴을 보았다면, 만약 형제처럼 닮은 생김새가 어느 순간 내가 이네스의 얼굴에서 밥을 보도록 하기 위해 표정의 속임수를 이용할 수 있었다면, 그때가 내가 그 소녀를 마지막으로 본 때였을 것이다. 사실 나는 이틀 밤이 지난 뒤에 습관적인 데이트에서 그리고 어느 대낮에 나의 절망에 의해 강제된 부질없는 만남에서 그녀와 함께 있었다. 나는 일체의 말과 만남의 수단도 소용없으며 나의 모든 성가신 간청은 마치 존재하지도 않았던 것처럼 화창한 계절의 한복판, 평화로운 신록의 나뭇잎들 아래에서 광장의 거대한 푸른 대기로 용해되어 놀라운 방식으로 소멸해갈 것임을 미리 알고 있었다.

비록 나를 거슬렀고 그의 공격성과 결부되었지만 그날 밤 밥이 나에게 언뜻 보여준 이네스 얼굴의 작은 부분들은 소녀의 열광과 순수를 지니고 있었다. 그러나 내가 어떻게 이네스에게 말을 붙이고, 그녀를 만지며, 또 어떻게 마지막 두 번의 만남에서 보여준, 냉담하게 돌변하는 여자를 그녀로 받아들일 수 있었겠는가. 그녀 집의 팔걸이의자와 광장 벤치에 앉아 있는 길고 뻣뻣한 몸뚱이의 여자, 상이한 두 시간과 장소에서 한결같이 단호하게 뻣뻣함을 유지하는 여자를 보면서 무슨 수로 그녀를 알아보거나 하다못해 그녀를 떠올릴 수 있었겠는가. 목은 뻣뻣하게 긴장되고 눈은 앞으로 돌출되었으며 입술에는 생기가 없고 두 손은 무릎에 얌전히 올려져 있는 여자를 보면서 말이다. 나는 그녀를 바라보았다. 그녀의 표정은 "아니요"였다. 나는 그녀를 둘러싼 분위기가 온통 "아니요"임을 알아챘다.

나는 그렇게 만들기 위해 밥이 어떤 이야기를 선택했는지 결코 알지 못했다. 어떤 경우에도 나는 그가 거짓말을 하지 않았으며, 그때는 그 무엇도, 심지어 이네스조차 그로 하여금 거짓말을 하게 할 수 없었다는 것을 확신한다. 나는 다시는 이네스를 보지 못했고 굳어진 그녀의 공허한 형상도 보지 못했다. 나는 그녀가 결혼했으며 더이상 부에노스

아이레스에 살지 않음을 알게 되었다. 그즈음에 나는 증오와 고통의 한가운데에서, 밥이 나에게 일어난 일을 상상하거나 혹은 이네스 안에 있는 나를 죽이고 내 안의 그녀를 죽일 정확한 사물, 혹은 사물들의 총체를 선택하고 있는 모습을 즐겨 상상했다.

내가 똑같은 까페에서 똑같은 사람들에 둘러싸여 거의 매일같이 밥을 본 지도 이제 일년 가까이 돼간다. 사람들이 우리를 소개시켰을 때—지금 사람들은 그를 로베르또라고 부른다—나는 과거는 시간 없이 존재하며 과거 속에서 어제는 십년 전의 어느날과 합쳐진다는 것을 깨달았다. 밥의 얼굴에는 어딘가 이네스의 닳아진 흔적이 남아 있었고, 그가 입을 한번 움직일 때마다 그녀의 기다란 몸과 굼뜨고 느긋한 걸음걸이를 다시 볼 수 있었다. 또 땋아서 빨간 리본으로 묶은 헐거운 머릿단 아래로 한결같은 그녀의 파란 눈이 다시 나를 바라보게 되었다. 영원히 부재중이고 실종상태였던 그녀는 흠 하나 없이, 결정적으로 그녀의 본질적인 모습과 똑같아 도저히 혼동할 수 없는 모습으로 살아 있었다. 그러나 밥을 찾아내 그를 증오할 수 있기 위해 로베르또의 얼굴과 말, 몸짓을 파헤친다는 것은 힘겨운 일이었다. 처음 만나던 날 저녁에 나는 여러 시간 동안 그가 혼자 남거나 밖으로 나가길 기다렸다가 그에게 말을 걸든가 두들겨팰 작정이었다. 나는 꼼짝 않고 말없이, 그리고 이따금씩 몰래 그의 얼굴을 살피거나 반짝이는 까페 창문에 비친 이네스의 모습을 떠올리며 숙련된 솜씨로 욕지거리를 지어낸 다음 그에게 욕설을 퍼부을 때의 느긋한 어조를 찾아냈고, 또 맨 먼저 그의 몸의 어느 부위에 한방 먹일까를 결정했다. 그러나 그는 해거름에 세 친구와 함께 가버렸고, 수년 전에 그가 기다렸던 것처럼 나도 그가 혼자 남게 될 적당한 밤을 기다리기로 했다.

내가 다시 그를 만났을 때, 그러니까 이제는 결코 다시 잃고 싶지 않은 이 두번째 우정이 다시 시작되었을 때, 나는 어떤 형태의 공격에 대해서도 생각을 접었다. 나는 결코 이네스에 대해서도 과거에 대해서도 그에게 말하지 않으리라고, 또 말없이 그 모든 것들이 내 안에 계속 살아 있게 하리라고 결심했다. 다름아닌 이것이 바로 거의 매일 오후 로베르또와 까페의 친숙한 얼굴들이 있는 자리에서 내가 하는 일이다. 내가 계속 살아서 로베르또의 말에 귀를 기울일 수 있는 한 나의 증오심은 뜨겁고 선명하게 유지될 것이다. 아무도 나의 복수에 대해 알지 못하지만, 나는 하루하루 기쁘고도 격렬한 복수심을 불태우며 살아간다. 나는 그와 이야기를 나누고, 웃고, 담배 피우고, 커피를 마신다. 나는 그동안 내내 밥을, 그의 순수함을, 그의 신념을, 대담했던 그의 지나간 꿈을 생각한다. 음악을 사랑했던 밥을, 오백만명의 시민들을 위해 강 연안을 따라 눈부시게 아름다운 도시를 건설함으로써 사람들의 삶을 고상하게 만들 계획을 세웠던 밥을 생각한다. 결코 거짓말을 할 줄 몰랐던 밥을. 노인들에 맞선 젊은이들의 투쟁을 선언했던 밥을. 미래와 세상의 주인인 밥을. 그가 "마이 레이디"라고 부르는 여자와 결혼해서 악취가 풍기는 허름한 사무실에서 되는대로 일하며 기괴한 삶을 살고 있고 담배에 찌든 손가락을 가진 로베르또라고 불리는 남자, 까페의 의자에 처박혀 신문을 뒤적이거나 전화로 경마에 돈을 걸면서 이 기나긴 일요일의 나날들을 보내는 남자 앞에서 이 모든 것을 흡족해하며 면밀하게 생각한다.

그의 천박함을, 남자들의 비루한 삶에 빠져드는 그의 절망적인 방식을 사랑하는 나만큼 그렇게 열렬하게 한 여자를 사랑하는 사람은 아무도 없었다. 그의 덧없는 놀라움과 망가진 먼 옛날의 밥이 이따금씩 그에게 받아적게 하는, 그가 영영 얼마나 철저히 파괴되었는가를 정확히 헤아리도록 도와줄 뿐인 허황된 계획 앞에서 내가 넋을 잃는 것처럼 그렇게 황홀해하는 사람은 아무도 없었다.

내가 매일매일 밤을 어둡고 악취나는 어른들의 세계로 맞아들이는 것만큼 그렇게 기쁨과 사랑으로 과거에 이네스를 환영한 적이 결코 없는지는 모르겠다. 그는 이제 막 도착했고 이따금씩 향수로 인한 위기를 맞으며 괴로워한다. 나는 그가 술에 취해 눈물을 글썽이며 자신을 저주하고, 또 이제 곧 밤의 시절로 돌아갈 것이라고 고래고래 소리치는 것을 본 적이 있다. 확신컨대 그때 나의 가슴은 사랑으로 넘치고 엄마의 가슴처럼 섬세하고 자애로워진다. 내심 나는 딱히 갈 곳이 없으므로 그가 결코 떠나지 않을 것임을 알고 있다. 그러나 나는 인내심을 가지고 부드럽게 그를 대하고 그에게 순응하게끔 애쓴다. 고향의 흙 한줌이나 거리와 기념물의 사진, 혹은 이민자들이 즐겨 가져오는 노랫말처럼, 나는 그를 위해 계획과 믿음을, 그리고 그가 얼마 전 떠나온 젊음의 나라의 빛과 향기를 지닌 나날이 다른 아침을 구축해간다. 그리고 그는 받아들인다. 그는 내게서 두 배의 약속을 받아내기 위해 언제나 이의를 제기하지만, 결국은 좋다고 말하며 억지웃음을 짓는다. 그는 언젠가 밤으로 살던 시절로 돌아갈 것이라고 믿으며 삼십대의 한복판에서 평온을 느낀다. 오래된 야망의 끔찍한 시체들, 즉 피할 수 없는 수천개의 발에 정신없이 지근지근 짓밟히는 가운데 닳아져간 꿈들의 섬뜩한 형체들 사이를 배회하며.

María Luisa Bombal

| 마리아 루이사 봄발 |

1910~80

1910년 칠레의 비냐 델 마르에서 태어나 프란체스꼬수도회 수녀들에게 교육받았다. 아버지가 사망한 뒤 1923년에 가족과 함께 프랑스로 이주하여 빠리에 정착하였다. 1931년까지 빠리에 머물며 연극을 공부하였고 쏘르본느 대학에서 프로스뻬르 메리메에 관한 논문으로 철학 박사학위를 받았다. 1931년에 귀국하여 연극활동에 정열을 쏟았다. 2년 후에 부에노스아이레스로 이주해 빅또리아 오깜뽀가 이끌던 문학지 『수르』(Sur)의 문인들과 교우하며 이 잡지에 현실과 꿈의 세계가 뒤섞인 초기 단편들을 발표하여 보르헤스의 찬사를 받았다. 그후 뉴욕으로 이주하여 은행가와 결혼했으며 남편이 죽은 후에 아르헨띠나를 거쳐 1973년 귀국했다. 1980년 산띠아고에서 사망했다.

나무 El árbol

봄발의 작품에서 가장 두드러진 특징은 '타자성'의 존재가 중심주제를 이룬다는 것이다. 그의 문학에서 타자성은 라틴아메리카의 문화적 변방에서 끊임없이 거부되었던 꿈, 상상력, 여성적 글쓰기다. 봄발은 오랫동안 동성애와 야만, 광기의 '어두운 대륙'에서 억눌리고 잊혀졌던 여성적 상상력을 되찾는다. 1939년 『수르』에 발표되었던 「나무」에서 작가는 화해할 수 없는 두 세계의 이항대립적 구조를 제시한다. 이러한 구조는 주관성, 직관, 감수성, 수동성이 여성적 영역에, 그리고 힘, 지적 능력, 실용주의, 합리성이 남성적 코드에 속한다는 기성질서의 허위적 인식을 드러낸다. 여기에서 고무나무는 이중의 기능을 한다. 즉 가부장적 규범하에서 억압을 겪는 여주인공 브리히다에게 도피처, 위안, 여성적 주관성의 투영을 암시하는 동시에 외부세계의 지각을 방해하는 부정적 기능을 한다. 클라이맥스에 이르러 고무나무가 쓰러지고 거리의 빛이 쏟아져들어오자 마침내 브리히다는 옷방으로 표상되는 몽상과 환상의 은둔을 떨쳐버리고 실패한 결혼의 현실과 맞서게 된다. 주인공이 소외된 여성의 조건을 깨닫고서 남편을 떠나기로 결심함으로써 자신을 억압해온 가부장적 굴레에서 해방되어 독립된 존재로 새롭게 태어난다는 설정에서 작가의 페미니즘적 문제의식을 읽을 수 있다. 1970년대에 이르러서야 비로소 라틴아메리카에서 여성작가들이 본격적으로 나타났으며 칠레가 라틴아메리카에서 가장 보수적인 나라의 하나라는 점을 생각할 때 1930년대의 억압적인 지배문화를 위반하는 봄발의 글쓰기는 선구적이다. 여성심리의 섬세함을 다분히 환상적인 수법으로 다루고 있는 이 작품에서 음악이 플롯뿐만 아니라 서술자의 감정 속으로 녹아드는 방식은 매우 독창적이다. 이야기는 주인공이 상상의 공간에서 회상하는 방식으로 전개된다. 그녀는 콘써트에 참석하는 동안 상상적 여행과 일련의 판타지를 통해 욕망과 감정을 표출할 수 없었던 소통단절의 세계에서 벗어난다. 콘써트에서 연주된 모짜르트, 베토벤, 쇼팽의 쏘나타가 그녀의 상상여행을 동행하는데, 이 쏘나타들은 나무가 쓰러지고 자신의 현실을 인식하게 되기까지 그녀의 삶의 서로 다른 단계들과 그에 상응하는 감정상태를 상징적·은유적으로 반영한다.

나무

내 상상의 나무에 생명과 현실성을 부여할 줄 알았던 마법적인 친구이자 위대한 예술가인 니나 앙기따에게, 그녀를 알기 훨씬 전에 나도 모르게 그녀를 위해 쓴 이 이야기를 바친다.

피아니스트는 자리에 앉자마자 습관처럼 헛기침을 하고는 잠시 정신을 가다듬는다. 홀을 밝히는 조명등이 서서히 어두워지더니 꺼져가는 숯불처럼 희미하게 빛을 발한다. 그 순간 정적 속에서 하나의 악구(樂句)가 솟아올라 맑고 가느다랗게, 그리고 적당히 변덕스럽게 전개되기 시작한다.

'아마 모짜르트일 거야'라고 브리히다는 생각한다. 그녀는 평소처럼 이번에도 프로그램을 달라는 걸 깜빡했다. '아마 모짜르트일 거야. 아니면 스까를라띠⋯⋯' 그녀는 음악에 대해서는 정말 깜깜이었다! 그렇다고 음악적 감각이나 취미가 없는 것은 아니었다. 어릴 때 피아노 레슨을 시켜달라고 떼를 쓴 것은 바로 그녀였다. 언니들과 달리, 그녀에게는 억지로 레슨을 시킬 필요가 없었다. 그러나 지금 그녀의 언니들은 피아노를 정확히 쳤고 한눈에 악보를 읽어냈다. 반면에 그녀는……
그녀는 피아노를 배우기 시작한 바로 그해에 그만두었다. 그녀가 변덕
을 부린 것은 아주 단순하고도 부끄러운 이유에서였다. 그녀는 끝내 F
조를 배우는 데 성공하지 못했다. 결코. "이해할 수 없어요. G조까지밖
에 기억이 나지 않아요." 그녀의 아버지는 얼마나 분개했던가! "가르
칠 딸들이 줄줄이 딸린 불행한 홀아비의 이 짐을 누구한테라도 줘버렸
으면! 불쌍한 까르멘! 틀림없이 브리히다 때문에 고생깨나 했을 테지.
이애는 지진아야."

브리히다는 모두 성격이 제각각인 여섯 딸 중 막내였다. 마침내 여섯
번째 딸을 갖게 되었을 때, 앞의 다섯 딸들 때문에 얼마나 애를 먹고
지쳤는지 아버지는 그녀를 지진아로 단정지음으로써 그날을 단순화하
고 싶어했다. "더이상 아옹다옹하지 않겠다. 다 소용없어. 걔를 그냥
내버려둬. 공부할 생각이 없으면 하지 말라고 해. 귀신얘기나 들으며
부엌에서 노닥거리는 게 좋다면 맘대로 하라고 해. 열여섯 나이에 인
형이 좋다면 가지고 놀라고 해." 브리히다는 계속 인형을 끼고 살았고
완전히 무식한 아이가 되어버렸다.

무식하다는 건 얼마나 유쾌한가! 모짜르트가 누군지 정확히 알지
못하고, 또 그의 혈통과 모짜르트가 후대에 끼친 영향, 그의 기법의 특
징을 모른다는 건! 지금처럼 그가 손을 잡고 이끄는 대로 가만히 있다
는 건.

실제로 모짜르트는 그녀를 데려간다. 분홍빛 모래의 강바닥을 흐르
는, 수정처럼 맑은 물위에 걸려 있는 다리를 통해 그녀를 데려간다. 그
녀는 흰옷 차림에, 어깨 위에는 거미줄처럼 섬세하고 복잡한 레이스
양산을 펼쳐들고 있다.

"브리히다, 넌 나날이 젊어지는구나. 어제 네 남편을 만났어. 네 전

남편 말이야. 머리가 온통 백발이더라."

그러나 그녀는 대답하지 않는다. 걸음을 멈추지 않고 계속해서 모짜르트가 젊은시절의 정원 쪽으로 펼쳐준 다리를 건넌다.

물이 노래하는 높은 분수. 그녀의 열여덟 나이, 풀어헤치면 발목까지 내려오는 다갈색의 땋은 머리, 황금빛으로 반짝이는 얼굴, 호기심어린 동그랗고 검은 눈. 도톰한 입술의 조그만 입, 달콤한 미소 그리고 깃털처럼 가볍고 우아한 몸. 그녀는 분숫가에 앉아 무슨 생각을 하고 있었지? 아무 생각도. 사람들은 "그녀는 백치미인이야"라고 수군거렸다. 그러나 그녀는 바보천치라는 말도 무도회에서 '웃음거리가 되는 것'도 전혀 개의치 않았다. 차례차례 남자들이 언니들에게 청혼을 해왔다. 그녀에게는 아무도 청혼하지 않았다.

모짜르트! 이제 그는 그녀를 푸른 대리석 계단으로 인도한다. 그녀는 계단 양옆에 나란히 놓인 얼음 백합 사이로 내려간다. 그리고 이제 모짜르트는 그녀가 아버지의 절친한 친구인 루이스의 목에 매달릴 수 있도록 황금빛 쇠창살이 박힌 철문을 열어준다. 아주 어린 시절 모두에게 버림받았을 때부터, 그녀는 루이스에게 달려가곤 했다. 그는 그녀를 번쩍 안아올렸고, 그녀는 그의 목에 팔을 두르고 작은 새소리 같은 웃음을 터뜨리며 그의 눈과 이마, 그리고 그때 이미 희끗희끗하던 머리(그렇다면 그는 한번도 젊은 적이 없었을까?) 위로 어지러운 빗줄기처럼 정신없이 입맞춤을 퍼부었다. "넌 목걸이야." 루이스가 그녀에게 말하곤 했다. "새의 목걸이 같아."

그래서 그녀는 그와 결혼했다. 점잖고 과묵한 그 남자 곁에 있으면 자신의 본모습이 바보천치에 장난꾸러기요 게으름뱅이라는 데 대해 죄의식을 느끼지 않았기 때문이다. 그렇다, 오랜 세월이 흐른 지금, 그녀는 사랑 때문에 루이스와 결혼한 것은 아니었음을 깨닫는다. 그러나 왜, 도대체 왜 그녀가 어느날 갑자기 그를 떠났는지는 도무지 이해할 수 없다……

그러나 이 순간, 모짜르트는 초조하게 그녀의 손을 낚아채 시시각각 긴박해지는 리듬 속으로 끌고 가면서, 오던 길을 되돌아가 정원을 가로질러 거의 도망치듯 뛰어서 다시 다리로 접어들게 만든다. 그리고 그녀에게서 양산과 투명한 스커트를 벗긴 후에, 부드러우면서도 단호한 화음으로 그녀의 과거의 문을 닫는다. 검은 옷차림의 그녀는 콘써트홀에 남겨진 채, 인공조명의 불빛이 환해질 때 기계적으로 박수갈채를 보낸다.

다시 희미한 불빛 그리고 다시 침묵의 전주곡.

그리고 이제 베토벤이 봄의 달빛 아래서 따뜻한 음표의 물결을 휘젓기 시작한다. 바다는 얼마나 멀리 물러갔던가! 브리히다는 해변을 가로질러 저 멀리서 희미하게 반짝이는 고요한 바다를 향해 걸어간다. 그러나 그때 바다가 솟아올라 조용히 커지며 다가와 그녀를 휘감는다. 그리고 부드러운 파도로 그녀의 등을 떼민다. 이윽고 한 남자의 몸에 그녀가 뺨을 기대게 한다. 그리고 바다는 그녀를 루이스의 가슴 위에 남겨두고 멀어져간다.

"당신은 애정이 없어, 애정이 없다고." 그녀는 루이스에게 이렇게 말하곤 했다. 남편의 심장은 속으로만 희미하게 뛰어서 그녀는 간혹 예기치 않은 순간에만 그 박동소리를 들을 수 있었다. "내 곁에 있을 때도 당신은 결코 나와 함께 있지 않아." 잠자기 전에 그가 습관적으로 석간신문을 펼치자 침실에서 그녀가 투덜거렸다. "당신은 왜 나랑 결혼했어?"

"당신이 놀란 새끼사슴의 눈망울을 가졌기 때문이지." 그가 대답하며 그녀에게 입을 맞추었다. 갑자기 기분이 좋아진 그녀는 득의양양하게 자기 어깨에 백발의 무게를 받았다. 오, 루이스의 빛나던 그 은빛 머리카락!

"루이스, 당신은 어릴 때 머리 색깔이 어땠는지 정확히 한번도 말해주지 않았어. 또 열다섯살에 흰머리가 나기 시작했을 때 당신 어머니가 뭐라고 말씀하셨는지도 들려준 적이 없어. 뭐라고 하셨어? 웃으셨어? 우셨어? 당신은 자랑스러웠어, 아니면 부끄러웠어? 학교에서 친구들은 뭐라고 했어? 말해줘, 루이스, 말해줘……"

"아침에 얘기해줄게. 잠이 쏟아져. 브리히다, 난 아주 피곤하다고. 불 좀 꺼주겠어?"

그는 잠들기 위해 무의식중에 그녀에게서 떨어졌고, 그녀는 무의식중에 밤새도록 남편의 어깨를 쫓아다녔고 그의 호흡을 찾았다. 그녀는 유폐된 목마른 식물이 더 적절한 기후를 찾아 가지를 뻗치듯 그의 호흡 아래서 살려고 발버둥쳤다.

아침에 가정부가 블라인드를 열었을 때, 루이스는 이미 그녀 곁에 없었다. 그의 어깨를 완강하고 고집스럽게 잡아두려고 하는 '새의 목걸이'가 두려워 살그머니 일어나 아침인사도 없이 가버린 것이다. "오 분, 딱 오 분만. 루이스, 나랑 오 분 더 있다고 사무실이 사라지는 건 아니잖아."

그녀의 기상. 아, 그녀는 얼마나 슬프게 잠에서 깨어났던가! 그러나—신기하게도—옷방에 들어서면 마법에 걸린 것처럼 그녀의 슬픔이 눈 녹듯 사라졌다.

파도가 일렁인다, 아주 멀리서 일렁인다, 잎사귀들의 바다처럼 속삭인다. 베토벤인가? 아니다.

그것은 옷방 창문에 붙은 나무다. 그녀가 그 방에 들어서기만 해도 온몸에 행복감이 밀려들었다. 늘 아침나절에 침실은 얼마나 찜통 같았던가! 햇빛은 또 얼마나 가혹했던가! 반면에 여기 옷방에서는 그녀의 눈까지도 편히 쉬고 새로워진다. 칙칙한 크레톤사라사(커튼이나 의자, 소파에 쓰이는 고급 천—옮긴이), 요동치는 차가운 물처럼 벽면에 그림자를 드리우던 나무, 나뭇잎을 비추며 무한한 푸른 숲으로 부풀어오르던 거울들. 그 방은 얼마나 유쾌했던가! 마치 수족관 속에 잠긴 세계 같았다. 그 아름드리 고무나무는 얼마나 재잘거렸던가! 동네의 모든 새들이 그 나무에 몸을 숨기러 왔다. 도시의 한쪽에서 곧장 강으로 내려가는 좁은 비탈길에 있는 유일한 나무였다.

"난 바빠. 당신과 같이 갈 수 없어…… 할일이 태산이라 점심 먹으러 가지 못할 거야…… 여보세요, 나 지금 클럽에 있어. 약속이 있어서. 저녁 먹고 자도록 해…… 아니야. 모르겠어. 브리히다, 날 기다리지 않는 게 좋겠어."

"나한테 여자친구라도 있었으면!" 그녀가 한숨을 쉬었다. 그러나 모두들 그녀를 따분해했다. 좀 덜 멍청하게 굴려고 애썼다면! 그러나 잃어버린 그 많은 땅을 무슨 수로 단번에 되찾겠는가? 총명하려면 어려서부터 시작해야 한다. 그렇지 않나?

그녀의 형부들은 언니들을 사방팔방 데리고 다녔다. 그러나 루이스는—왜 그녀는 그 사실을 스스로 인정하지 않았을까?—그녀를, 그녀의 무지를, 그녀의 소심함을, 심지어는 그녀의 열여덟 나이까지도 창피해했다. 그래서 남들에겐 적어도 스물한살이라고 말하라고 요구하지 않았던가? 그녀가 너무 젊다는 게 마치 그들만의 은밀한 결점이라도 되듯이.

밤에는 언제나 녹초가 돼서 곯아떨어지지 않는가! 그는 그녀의 말을 전혀 귀담아듣지 않았다. 그녀에게 미소를 지어 보이기는 했다. 그러나 그녀는 그 미소가 기계적이라는 사실을 알고 있었다. 그녀에게 애무를 퍼부었지만, 애무 속에 그는 존재하지 않았다. 그는 왜 그녀와 결혼했을까? 습관을 유지하기 위해서였거나, 아니면 그녀의 아버지와의 오랜 우정을 돈독히하기 위해서였을 것이다.

아마도 남자들에게 삶이란 사회적으로 용인된 일련의 지속적 습관에 다름아닐 것이다. 그중에 하나라도 어긋나면 아마도 무질서와 좌절을 초래할 것이다. 그러면 남자들은 도시의 거리를 배회하고 광장 벤치에 앉기 시작할 것이다. 그리고 하루가 다르게 옷차림이 후줄근해지고 갈수록 수염이 텁수룩해질 것이다. 따라서 루이스의 삶은 하루의 매순간을 일로 채우는 데 있었다. 왜 전에는 미처 그걸 깨닫지 못했을까? 그녀를 지진아로 단정지었을 때 그녀의 아버지가 옳았다.

"언제 한번 눈이 내리는 걸 보고 싶어, 루이스."

"이번 여름에 유럽에 데려갈게. 그곳은 겨울이니까 눈이 내리는 걸 볼 수 있을 거야."

"여기가 여름일 때 유럽은 겨울이라는 건 이미 알고 있어. 나도 그 정도로 무식하지는 않다고!"

그에게 진정한 사랑의 격정을 불러일으키기 위한 듯, 때때로 그녀는 남편에게 달려들어 울먹이고 그의 이름을 부르며 키스를 퍼붓곤 했다. 루이스, 루이스, 루이스……

"뭐야? 무슨 일이야? 원하는 게 뭐야?"

"아무것도."

"그럼 왜 날 그렇게 부르는 거야?"

"아무것도 아냐. 그냥 부르는 거야. 난 당신 이름을 부르는 게 좋아."

그는 이 새로운 놀이를 호의적으로 받아들이며 미소짓곤 했다.

여름이 왔다. 결혼하고 처음 맞는 여름이었다. 새로운 일거리가 생겨

루이스는 그녀에게 약속했던 여행을 떠날 수 없었다.

"브리히다, 이번 여름에 부에노스아이레스의 더위는 대단할 거야. 장인어른과 함께 농장에 가지그래?"

"혼자서?"

"내가 매주 토요일에서 월요일까지 당신을 보러 갈게."

그녀는 침대에 앉아 있었다. 욕이라도 퍼부을 태세였다. 그러나 그에게 퍼부을 모욕적인 말을 찾았지만 허사였다. 그녀는 아무것도 할 줄 아는 게 없었다. 아무것도. 하물며 욕도 할 줄 몰랐다.

"무슨 일이야? 뭘 생각해, 브리히다?"

처음으로 루이스가 발길을 돌렸고, 불안한 마음으로 그녀에게 몸을 숙였다. 사무실에 가야 할 시간이 지나고 있었다.

"졸려……" 브리히다는 베개에 얼굴을 묻고 어린애처럼 대답했다.

그가 생전처음 점심시간에 클럽에서 그녀에게 전화를 걸었다. 그러나 그녀는 전화를 받지 않았다. 그녀는 예기치 않게 발견한 '침묵'이라는 무기를 미친 듯이 휘두르고 있었다.

바로 그날 밤 그녀는 잔뜩 신경을 곤두세운 채 남편 앞에서 눈을 내리깔고 식사를 했다.

"아직도 화났어, 브리히다?"

그러나 그녀는 침묵을 깨지 않았다.

"새의 목걸이, 내가 당신을 사랑한다는 걸 잘 알잖아. 하지만 온종일 당신과 함께 있을 수는 없어. 난 아주 바쁜 사람이잖아. 내 나이가 되면 수많은 약속의 노예가 돼."

"……"

"우리 오늘밤에 외출할까?"

"……"

"싫어? 내가 참지. 말해봐. 몬떼비데오에서 로베르또가 전화했어?"

"……"

"드레스가 참 예쁘네! 새로 샀어?"

"……"

"새로 산 거야, 브리히다? 대답 좀 해, 대답 좀 하라고……"

그러나 그녀는 이번에도 묵묵부답이었다.

그리고 곧이어 예상치 못한, 터무니없이 놀라운 일이 벌어졌다. 루이스가 자리를 박차고 일어나 테이블 위의 냅킨을 거칠게 잡아뽑더니 문을 쾅 닫고 집을 나가버린 것이다.

망연자실한 그녀 역시 그런 부당한 상황에 화가 치밀어 몸을 바들바들 떨며 자리에서 일어났다. "내가, 내가──그녀는 어찌할 바를 모르고 중얼거렸다── 내가 거의 일년 만에…… 처음으로 대든 건데…… 아, 떠나겠어, 오늘밤에 당장 떠나버리겠어! 두번 다시 이 집구석에 발을 들여놓지 않을 테야……" 그녀는 씩씩대며 옷방의 벽장을 열었고, 옷을 아무렇게나 바닥에 내동댕이쳤다.

바로 그때 누군가가, 아니 무언가가 창유리를 두드렸다.

그녀는 창 쪽으로 달려갔다. 대체 어디서 그런 용기가 생겼는지 몰랐다. 그녀는 창문을 열었다. 나무였다. 고무나무가 폭풍우에 흔들리며 가지로 창유리를 두드리고 있었다. 고무나무는 창밖에서 그녀를 애타게 부르고 있었다. 마치 그 여름밤의 작열하는 하늘 아래서 사나운 검은 불꽃처럼 몸부림치는 자신의 모습을 봐달라고 하소연하는 듯했다.

곧 차가운 고무나무 잎에 굵은 빗방울이 튀기 시작하리라. 얼마나 유쾌하던가! 그녀는 밤새도록 세차게 두드려대는 빗소리를 들을 수 있으리라. 마치 수많은 상상의 물방울들의 수로로 미끄러져 내려가듯이 고무나무 잎들 사이로 빗방울이 미끄러지는 소리를. 그녀는 밤새도록 늘은 고무나무 동체가 그녀에게 사나운 날씨에 대해 이야기하며 삐걱거리고 신음하는 소리를 들으리라. 그사이에 그녀는 넓은 침대의 시트 사이에서 일부러 부들부들 떨며 몸을 웅크리고 루이스 옆에 바짝 달라붙을 것이다.

은빛 지붕 위로 끊임없이 쏟아지는 수많은 진주방울. 쇼팽. 프레드릭 쇼팽의 「에뛰드」.

이제는 그녀와 마찬가지로 입을 봉해버린 남편이 침대에서 빠져나간 것을 눈치채자마자 꼭두새벽에 갑자기 잠에서 깨어난 게 벌써 몇주던가?

옷방. 활짝 열린 창문, 그 다정한 방에 떠다니는 강과 목장 냄새 그리고 안개의 베일에 가려진 거울들.

크레톤사라사의 장미까지도 적실 것 같은 은밀한 폭포소리를 내며 고무나무 잎을 통해 미끄러지는 빗물이 그녀의 격렬한 향수 속에서 쇼팽과 뒤섞인다.

비가 억수같이 내리는 여름날엔 뭘 하지? 요양하는 척하거나 슬픔을 가장하며 온종일 방안에 처박혀 있나? 어느날 오후 루이스가 머뭇거리며 들어왔다. 그는 뻣뻣하게 굳어서 자리에 앉았다. 침묵이 감돌았다.

"브리히다, 그런데 사실이야? 이젠 날 사랑하지 않아?"

그녀는 멍청하게도 갑자기 기분이 좋아졌다. 그녀에게 시간적 여유를 주었다면, "아니, 아니야, 당신을 사랑해, 루이스. 당신을 사랑해"라고 외쳤을 수도 있다. 그가 거의 즉각적으로 평소처럼 차분하게 이렇게 덧붙이지만 않았다면 말이다.

"브리히다, 어쨌든 난 우리가 갈라서는 건 현명치 못하다고 생각해. 신중하게 생각해야 해."

충동이 일었을 때만큼이나 갑자기 충동이 가라앉았다. 뭐 하러 부질 없이 흥분하겠는가! 루이스는 그녀를 부드럽고 절도있게 사랑했다. 언 젠가 그가 그녀를 증오하게 되더라도, 그 증오는 정당하고 신중한 것 이리라. 삶은 그랬다. 그녀는 창가로 다가가 얼음장 같은 창유리에 이 마를 댔다. 거기에서 고무나무는 규칙적으로 잔잔하게 두드려대는 빗 물을 말없이 받고 있었다. 방은 흐트러짐 없이 고요하게 어둠에 잠겨 있었다. 모든 것이 아주 고결하게 영원히 멈춰진 듯했다. 삶은 그랬다. 돌이킬 수 없는 결정적인 어떤 것처럼 삶을 그렇게 평범한 것으로 받 아들이는 데는 일말의 위대함이 있었다. 그사이 사물들의 깊은 곳에서 무겁고 느린 가사의 멜로디가 생겨나 상승하는 것처럼 보였다. 그녀는 잠자코 듣고 있었다. "항상." "결코."……

이렇게 시간과 나날들과 해들이 흐른다. 항상! 결코! 삶이여, 삶이 여!

정신이 돌아왔을 때, 그녀는 남편이 이미 방을 빠져나갔다는 것을 깨 달았다.

"항상! 결코!"……은밀하고 한결같은 비는 아직도 계속해서 쇼팽 안에서 속삭이고 있었다.

여름은 불타는 달력을 한장씩 떼어냈다. 황금의 검처럼 빛나던 눈부 신 종잇장들이, 늪의 호흡처럼 해로운 습기를 먹은 종잇장들이 뜯겨 나갔다. 짧고 맹렬한 폭풍우의 종잇장들이, '대기의 카네이션'을 가져 다 거대한 고무나무에 걸어놓는 바람, 뜨거운 바람의 종잇장들이 뜯겨 져나갔다.

아이들 몇이 보도블록을 뚫고 올라온, 비틀어진 거대한 뿌리 사이에 서 숨바꼭질을 했고, 나무는 웃음소리와 재잘거림으로 가득했다. 그런

날이면 그녀는 창가에 나타나 손뼉을 치곤 했다. 아이들은 함께 어울려 놀고 싶어하는 소녀의 미소를 눈치채지 못하고 혼비백산해서 흩어졌다.

그녀는 팔꿈치를 괴고 창가에 홀로 남아 흔들리는 나뭇잎을 오랫동안 바라보았는데——곧장 강으로 내려가는 그 길에는 언제나 산들바람이 불었다——마치 흐르는 물이나 춤추는 벽난로의 불길을 깊이 응시하는 듯했다. 이렇게 모든 생각을 비운 채, 아무 일도 하지 않고 행복에 취해 시간을 보낼 수 있었다.

방이 황혼의 연기로 채워지기 시작하자 그녀는 곧 첫번째 전등을 켰고, 첫번째 전등은 거울 속에서 반짝이며 밤을 재촉하고 싶어하는 개똥벌레처럼 불어났다.

그녀는 발작적으로 괴로워하며 밤마다 남편 곁에서 잠을 설쳤다. 그러나 고통이 커져 칼로 찌르는 것처럼 그녀를 꿰뚫거나, 루이스를 깨워 그를 때리거나 애무하고 싶다는 참으로 절박한 욕망이 그녀를 휘감았을 때, 그녀는 살그머니 옷방으로 빠져나가 창문을 열었다. 방은 순간적으로 은밀한 소리와 은밀한 존재, 신비한 발소리, 퍼덕거리는 날갯짓 소리, 초목이 살랑대는 섬세한 소리, 무더운 여름밤의 별들에 잠긴 고무나무 껍질 밑에 숨은 귀뚜라미의 달콤한 울음소리로 가득 찼다.

그녀의 맨발이 돗자리 위에서 점차 식어가자 열이 내렸다. 그 방에서는 고통받는 것이 왜 그리 쉬운지 그녀는 알 수 없었다.

침착하게 에뛰드와 에뛰드를 잇달아 맞물고 멜랑꼴리와 멜랑꼴리를 차례로 맞무는 쇼팽의 멜랑꼴리.

그리고 가을이 왔다. 낙엽이 좁은 정원의 잔디 위에, 비탈길의 보도 위에 뒹굴기 전에 한순간 춤추며 날아올랐다. 잎사귀들이 떨어져내리고 있었다…… 고무나무 꼭대기는 여전히 푸르렀지만, 나무 아래쪽으로는 붉어지거나, 화려한 무도회 케이프의 닳아빠진 안감처럼 어두워졌다. 방은 이제 희미한 황금의 잔에 잠긴 것처럼 보였다.

그녀는 침대의자에 누워 참을성있게 저녁식사 시간을 기다렸다. 혹시나 하는 마음으로 루이스가 귀가하기를 기다리고 있었다. 그녀는 다시 그에게 말을 건네기 시작했고, 열정도 노여움도 없이 다시 그의 아내로 돌아갔던 것이다. 이제는 더이상 그를 사랑하지 않았다. 그러나 더이상 고통을 받지도 않았다. 오히려 예기치 못한 충만함과 온화함의 감정이 그녀를 사로잡았다. 이제는 어느 누구도, 그 무엇도 그녀를 상처입힐 수 없으리라. 어쩌면 돌이킬 수 없이 영영 행복을 잃어버렸다는 확신 속에 진정한 행복이 있을지도 모른다. 그때 비로소 우리는 희망도 두려움도 없이 살아가기 시작하며, 마침내 가장 오래 지속될 작은 기쁨들을 온전히 향유할 수 있게 된다.

가공할 굉음, 뒤이어 그녀가 움찔 몸을 떨며 뒷걸음질치게 하는 섬광. 간주곡일까? 아니다. 그녀는 고무나무라는 걸 알고 있다.

사람들은 단 한번의 도끼질로 고무나무를 쓰러뜨렸다. 그녀는 아침 일찍 시작한 작업소리를 듣지 못했다. "뿌리가 보도블록을 들고일어났고, 그래서 당연히 주민위원회는……"

그녀는 황망하여 손을 눈께로 가져갔다. 다시 눈앞의 사물이 보이기 시작하자 그녀는 몸을 일으켜 주위를 살핀다. 무엇을 보고 있을까?

갑자기 조명이 들어온 콘써트홀, 흩어지는 관객들?

아니다. 그녀는 과거의 그물에 갇혔고 옷방에서 나갈 수 없다. 무시무시한 흰빛이 엄습한 옷방에서 나갈 수 없다. 마치 지붕을 송두리째 뜯어낸 것 같았다. 사방에서 쏟아져들어오는 칙칙한 빛이 땀구멍으로 스며들어 그녀를 추위에 떨게 했다. 그 차가운 빛을 받아 모든 것이 선명하게 눈에 들어왔다. 루이스, 그의 주름진 얼굴, 퇴색한 굵은 핏줄이 불거진 그의 손 그리고 화려한 색깔의 크레톤사라사.

그녀는 공포에 질려 창 쪽으로 달려갔다. 이제 창문이 좁은 거리 위로 곧장 열린다. 그녀의 방이 번쩍이는 마천루의 정면에 거의 부딪칠 정도로 좁은 거리 위로. 건물의 일층에는 작은 병들로 가득 채워진 수많은 쇼윈도우가 있다. 거리 모퉁이에는 빨갛게 칠한 주유소 앞에 자동차들이 줄지어 서 있다. 몇몇 소년들이 러닝셔츠만 걸치고 길 한가운데서 공을 차고 있다.

그 추한 풍경들이 고스란히 그녀의 거울 속으로 들어왔다. 이제 그녀의 거울 안에는 니켈 도금한 발코니와 빨랫줄에 걸려 있는 누더기, 카나리아 새장들이 있었다.

사람들이 그녀의 내밀함과 그녀의 비밀을 훔쳐가버렸다. 그녀는 거리 한가운데에 발가벗겨져 있었다. 그녀에게 아이를 주지 않고 그녀에게 등을 돌리고 잠자는 늙은 남편 옆에 발가벗겨져 있었다. 그녀는 왜 그때까지 아이를 갖고 싶어하지 않았는지, 또 어떻게 자식 없이 평생을 살겠다는 생각을 받아들이게 되었는지 이해할 수 없었다. 그녀는 어떻게 일년 동안이나 루이스의 웃음소리를, 지나치게 쾌활한 그 웃음소리를, 기회가 있을 때 웃을 필요가 있어서 웃음소리에 길들여진 남자의 그 가식적인 웃음소리를 참을 수 있었는지 이해할 수 없었다.

거짓! 그녀의 체념과 그녀의 침착함은 거짓이었다. 그녀는 사랑을 원했다. 그렇다. 사랑을, 여행과 광기를, 그리고 또 사랑, 사랑을……

"그런데, 브리히다, 왜 떠나는 거야? 왜 지금까지 머물러 있었어?"라고 루이스가 물었다.

지금이라면 그녀는 이렇게 대답했을 것이다.

"나무, 루이스, 나무! 사람들이 고무나무를 쓰러뜨렸어."

더 읽을거리

봄발은 과작의 작가로 『마지막 안개』(*La última niebla*, 1935)를 비롯한 두어 편의 소설과 『새로운 섬들』(*Las islas nuevas*, 1939)을 비롯한 몇권의 단편집만을 남겼으며, 에로티즘의 주제와 초현실주의, 페미니즘이 뒤섞이는 마술적 사실주의의 경향을 보여준다. 『마지막 안개』는 한 여성인물을 통해 여성의 조건과 좌절에 대해 면밀하게 분석하고 있다. 한 유부녀가 흥분과 열망 상태에서 도시를 배회하던 어느날 밤의 짧았던 로맨스를 강박적으로 회상한다. 여러 해 뒤에 흔적을 되짚어 그 남자의 집을 찾아갔을 때 기억과 현실이 맞물리지 못하고, 그녀는 그 모험이 현실이었는지 아니면 상상이었는지 알지 못한다. 또다른 소설 『수의를 입은 여자』(*La amortajada*, 1938)는 죽음의 주제를 다루고 있는데 막 죽은 서술자-주인공은 친척들과 친구들이 자신의 시신을 보러 왔을 때 일생을 회고하기 시작한다. 「나무」는 같은 제목의 우리말 번역이 있다(송병선 옮김 『탱고』, 문학과지성사 1999).

Julio Cortázar

| 훌리오 꼬르따사르 |

1914~84

1914년 브뤼셀에서 아르헨띠나인 부모 사이에서 태어나 네살 때 부에노스아이레스로 이주했다. 스무살에 대학공부를 포기하고 중등학교에서 교편을 잡는다. 1952년 공부를 위해 빠리로 떠나 이후 유네스코에서 번역가로 일하며 그곳에 정착하였다. 세계주의자이자 반(反)문화주의 경향의 작가인 그는 보르헤스보다 열다섯살 아래지만 거의 동시대에 국제적인 명성을 얻었다. 꾸바혁명 이후 아바나를 방문해 피델 까스뜨로의 대의를 지지하고 혁명을 주제로 수많은 강연을 하는 등 말년에 급진적인 좌파 성향을 보였다. 빛나는 상상력으로 가르시아 마르께스, 바르가스 요사 등과 함께 1960년대에 라틴아메리카 소설의 '붐'을 주도했으며 모든 언어권을 통틀어 20세기의 가장 뛰어난 단편작가의 한 사람으로 꼽힌다. 1984년 빠리에서 사망했다.

■ 드러누운 밤 La noche boca arriba

　　상상력은 다른 세계의 문을 여는 열쇠다. 꼬르따사르는 이러한 상상력의 힘을 가장 인상적으로 확인시켜주는 작가이다. 단편을 '환상성이 거처하는 집'으로 정의하는 그의 작품은 언제나 일상적인 사건에서 출발하지만 갑자기 예기치 못한 상황이 돌출하면서 현실과 환상이 뒤섞인다. 「드러누운 밤」 역시 예외가 아니다. 한 젊은이가 오토바이를 타고 대도시의 거리를 달리다 길을 건너던 여자와 충돌하는 사고가 발생해 병원에 실려 가게 된다. 꿈속에서 스페인 정복 이전 시대의 모떼까 원주민이 된 그는 '꽃의 전쟁' 시기에 아스떼까족 전사들에게 쫓겨 정글을 헤치며 도망친다. 잠에서 깨어나면 그는 다시 병원에서 사경을 헤매고 있는 자신을 발견한다. 여기서 중요한 점은 일상적인 사건 속에 틈입한 환상적이고 예기치 못한 요소들이 가장 구체적인 현실에 속하는 양상들과 똑같은 수준에서 똑같은 어조로 서술된다는 것이다. 그러므로 소설이 진행되면서 주인공이 원주민으로서 현대를 살고 있는 한 젊은이의 꿈을 꾸고 있는 것인지, 아니면 반대로 현대의 젊은이로서 옛 원주민의 꿈을 꾸고 있는 것인지 그 경계가 점차 모호해진다. 꿈과 현실의 경계가 지워지고 주인공이 병원 침상과 아스떼까의 제단에서 이중으로 죽게 되는 작품의 말미에 이르면 병원에서의 삶을 실제세계로, 그리고 정복 이전 시대의 세계를 꿈의 세계로 믿었던 독자들의 기대지평은 여지없이 무너진다. 이러한 현실 개념의 상대화는 독자로 하여금 현실을 다른 눈으로 바라보게 한다.

드러누운 밤

> 그리고 어떤 시기가 되면 적들을 사냥하러 나갔는데,
> 이를 '꽃의 전쟁'이라 불렀다.

긴 호텔 로비의 중간에 이르렀을 때, 그는 아무래도 늦을 것 같다고 생각하며 서둘러 거리로 나섰다. 옆건물 관리인의 허락을 받고 구석에 보관해두었던 오토바이를 꺼냈다. 그는 모퉁이의 보석상에서 아홉시 십분 전임을 확인했다. 여유있게 목적지에 도착할 수 있을 것이다. 햇살이 시내 중심가의 고층빌딩 사이로 새어들어왔고, 그는——그 자신을 위해, 생각을 계속해나가기 위해, 이름을 갖지 않았으므로——드라이브라도 나온 기분으로 오토바이에 올라탔다. 오토바이는 다리 사이에서 부르릉거렸고 시원한 바람이 그의 바짓자락을 잡아챘다.

정부청사(분홍색 건물, 흰색 건물)와, 눈부신 쇼윈도우를 뽐내며 중심가에 죽 늘어선 상점들이 스쳐지나갔다. 이제 그는 가장 신나는 구간인, 진정한 드라이브 코스에 접어들었다. 가로수들이 늘어선 긴 거리에는 교통량이 아주 적었다. 또 길옆으로는 정원이 인도까지 내려온

널찍한 저택들이 있었는데, 울타리가 낮아 인도와의 경계를 거의 분간할 수 없었다. 어쩌면 약간 한눈을 판 듯도 하지만 거리의 오른쪽 차도를 제대로 달리고 있었다. 그는 이제 막 밝아오기 시작한 그날의 투명함과 가벼운 경련에 순간 넋을 잃었다. 아마도 이렇게 무의식중에 긴장이 풀린 탓에 사고를 피할 수 없었을 것이다. 모퉁이에 서 있던 여자가 파란불인데도 횡단보도로 뛰어드는 것을 보았으나 쉽게 상황을 수습하기에는 이미 늦었다. 그는 왼쪽으로 핸들을 꺾으며 손과 발로 급브레이크를 밟았다. 여자의 비명소리가 들려왔고, 충돌과 함께 눈앞이 캄캄해졌다. 마치 별안간 잠에 빠진 것 같았다.

퍼뜩 정신이 들었다. 네댓 명의 젊은이들이 그를 오토바이 밑에서 끌어내고 있었다. 그는 찝찔한 피맛을 느꼈다. 한쪽 무릎에 통증이 느껴졌다. 젊은이들이 그를 일으켜세웠을 때, 오른쪽 팔이 떨어져나가는 것 같은 아픔을 참지 못하고 비명을 질렀다. 위에서 그를 빙 둘러싸고 있는 얼굴들이 농담을 던져가며 안심하라고 용기를 북돋워주었는데, 마치 다른 사람들의 목소리처럼 느껴졌다. 모퉁이를 지날 때 그에겐 아무 잘못이 없었다는 얘기를 듣고 나서 그나마 안도의 한숨을 내쉴 수 있었다. 그는 목구멍에서 올라오는 구역질을 눌러참으며 여자의 상태를 물었다. 그를 반듯하게 누인 채 근처의 약국으로 데려가던 사람들 얘기를 듣고 사고를 유발한 여자는 다리에 가벼운 찰과상밖에 입지 않았다는 것을 알게 되었다. "당신은 그 여자를 살짝 스쳤을 뿐이지만, 부딪힐 때의 충격으로 오토바이가 공중으로 튀어올랐다가 옆으로 쓰러졌어요……" 오가는 이런저런 의견, 충돌 순간에 대한 회상, 서두르지 마요, 어깨 쪽을 먼저 넣어요, 예, 좋아요…… 가운을 걸친 누군가가 작은 동네약국의 어스름 속에서 마실 것을 한모금 건네주며 그를 진정시켰다.

스페인·라틴아메리카 **창비세계문학**

오분 뒤에 경찰 구급차가 도착했고 사람들이 그를 들어올려 푹신한 들것에 실었다. 그는 사지를 쭉 펴고 편하게 드러누울 수 있었다. 의식은 또렷했지만 아직 끔찍한 충격에서 헤어나지 못했음을 깨닫고서 그는 자신을 수행하고 있는 경찰에게 손짓을 했다. 팔에는 이제 거의 통증이 없었다. 눈썹 부위가 찢어져 얼굴은 온통 피범벅이 되었다. 그는 한두 차례 입술로 피를 핥았다. 한결 기분이 나아졌다. 그저 단순한 사고였고 운이 나빴을 뿐이다. 몇주 안정을 취하고 나면 그만이었다. 경찰이 오토바이는 심하게 부서지지 않은 것 같다고 말했다. "당연하죠." 그가 말했다. "내 몸 위로 떨어졌으니까요……" 두 사람은 웃었고, 병원에 도착하자 경찰은 그에게 손을 내밀며 행운을 빌었다. 이제 서서히 메스꺼움이 다시 밀려오기 시작했다. 간호사들이 그를 이동침대에 실어 새들이 가득 앉아 있는 나무들 아래를 지나 안쪽의 병동으로 데려가는 동안, 그는 눈을 감고서 잠이 들거나 마취상태에 있기를 바랐다. 그러나 그들은 병원냄새가 풍기는 방에 오랫동안 그를 잡아두고는 진료카드를 작성하였고, 또 그의 옷을 벗긴 다음 뻣뻣하고 희끄무레한 환자복으로 갈아입혔다. 그들은 통증을 느끼지 않도록 그의 팔을 조심스레 움직였다. 간호사들은 쉴새없이 농담을 던졌고, 위경련만 없었다면 거의 행복할 만큼 기분이 좋았을 것이다.

간호사들이 그를 엑스선실로 데려갔고, 이십분 후에 그는 아직도 축축한 엑스선 사진을 검은 묘비처럼 가슴에 올려놓은 채 수술실로 옮겨졌다. 흰 가운을 입은 키가 헌칠하고 마른 사람이 다가와 엑스선 사진을 살펴보기 시작했다. 여자의 손이 그의 머리를 가지런히 뉘었고, 그는 간호사들이 자기를 다른 이동침대로 옮기고 있다고 느꼈다. 흰 가운을 걸친 남자가 오른손에 무언가 번뜩이는 것을 들고 미소를 머금은 채 다시 그에게 다가왔다. 그 남자는 손바닥으로 그의 뺨을 가볍게 톡

치고 나서 뒤쪽에 서 있던 누군가에게 손짓을 했다.

냄새가 진동해 꿈치고는 별났다. 그는 결코 냄새 꿈을 꾸는 일이 없었던 것이다. 먼저 늪의 냄새가 났는데, 이는 길 왼쪽으로 늪지가, 어느 누구도 살아 돌아오지 못한 소택지가 시작되고 있었기 때문이다. 그러나 냄새가 멎었고, 대신 그가 아스떼까인들로부터 도망치던 밤처럼 복잡하고 미묘한 향기가 풍겨왔다. 그런데 모든 게 너무나 자연스러워서, 그는 인간사냥을 다니는 아스떼까인들로부터 도망치지 않을 수 없었다. 오직 모떼까인들만 알고 있는 협로에서 벗어나지 않도록 조심하면서 가장 깊은 밀림에 몸을 숨기는 것 말고는 그에게 다른 길은 없었다.

그를 가장 괴롭힌 것은 냄새였다. 꿈을 온전히 있는 그대로 받아들였지만 그때까지 게임에 가담하지 않았던, 예사롭지 않은 그것을 거스르는 무언가가 드러날 것만 같았다. 그는 '전쟁냄새가 난다'고 생각하며, 모직 허리띠에 비스듬히 꽂아놓은 돌칼에 본능적으로 손을 가져갔다. 예기치 못한 소리에 그는 몸을 잔뜩 웅크린 채 부들부들 떨며 꼼짝 않고 있었다. 두려움을 느끼는 것은 전혀 놀랄 일이 아니었다. 그는 하루가 멀다 하고 무서운 꿈을 꾸었다. 그는 관목가지와, 별도 없는 캄캄한 밤에 몸을 숨긴 채 기다렸다. 아주 멀리서, 아마도 거대한 호수의 건너편에서 분명 야영지의 모닥불이 타오르고 있었을 것이다. 불그레한 광채가 그쪽 하늘을 물들였다. 그 소리는 다시 들리지 않았다. 큰 나뭇가지가 부러지는 소리였나보다. 어쩌면 그 자신처럼 전쟁의 냄새를 피해 달아나는 짐승이었는지도 모른다. 그는 코로 냄새를 맡으며 천천히 몸을 일으켰다. 아무 소리도 들리지 않았다. 그러나 두려움은 냄새처럼, 달짝지근한 꽃의 전쟁의 향처럼 계속 뒤따라왔다. 그는 늪지를 피하면서 계속 앞으로 나아가 밀림의 한가운데에 다다라야 했다. 그는 길에서 가장 딱딱한 곳을 찾기 위해 매순간 몸을 웅크린 채 손으로 어둠속을 더듬으며 몇발자국씩 앞으로 나아갔다. 그는 내달리고 싶었을 것이다. 그러나 바로 그의 양옆에서 늪이 입을 벌린 채 벌떡거리고 있었다. 그는 어둠에 묻힌 길에서 방향을 찾았다. 그 순간 그는 가장 두려워하는 냄새를 한모금 맡았고, 필사적으로 앞으로 뛰쳐나갔다.

"그러다 침대에서 떨어지겠구려." 옆침대의 환자가 말했다. "이보시게, 너무 펄쩍펄쩍 뛰지 말게나."

그는 눈을 떴다. 저녁참이었고, 벌써 긴 병실의 대형 창문에 해가 낮게 걸려 있었다. 옆사람에게 미소를 지으려고 애쓰는 동안, 그는 악몽의 마지막 장면에서 가까스로 벗어났다. 깁스를 한 팔이 추와 도르래가 달린 기구에 걸려 있었다. 그는 마치 먼길을 달려온 것처럼 목이 탔지만, 간호사는 그에게 물을 많이 주지 않았다. 겨우 입술을 축이고 한모금 마실 정도였다. 서서히 몸에 열이 올랐다. 다시 잠들 수도 있었지만, 그는 눈을 반쯤 감고 다른 환자들의 대화에 귀를 기울이다가 이따금씩 묻는 말에 대답하며 깨어 있는 기쁨을 만끽했다. 그는 사람들이 흰 카트를 밀고 와 그의 침대 옆에 놓는 것을 보았다. 금발의 한 간호사가 알코올로 그의 대퇴부를 문지르고서 굵은 주삿바늘을 찔렀다. 주삿바늘은 유백색 액체가 가득 담긴 병까지 올라가는 튜브와 연결되어 있었다. 한 젊은 의사가 무언가를 검사하기 위해 금속과 가죽으로 된 기구를 그의 성한 팔에 댔다. 밤이 찾아왔고, 열이 부드럽게 그를 몽롱한 상태로 끌고 가고 있었다. 그 상태에서는 사물들이 오페라 쌍안경으로 볼 때처럼 유난히 도드라져 보였고, 사물들은 현실감있고 부드러운 동시에 약간 혐오스러웠다. 따분하긴 하지만 거리에 나가면 더 나쁠 거라고 생각하며 눌러앉아 영화를 보고 있을 때처럼 말이다.

부추와 쎌러리, 파슬리 냄새가 나는 먹음직스러운 황금빛 수프가 담긴 접시가 왔다. 어떤 향연보다 더 소중한 작은 빵 한조각이 서서히 뜯겨져나갔다. 팔에는 통증이 전혀 없었다. 다만 꿰맨 눈썹 부위가 바늘로 쿡쿡 쑤시는 것처럼 이따금씩 욱신거렸다. 정면의 창이 암청색의 흐릿한 윤곽으로 바뀌었을 때, 그는 어렵잖게 잠을 이룰 수 있을 것으로 생각했다. 아직도 등 쪽이 약간 불편했지만, 혀로 바싹 마른 뜨거운 입술을 훔쳤을 때 수프의 맛이 느껴졌고, 그는 행복감에 안도의 한숨을 내쉬며 잠에 빠져들었다.

처음엔 정신이 혼미해져, 일순간 무뎌지고 뒤죽박죽된 모든 감각들이 한꺼번에 그 자신에게로 밀려드는 것 같았다. 비록 우듬지들이 가로지르며 뒤얽힌 머리 위의 하늘은 다른 곳보다 덜 어두웠지만 그는 자신이 칠흑 같은 어둠속을 달리고 있음을 깨달았다. 그는 '난 길에서 벗어난 거야'라고 생각했다. 나뭇잎과 진흙의 수렁에 발이 푹푹 빠졌고, 이제 그가 한발짝 한발짝 내디딜 때마다 관목가지들이 몸통과 다리를 후려쳤다. 그는 어둠과 침묵에도 불구하고 자신이 궁지에 빠졌음을 알아채고는 숨을 헐떡이며 몸을 웅크린 채 귀를 기울였다. 아마도 길은 가까이에 있었고, 첫새벽이면 그는 곧 길을 다시 볼 수 있게 될 것이다. 당장은 아무것도 그가 길을 발견하도록 도와줄 수 없었다. 무의식중에 돌칼의 손잡이를 잡았던 손이 늪의 전갈처럼 그의 목까지 올라갔다. 그의 목에는 호신 부적이 걸려 있었다. 입술을 거의 움직이지 않고 상서로운 달을 불러오는 옥수수의 탄원과 모떼까족의 부의 분배자인 지고신(至高神)에게 바치는 기도를 웅얼거렸다. 그러나 동시에 그는 발목이 서서히 수렁에 빠지고 있다는 느낌을 받았고, 더이상 낯선 떡갈나무숲의 어둠속에서 참고 기다릴 수 없었다. 꽃의 전쟁은 달과 함께 시작되었고, 이미 사흘 밤낮 계속되었다. 만약 늪지대 저편의 길을 버리고 깊은 밀림 속으로 달아나는 데 성공한다면, 아마도 전사들이 그의 흔적을 추적해오지 못할 것이다. 그는 이미 전사들이 사로잡았을 수많은 포로들을 떠올렸다. 그러나 중요한 것은 포로의 수가 아니라 신성한 시기가 끝나지 않았다는 사실이었다. 사제들이 돌아오라는 신호를 보낼 때까지 사냥은 계속될 것이다. 모든 것에는 그 수량과 한계가 있었다. 그러나 지금 그는 성스러운 기간에 있었고, 사냥꾼들의 반대편 쪽에 있었다.

갑자기 비명소리가 들렸다. 그는 손에 칼을 쥐고 벌떡 일어섰다. 마치 지평선에서 하늘이 불타오르는 것처럼, 그는 아주 가까이서 나뭇가지 사이로 움직이는 횃불을 보았다. 전쟁의 냄새는 견딜 수 없었고, 첫번째 적이 그를 덮치며 목을 졸랐을 때 적의 가슴 한복판에 돌칼을 깊숙이 찔러넣으며 거의 쾌감을 느꼈다. 이제 불빛과 환호성이 그를 에워쌌다. 그의 칼이 한두 차례 대기를 갈랐을 때 뒤쪽에서 올가미가 그를 낚아챘다.

"열이 올랐나보오." 옆침대의 환자가 말했다. "십이지장 수술을 받았을 때 나도 똑같은 일을 겪었다오. 물을 좀 마시면 잠이 잘 올 거요."

좀전에 떠나온 밤에 비하면, 병실의 따스한 어둠은 감미롭게 느껴졌다. 안쪽 벽 높은 곳에서 병실을 지키는 감시의 눈처럼 보랏빛 전등이 내려다보고 있었다. 기침을 하거나 심호흡을 하는 소리가 들렸고, 이따금씩 나지막하게 두런대는 소리도 들렸다. 뒤쫓아오는 전사들도 없었고 모든 게 아늑하고 안전했…… 그러나 그는 계속 악몽에 대해 생각하고 싶지 않았다. 즐길 수 있는 많은 것들이 있었다. 그는 깁스한 팔과 그 팔을 공중에서 아주 편안하게 받치고 있는 도르래를 쳐다보기 시작했다. 간호사들이 그의 침대 옆 테이블에 생수 한병을 가져다놓았다. 그는 병목을 잡고 물을 벌컥벌컥 들이켰다. 이제 그는 병실의 형태, 서른 개의 병상, 유리문이 달린 벽장들을 분간할 수 있었다. 이젠 열이 많이 내렸고, 얼굴의 혈색도 좋아진 것이 느껴졌다. 눈썹 부위는 아련한 기억처럼 거의 통증이 없었다. 자신이 호텔에서 나와 오토바이를 꺼내는 모습이 다시 보였다. 일이 이렇게 될 줄 누가 알았겠는가? 그는 사고 순간을 정확히 기억해내려고 애썼지만, 거기에는 텅 빈 공간, 그가 끝내 채워넣을 수 없는 빈자리가 있음을 깨닫고 화가 치밀었다. 충돌 순간부터 사람들이 도로에서 그를 일으켜세운 순간까지는 실신상태나 마찬가지여서 아무것도 볼 수 없었던 것이다. 그리고 동시에 그는 그 텅 빈 공간, 그 무의식상태가 영원히 지속된 듯한 느낌을 받았다. 아니, 시간 개념도 아니었고, 오히려 그 텅 빈 공간에서 무언가를 통해 지나갔거나 아니면 한없는 거리를 달린 것만 같았다. 충돌에 이어 꽝 하고 아스팔트에 무지막지하게 부딪혔다. 어쨌든 검은 구덩이에서 빠져나오고 사람들이 그를 도로 바닥에서 들어올리는 동안 그는 안도감까지 느꼈다. 부러진 팔의 통증, 찢어진 눈썹에서 흐르는 피, 무릎의 타박상. 그리고 그 모든 것과 함께, 낮으로 돌아왔고, 또 누군가의 보살핌과 도움을 받고 있다고 느꼈을 때 안도했다. 기묘한 일이었다. 언젠가 기회가 되면 진료실에서 의사에게 그것에 대해 물을 것이다. 이제 다시 잠이 쏟아지기 시작했고, 잠에 취한 그는 천천히 맥이 풀려갔다. 베개는 아주 푹신했고, 열이 오른 그의 목구멍에는 생수의 시원한 기운이 남아 있었다. 아마 빌어먹을 악몽도 꾸지 않고 정말로 잠을 잘 수 있을 것이다. 높은 곳에 매달린 전등의 보랏빛 조명이 서서히 희미해져갔다.

바닥에 등을 대고 잤기 때문에, 그는 정신이 들었을 때 자신의 자세에 놀라지 않았다. 그러나 대신 축축한 냄새, 물이 스며나오는 바위의 냄새가 그의 목구멍을 막았고, 상황을 파악하도록 그를 몰아붙였다. 눈을 뜨고 사방을 둘러보았지만 소용없었다. 칠흑 같은 어둠이 그를 둘러싸고 있었다. 그는 자리에서 일어나려고 했지만 손목과 발목에서 밧줄이 느껴졌다. 그는 바닥의 차갑고 축축한 석판에 묶여 있었다. 추위가 그의 다리와 맨살인 등짝을 파고들었다. 그는 어설프게 아래턱으로 부적을 건드리려고 했다. 그러나 이미 적들이 그에게서 부적을 떼어내고 없었다. 이제 그는 길을 잃었고, 어떤 탄원의 기도도 죽음에서 그를 구할 수 없었다…… 지하감옥의 바위틈으로 스며들어오는 듯한 둥둥거리는 축제의 북소리가 아득하게 들려왔다. 적들이 그를 신전으로 데려갔고, 그는 떼오깔리(아스떼까족의 신전—옮긴이)의 지하감옥에서 차례를 기다렸다.

그는 부르짖는 소리를 들었다. 벽에 부딪혀 메아리치는 처절한 절규. 결국 신음소리로 잦아드는 또다른 절규. 어둠속에서 부르짖는 사람은 바로 그였다. 그는 살아 있기 때문에 울부짖었고, 울부짖음으로써 그의 온몸은 앞으로 닥칠, 피할 수 없는 죽음을 가로막고 있었다. 그는 다른 지하감옥들을 채우고 있을 동료들과 이미 제단의 층계를 올라가고 있을 동료들을 생각했다. 그는 다시 숨이 넘어갈 듯이 울부짖었다. 그는 입을 제대로 벌릴 수 없었다. 턱은 마비되었고, 동시에 고무로 만들어진 것처럼 무진 애를 써야 비로소 천천히 열렸다. 삐걱거리는 빗장소리가 채찍처럼 그를 세차게 때렸다. 그는 몸을 뒤틀고 몸부림치며 살을 파고드는 밧줄을 벗어버리려고 안간힘을 썼다. 그는 더이상 고통을 참을 수 없을 때까지 더 힘이 센 오른팔을 뻗어보았지만, 결국 단념할 수밖에 없었다. 이중문이 열렸고, 횃불냄새가 불빛보다 먼저 그에게 도달했다. 제의(祭衣)로 몸을 대충 가린 사제의 시종들이 경멸적인 눈길로 그를 노려보며 다가왔다. 불빛이 땀에 젖은 몸통과 깃털로 뒤덮인 검은 머리카락에 반사되고 있었다. 그들은 밧줄을 풀었고 그 대신에 뜨겁고 청동처럼 단단한 손들이 그를 붙잡았다. 그는 언제나 드러누운 자세로 네 시종들에 의해 들어올려져 끌려가는 느낌을 받았다. 적들은 회랑을 통해 그를 데려가고 있었다. 횃불을 든 자들이 축축한 벽과 시종들이 머리를 숙여야 할 정도로 천장이 낮은 통로를 희미하게 비추며 앞서 걸어갔다. 지금 그를 밖으로 데려가는 중이었다. 그를 밖으로 데려가고 있었다. 이젠 끝이었다. 줄곧 횃불의 반사광이 환하게 비추는 울퉁불퉁한 자연석 바위 천장에서 불과 일 미터 떨어진 높이에 드러누운 자세였다. 천장 대신에 별이 나타나고 그의 앞에 환호성과 춤으로 달아오른 돌계단이 우뚝 모습을 드러내면, 그때가 끝일 것이다. 통로는 끝없이 이어지고 있었지만, 이제 곧 끝날 것이고 갑자기 별들이 가득한 노천의 냄새가 날 것이다. 그러나 아직은 아니었다. 그들은 붉은 어스름 속에서 끝없이 그를 거칠게 끌고 가고 있었다. 그는 죽고 싶지 않았지만, 그들이 그의 진짜 심장, 그의 생명의 중심인 부적을 떼어낸 마당에 무슨 수로 죽음을 피할 수 있겠는가.

그는 순식간에 병원의 밤으로, 탁 트인 높고 온화한 하늘로, 그를 둘러싸고 있는 부드러운 어둠속으로 돌아왔다. 그는 분명 자신이 비명을 질렀을 거라고 생각했지만, 옆의 환자들은 쥐죽은 듯이 잠들어 있었다. 침대 옆 테이블에 놓인 물병에는 약간 거품이 생겨 있었는데, 창문의 푸르스름한 그림자와 달리 반투명한 형상이었다. 그는 숨을 가쁘게 몰아쉬며 호흡을 가라앉혔고, 여전히 그의 눈꺼풀에 달라붙어 있는 그 영상들을 잊으려고 했다. 그가 눈을 감을 때마다 순간적으로 그 영상들이 생겨났다. 그는 겁에 질려 몸을 일으켰지만, 동시에 지금은 자신이 깨어 있고, 깨어 있는 상태가 그를 지켜주고 있으며, 또 곧 날이 밝으면 영상들도, 아무것도 없이 그 시간에 찾아오는 달콤하고 깊은 잠에 빠질 것이라는 확신을 즐기고 있었…… 그는 계속 눈을 뜨고 있기가 힘들었다. 수마(睡魔)가 그의 의지보다 강했던 것이다. 그는 성한 손으로 물병을 잡으려는 동작을 취하며 마지막 안간힘을 썼다. 손은 물병에 닿지 않았고, 그의 손가락들은 다시 캄캄해진 텅 빈 공간을 움켜쥐었다. 통로는 끝없이 이어지고 있었다. 바위가 한없이 계속되는 가운데 돌연 붉은 섬광이 번쩍이곤 했다. 그는 하늘을 향해 누워서 힘없이 신음소리를 냈다. 천장이 끝나가고 있었고, 어둠의 문처럼 천장이 열리며 높아지고 있었기 때문이다. 시종들은 몸을 똑바로 세웠고, 높이 떠 있는 하현달이 그의 얼굴에 떨어졌다. 그는 달을 보지 않으려고 필사적으로 눈을 감았고, 다른 쪽으로 옮겨가 다시 병실을 지키는 탁 트인 하늘을 보고자 눈을 떴다. 눈을 뜰 때마다 달이 뜬 밤이었다. 적들이 돌계단을 통해 그를 올리고 있었는데, 이제 그의 머리는 아래쪽으로 늘어뜨려져 있었다. 높은 곳에는 모닥불이, 향긋하고 붉은 기둥이 있었다. 돌연 피가 흘러 번들거리는 붉은 바위가 눈에 들어왔고, 북쪽 돌계단으로 굴러떨어뜨리기 위해 질질 끌고 가는 희생자의 두 다리가 흔들거리는 것이 보였다. 그는 깨어나기 위해 신음하며, 마지막 희망을 가지고 눈꺼풀에 힘을 주었다. 잠시 동안 그는 성공했다고 믿었다. 아래쪽에서 머리가 좌우로 흔들렸을 뿐, 그는 다시 침대에 꼼짝 않고 누워 있었던 것이다. 그러나 그는 죽음의 냄새를 맡았고, 눈을 떴을 때 손에 돌칼을 들고 그를 향해 다가오는 집행인의 피범벅된 얼굴을 보았다. 그는 가까스로 다시 눈을 감았다. 그러나 이제 그는 지금 자신이 깨어 있으므로 다시 깨어나지 못할 것임을 알았다. 그리고 자신이 꾼 경이로운 꿈은 다른 꿈이었고 모든 꿈들이 그렇듯 터무니없는 것임을 알았다. 그 꿈에서 그는 불꽃도 연기도 없이 타오르는 녹색과 빨간색 등불이 있는 놀라운 도시의 낯선 거리를 걷고 있었다. 그의 다리 사이에서는 거대한 금속 곤충이 윙윙거리고 있었다. 또한 그 꿈의 끝없는 거짓말 속에서 사람들이 그를 바닥에서 들어올렸고, 또 누군가가 손에 칼을 들고 그에게 다가왔다. 누워 있는 그에게, 눈을 감고 모닥불 사이에 반듯이 드러누운 그에게.

Juan Rulfo

| 후안 룰포 |

1918~86

1918년 멕시코의 할리스꼬 주에 위치한 산 가브리엘에서 태어났다. 일곱살에 끄리스떼로스 반란에서 아버지를 잃었고 6년 후에 어머니를 잃었다. 과달라하라의 기숙학교와 고아원에서 유년기를 보냈고 15세에 공부를 위해 멕시코씨티로 갔다. 회계학을 공부하였고 이민국을 비롯한 다양한 행정관리부서에서 일했다. 영화와 TV 대본을 쓰기도 했고 1962년부터는 멕시코씨티의 인디헤니스따 연구소에서 근무했다. 1973년과 1983년에 각각 멕시코 국가문학상과 스페인의 아스뚜리아스 왕자 상을 수상했다. 독학으로 문학에 입문했고 지나친 과작의 작가였지만 멕시코인의 정신세계를 가장 탁월하게 표현한 작가로 손꼽힌다. 1986년 멕시코씨티에서 사망했으며 사후에 그의 이름을 딴 문학상이 제정되었다.

■ 날 죽이지 말라고 말해줘! ¡Diles que no me maten!

룰포의 문학은 비극적인 세계관으로 물들어 있다. 그는 멕시코인의 조건이 한편으로는 폭력과 증오, 잔혹성, 다른 한편으로는 몽상과 사랑의 결핍이라는 서로 화해할 수 없는 태생적 이중성을 특징으로 한다고 본다. 이러한 정신적 갈등은 비극적인 존재방식과 세계를 낳으며, 폭력과 잔혹성이 결과하는 것은 결국 좌절과 환멸, 죄의식이다. 이런 관점에서 룰포의 문학세계를 결정짓는 것은 내적 문제, 의식의 갈등, 영혼의 찢김이다. 그러나 인간에 대한 조명은 같은 멕시코 작가인 후안 호세 아레올라의 경우처럼 신화, 상징 혹은 비유의 보편적 세계에서 추상적으로 이루어지지 않는다. 오히려 룰포는 용서보다 복수가, 기쁨보다 슬픔이 그리고 삶보다 죽음이 지배하는 멕시코 남부 할리스꼬의 황량한 땅과 그곳을 대표하는 작가다. 우리가 아메리카니즘이라 부르는 것은 그에게서 멕시코 민중의 무지와 숙명론을 먹고사는, (정복에서 비롯된) 원초적 폭력에 의해 짓밟히고 파편화된 아메리카의 육체로 나타난다. 부유한 토지 소유자와 소를 키우는 가난한 농부 사이의 갈등에서 출발하는 이 작품 역시 『뻬드로 빠라모』(Pedro Páramo, 1955)처럼 아버지와 아들에 관한 이야기다. 여기서 멕시코군 대령인 아들은 35년 전에 아버지를 죽인 살인범에게 복수를 하기 위해 돌아온다. 이야기는 생포된 암살범이 자신의 아들에게 대령을 찾아가 자비를 베풀어달라고 말해줄 것을 간청하는 장면으로 시작한다. 이야기가 펼쳐지는 메마르고 황량한 평원은 이 폭력극에서 결정적인 역할을 한다. 룰포의 서사방식은 갈등적이고 악마적이며 이중적인 세계를 전달하는 데 적합하다. 일반적으로 서술은 강하게 내면화되어 제시되고 인물들의 의식으로부터 이야기된다. 그리고 거의 언제나 다수의 화자와 관점이 존재한다. 또 극작품을 연상시키는 생동감 넘치는 대화를 통해 고통과 무기력에 빠진 인물들의 비극적 상황과 폭력과 무질서가 난무하던 혁명(1910~17) 이후의 멕시코 현실을 탁월하게 응축해내고 있다. 독자는 서서히 살인범 후벤시오의 성격과 죽음을 구축해가는 언어의 마술에 빠져든다.

날 죽이지 말라고 말해줘!

"후스띠노, 날 죽이지 말라고 말해줘! 어서 그들에게 가서 전해줘. 자비를 베풀어달라고. 그렇게 말해줘. 제발 죽이지 말아달라고."

"전 못해요. 그곳에 있는 상사는 아버지 이야기라면 입도 뻥끗 못하게 한다고요."

"네 말을 듣게 만들어봐. 네가 알아서 어떻게든 해봐. 나를 겁주는 건 이미 충분하다고 말해. 제발 날 죽이지 말라고 말해줘."

"겁만 주는 게 아니에요. 정말로 아버지를 죽일 작정인 것 같아요. 전 이제 그곳에 돌아가기 싫어요."

"한번만 더 가줘. 딱 이번 한번뿐이야. 어떻게든 수가 생기겠지……"

"싫어요. 가고 싶지 않아요. 전 아버지 아들이잖아요. 그러니 제가 뻔질나게 찾아가면, 결국 그자들은 제가 누군지 알아낼 테고 저도 총으로 쏴죽일 거라고요. 지금 이대로 가만있는 게 좋아요."

"제발, 후스띠노, 날 좀 불쌍히 여겨달라고 말해줘. 그 말만 전해줘."

후스띠노는 이를 앙다물고 머리를 흔들며 말했다.

"싫어요."

그는 한동안 계속해서 도리질을 쳤다.

"상사한테 대령을 만나게 해달라고 해. 만나거든 내가 폭삭 늙어서 아무짝에도 쓸모없다고 해. 날 죽인다고 뭐가 생기겠니? 아무것도. 그자도 틀림없이 인정머리는 있을 게다. 축복받은 영혼의 구원을 위해 날 죽이지 말라고 말해줘."

후스띠노는 앉아 있던 돌더미에서 일어나 축사 문께로 걸어갔다. 그리고 돌아서서 말했다.

"좋아요, 가겠어요. 그런데 일이 잘못돼서 저까지 총살당하면 제 처자식들은 누가 돌보죠?"

"하느님께서 돌봐주실 거야, 후스띠노. 하느님께서 거둬주시겠지. 그곳에 가서 날 위해 뭘 할 수 있을까 궁리나 해라. 당장 발등에 떨어진 불부터 꺼야지."

새벽녘에 그들이 그를 데려왔다. 어느덧 아침이 밝았지만, 그는 기둥에 묶인 채 아직도 그곳에서 기다리고 있었다. 차분하게 있을 수가 없었다. 마음을 가라앉히려고 잠시 잠을 청했지만 잠이 달아나버렸다. 식욕도 전혀 없었다. 오로지 살고 싶다는 생각뿐이었다. 그들이 그를 죽이려 한다는 게 분명해지자 삶에 대한 강렬한 욕구가 생겨났다. 죽었다가 이제 막 다시 살아난 사람이나 느낄 법한 욕구였다.

까마득한 옛날이라 다 잊혀졌다고 여겼던 그 일이 다시 불거지리라고 누가 생각이나 했겠는가? 그가 돈 루뻬를 죽일 수밖에 없었던 그 사건 말이다. 알리마 사람들의 주장처럼 공연히 살인을 저지른 것은 아니었고 그 나름의 이유가 있었다. 그는 기억을 더듬었다. 그, 후벤시오 나바는 뿌에르따 데 뻬에드라의 소유자이자 그의 대부(代父)인 돈 루뻬 떼레로스를 살해할 수밖에 없었다. 뿌에르따 데 뻬에드라의 주인이

자 대부이면서도 그의 가축들이 목초를 뜯도록 허락하지 않았기 때문이다.

처음에는 순전히 남의 땅이라는 생각에 잠자코 있었다. 그러나 그후에 가뭄이 닥치고 그의 가축들이 굶주려 하나둘씩 죽어나가는데도 대부인 돈 루뻬가 목장의 목초를 내주길 계속 거부하자, 그는 울타리를 부수고 비쩍 마른 가축떼를 목초지까지 몰고 가서 실컷 배를 채우게 했다. 이 일로 기분이 몹시 상한 돈 루뻬는 울타리를 막으라고 불호령을 내렸고, 후벤시오 나바는 나중에 다시 구멍을 뚫어야 했다. 이렇게 해서 낮에는 구멍이 막혀 있다가 밤이 되면 다시 열리기를 반복했다. 그사이에 가축떼는 늘 울타리에 바짝 붙어 때를 기다리고 있었다. 전에 그의 가축들은 목초는 맛도 보지 못하고 풀냄새만 맡고 살았다.

그와 돈 루뻬는 틈만 나면 입씨름을 벌였지만 어떤 합의점도 찾지 못했다. 그러던 중 마침내 하루는 돈 루뻬가 그에게 말했다.

"이봐, 후벤시오, 내 목장에 한번만 더 가축을 들여놓으면 죽여버리겠어."

그가 대답했다.

"이보세요, 돈 루뻬, 가축들이 풀밭을 찾아가는 건 제 탓이 아니에요. 그놈들은 죄가 없다고요. 그놈들을 죽이겠다면 어디 그렇게 해보쇼."

─그는 기어코 내 송아지 한마리를 죽였어.

35년 전 삼월에 일어난 일이지. 사월에는 내가 이미 소환명령을 피해 산에 올라가 있었으니까. 재판관에게 암소 열 마리를 건넸고, 또 감옥에서 꺼내주는 댓가를 치르기 위해 집까지 차압당했지만 아무 소용이 없었지. 나중에는 제발 나를 추적하지만 말아달라는 조건으로 그자들에게 남은 재산을 몽땅 내주었지만, 어쨌거나 끝까지 뒤쫓아왔어. 그래서 내가 소유하고 있던 빨로 데 베나도라는 손바닥만한 땅에 아들과 함께 살려고 왔지. 장성한 내 아들은 며느리 이그나시아와 결혼해서 벌써 자식을 여덟이나 두고 있었어. 이미 오래전 일이니 당연히 잊혀졌어야지. 하지만 그렇지 않았어.

난 그때 100뻬소(멕시코, 아르헨띠나 등 중남미의 화폐 단위—옮긴이) 정도면 문제가 깨끗이 해결될 거라고 생각했어. 고인이 된 돈 루뻬는 부인과 아직 바닥을 기어다니는 어린애 달랑 둘만 남겼지. 미망인 역시 곧 그를 뒤따랐는데, 슬픈 나머지 죽었다더군. 아이들은 멀리 사는 친척들이 데려갔어. 그러니 그들에 대해서는 하등 두려워할 게 없었지.

하지만 나머지 사람들은 나를 위협해 계속 재산을 강탈할 목적으로 나를 재판에 회부할 거라고들 했어. 그들은 누군가 마을에 나타날 때마다 내게 알려주었지.

"저기 읍내에 낯선 사람들이 있어, 후벤시오."

그러면 나는 산으로 달아나 산매자나무 사이에 몸을 숨기고 몇날며칠을 쇠비름만 뜯어먹으며 지내곤 했지. 어떤 때는 개들이 뒤쫓아오기라도 하는 것처럼, 한밤중에 허둥지둥 집을 나서야 했어. 평생을 그렇게 살았지. 한두 해도 아니고 평생을 말이야.

그런데 누군가가 찾아올 것이라고는 전혀 생각지도 않고 있을 때, 그러니까 사람들이 그 일을 까맣게 잊었다고 확신하고 적어도 말년은 마음편히 보낼 수 있겠거니 믿고 있을 때, 느닷없이 그자들이 그를 찾아 들이닥쳤다. 그는 생각했다. '적어도 늘그막엔 평안을 얻겠지. 날 가만히 내버려두겠지.'

그는 이 희망에 모든 것을 걸었다. 죽음에서 벗어나기 위해 그토록 발버둥치며 여기까지 흘러온 지금에 와서 갑자기 그렇게 죽는다고 생각하니 억울해서 견딜 수가 없었다. 겁에 질려 이리저리 쫓겨다니며 인생의 황금기를 보냈고, 또 남들 눈을 피해 살아야 했던 불행한 시절에 단련이 되어 몸뚱이라고는 질긴 가죽밖에 남지 않은 이 마당에 말이다.

하물며 그는 아내가 자기를 버리고 떠나도 그냥 내버려두지 않았는가? 그는 아내가 집을 나갔다는 것을 알게 된 날에도 그녀를 찾아나설 생각도 하지 않았다. 그는 마을에 내려가면 위험할지도 모른다는 생각에 어떤 놈팡이와 어디로 도망갔는지 알아보지도 않고 아내를 떠나보냈다. 손을 쓸 생각도 하지 않았고, 다른 모든 것들이 그에게서 떠나갔듯이 그녀도 가도록 내버려두었다. 이제 그에게는 자신의 목숨을 지키는 일만 남았다. 그는 무슨 수를 써서라도 목숨을 부지할 것이다. 가만히 앉아서 그들의 손에 죽을 수는 없었다. 그럴 수 없었다. 지금은 가뜩이나 더 그랬다.

그러나 그들이 그를 빨로 데 베나도에서 데려온 것은 바로 그를 죽이기 위해서였다. 그들은 굳이 그의 몸을 묶어 따라오게 할 필요가 없었다. 그는 오직 두려움에 사로잡힌 채 혼자 걸었다. 그들은 노쇠한 몸뚱이와 죽음의 공포로 부들부들 떠는, 꼬챙이 같은 다리로는 도망칠 수 없다는 것을 알고 있었다. 그는 죽으러 가고 있었기 때문이다. 죽으러. 그들은 그에게 그렇게 말했다.

그는 그때부터 그 사실을 알고 있었다. 그는 속이 거북해져옴을 느꼈다. 죽음이 임박했음을 느낄 때면 언제나 눈에 초조함이 가득하고 마지못해 삼켜야 하는 쓸쓸한 물이 입안 가득 고이며 갑자기 그런 증상이 나타나곤 했다. 그런 증상이 나타나면 다리는 천근만근 무거워졌다. 반면에 머리는 멍해지고 심장은 미친 듯이 벌렁거렸다. 그는 그들이 자신을 죽일 거라는 생각에 조금도 익숙해질 수 없었다.

그래도 희망은 있어야 했다. 어디엔가 아직 일말의 희망이 남아 있을 것이다. 어쩌면 그들이 사람을 잘못 봤을지도 모를 일이었다. 아마도 그들이 찾는 후벤시오 나바는 그가 아니라 동명이인일 수도 있을 것이다.

그는 팔을 늘어뜨린 채 그자들 틈에서 말없이 걸었다. 별도 없는 캄캄한 새벽이었다. 퀴퀴한 지린내 같은 것이 잔뜩 밴 마른 흙먼지가 느릿한 바람에 이리저리 쓸려다녔다.

세월이 흐르면서 쭈그러진 그의 눈은 어둠속에서도 발밑의 흙을 내려다보고 있었다. 그는 그 땅에서 평생을 보냈다. 그 땅에서 두 손으로 흙을 움켜쥐고 고기를 맛보듯 흙을 맛보며 육십년 세월을 살았다. 마지막이라도 되는 것처럼, 아니 거의 마지막임을 직감하면서 그는 흙을 조각조각 음미하며 오랫동안 눈으로 잘게 부수고 있었다.

그러더니 뭔가 하고 싶은 말이 있는 듯, 옆에 가는 사람들을 보았다. 자기를 풀어달라고, 놓아달라고 말할 참이었다. "이보게들, 난 누구도 해친 적이 없어"라고 말하려고 했다. 그러나 입이 얼어붙었다. 그는 '조금 있다 말해야겠어'라고 생각했다. 그러고는 그저 그들을 바라볼 뿐이었다. 그는 심지어 그들을 친구로 생각할 수도 있었지만, 그러고 싶지 않았다. 그들은 친구가 아니었다. 그들이 누군지 몰랐다. 그는 그들이 옆에서 기웃거리거나 길이 어디로 이어지는지 알아보려고 이따금씩 몸을 구부리는 것을 보았다.

그는 저녁 어스름에, 온 세상이 그을린 것처럼 보이는 빛바랜 그 시간에 그들을 처음 보았다. 그들은 부드러운 옥수수밭을 밟으며 밭고랑을 가로질러오고 있었다. 그래서 그는 밭에서 이제 막 옥수수가 자라나기 시작했다고 말하려고 내려갔다. 그러나 그들은 멈춰서지 않았다.

그는 때맞춰 그들을 보았다. 언제나 그에게는 모든 것을 때맞춰 보는 행운이 따랐다. 그는 몸을 숨길 수도 있었고, 또 몇시간 동안 언덕에 올라가 있다가 그들이 떠난 뒤에 다시 내려올 수도 있었다. 어쨌든 옥수수는 결코 제대로 자라지 못했을 것이다. 이미 우기에 접어들었지만 비는 내리지 않았고, 옥수수밭은 타들어가기 시작했다. 머지않아 바싹 말라비틀어질 것이었다.

결국 그가 옥수수밭으로 내려가 그 사람들 사이에 끼어든 것은 전혀 부질없는 짓이었다. 다시는 헤어나올 수 없는 함정에 빠진 셈이었다.

이제 그는 풀어달라고 말하고 싶은 욕구를 눌러참으며 그들 옆에서 계속 걸어갔다. 그들의 얼굴은 보이지 않았다. 그의 쪽으로 붙었다 떨어졌다 하는 그들의 검은 형체를 보았을 뿐이다. 그래서 말을 건넸을 때 그들이 자기 말을 들었는지 알 수 없었다. 그는 말했다.

"난 누구도 해친 적이 없어요." 그는 그렇게 말했다. 그러나 아무런 반응도 없었다. 검은 형체들 중 누구도 알아듣지 못한 모양이었다. 얼굴을 돌려 그를 보지도 않았다. 마치 잠을 자면서 걷고 있는 것처럼 그들은 줄곧 앞만 보고 걸어갔다.

그래서 그는 더이상 말을 해봤자 소용이 없을 테니 다른 데에서 희망을 찾아야겠다고 생각했다. 그는 다시 팔을 축 늘어뜨린 채 네 명의 사내들 틈에 섞여 마을 초입에 들어섰다. 칠흑 같은 어둠속에서 그들의 모습은 제대로 식별이 되지 않았다.

"대령님, 그자를 데려왔습니다."

그들은 좁은 문간 앞에 멈춰서 있었다. 그는 공손하게 모자를 손에 들고 누군가가 나오기를 기다렸다. 그러나 목소리만 들려올 뿐이었다.

"누구 말이야?" 목소리가 물었다.

"빨로 데 베나도 사람이요, 대령님. 데려오라고 하셨던 자 말입니다."

"전에 알리마에 산 적이 있는지 물어봐." 안쪽에서 다시 목소리가 들려왔다.

"이봐, 당신, 알리마에 산 적 있소?" 그의 앞에 있던 상사가 질문을 되풀이했다.

"그래요, 대령님께 내가 바로 그곳 출신이라고 말해줘요. 얼마 전까지 그곳에 살았다오."

"과달루뻬 떼레로스를 아는지 물어봐."

"혹시 과달루뻬 떼레로스를 아시오?"

"돈 루뻬요? 그래요, 그를 안다고 해요. 그는 이미 죽었어요."

그때 안쪽에서 들려오던 목소리의 어조가 바뀌었다.

"그가 죽었다는 건 나도 알고 있소." 목소리가 말했다. 그리고 마치 갈대 벽 저쪽에서 누군가와 대화를 나누듯이 계속해서 얘기했다.

―"과달루뻬 떼레로스는 내 아버지였소. 내가 자라서 아버지를 찾았을 때 돌아가셨다는 말을 들었지. 뿌리내리기 위해 붙잡고 의지할 수 있는 존재가 죽었다는 것을 알면서 자라는 건 힘든 일이오. 우리에게 바로 그런 일이 일어났어.

―아버지가 정글 칼에 난도질당한 뒤에 소몰이 막대기에 배를 찔려 살해당했다는 걸 나중에 알게 됐지. 사람들 말로는, 이틀이 넘도록 실종된 상태였고, 실개천에 너부러져 있는 것을 찾아냈을 때까지도 가족을 보살펴달라고 애원하며 마지막 숨을 몰아쉬고 계셨다더군.

―시간이 지나면 이런 일은 잊혀지는 것처럼 보여. 누구나 잊으려고 애쓰지. 잊을 수 없는 건 그런 짓을 저지른 자가 버젓이 살아서 영생의 꿈으로 썩은 영혼을 살찌우고 있다는 사실을 알게 된 거야. 그 작자가 누군지 모르지만 용서할 수 없어. 하지만 그자가 내가 아는 곳에 살아 있다는 사실은 끝장내버릴 용기를 주지. 난 그자가 계속 살아 있는 걸

용서할 수 없어. 그런 놈은 애당초 태어나지 말았어야 했어."

이젠 밖에서도 그의 말이 아주 또렷하게 들렸다. 잠시 뒤에 그가 명령을 내렸다.

"그자를 데려가서 잠시 고통을 당하게 묶어놓았다가 총으로 쏴버려!"

"이봐요, 대령!" 그가 애원했다. "난 이제 아무짝에도 쓸모가 없어요. 머지않아 늙어 꼬부라져 쓸쓸히 홀로 죽어갈 거라오. 날 죽이지 마시오……"

"그자를 데려가!" 안쪽에서 목소리가 거듭 말했다.

"……난 이미 죗값을 치렀어요, 대령. 수도 없이 치렀다오. 당신들은 내게서 모든 걸 앗아갔어요. 오만 가지 방법으로 날 응징했지요. 날 죽일지 모른다는 불안감에 늘 마음 졸이며 흑사병 환자처럼 숨어서 사십년 세월을 보냈다오. 이렇게 죽을 수는 없소, 대령. 적어도 하느님께서 내 죄를 사하도록 해줘요. 날 죽이지 마요! 부하들에게 날 죽이지 말라고 말해줘요!"

그는 마치 누가 자기를 두들겨패기라도 한 것처럼 그 자리에서 모자로 땅바닥을 내리치며 울부짖고 있었다.

곧바로 안쪽에서 목소리가 들려왔다.

"그자를 묶어놓고, 총에 맞을 때 아픔을 느끼지 않을 만큼 취하도록 술을 줘."

이윽고 그가 잠잠해졌다. 그는 나무기둥 밑에 처박혀 있었다. 그의 아들 후스띠노가 와 있었다. 그의 아들 후스띠노는 그곳에 왔다가 집에 돌아갔고, 지금 다시 왔다.

그는 나귀 위에 아버지의 시신을 실었다. 길바닥에 떨어지지 않게 안장에 단단히 묶었다. 나쁜 인상을 주지 않으려고 커다란 자루 안에 아버지의 머리를 집어넣었다. 그러고는 제시간에 빨리 데 베나도에 도착해 고인의 빈소를 차리기 위해 나귀의 궁둥이를 때려 돌진하듯 서둘러 떠났다.

"며느리와 손자들이 아버지를 그리워할 거예요." 그는 아버지에게 말하면서 갔다. "아마 아버지 얼굴을 보면 딴사람이라고 믿겠지요. 그자들이 발사한 축복의 총알세례에 벌집이 된 아버지 얼굴을 보면 코요테에게 뜯어먹혔다고 생각할 테지요."

■ 더 읽을거리

　　은둔적이고 자기파괴적인 완벽주의자였던 룰포는 예술적 엄밀성에 대한 강박관념으로 단 두 권의 책만을 펴냈다. 보르헤스의 『픽션들』에 비견되는 단편집 『불타는 평원』(El llano en llamas, 1953)은 비 한방울 내리지 않는 황량한 평원에 고립된 채 살아가는 고독한 사람들의 뿌리뽑힌 삶을 생동감 넘치는 구어체와 시적인 언어로 되살리고 있다. 1951년 『아메리까』(América) 지에 처음 발표된 「날 죽이지 말라고 말해줘!」 역시 이 단편집에 실려 있다. 또 아버지 뻬드로 빠라모를 찾아 가상의 유령도시 꼬말라에 도착한 후안 쁘레시아도의 이야기를 다룬 소설 『뻬드로 빠라모』(정창 옮김, 민음사 2003)는 다양한 인칭의 화자가 등장하고 현실과 꿈이 뒤섞이는 독특한 구조로 라틴아메리카 문학의 신기원을 연 작품으로 평가된다. 「우리에게 땅을 주었습니다」(『탱고』, 1999), 「루비나」(『붐 그리고 포스트붐』, 2005) 등의 단편이 우리말로 번역되어 있다.

Juan José Arreola

| 후안 호세 아레올라 |

1918~2001

1918년 멕시코 할리스꼬 주의 사뽀뜰란에서 열네 형제 중 넷째로 태어났다. 일찍이 글쓰기와 연극에 관심이 많았고 1940년대 초에 과달라하라에 정착하여 몇몇 문학지에 기고했다. 프랑스 출신의 연출가이자 배우인 루이 주베를 만나 빠리로 이주했으며 1945~46년에 꼬메디 프랑세즈(Comédie Française)에서 엑스트라로 활동했다. 그후 귀국하여 출판사에서 일했고 1950년대 초에는 로스 쁘레센떼스(Los Presentes)라는 출판사를 세웠다. 보르헤스, 꼬르따사르 등과 더불어 라틴아메리카 최고의 단편작가로 손꼽히는 그는 거의 배타적으로 단편에만 헌신하였으며 에피그램, 동물우화 등의 하위장르를 선호했다. 마르셀 슈보브, 지오반니 빠삐니의 영향을 받아 인간존재의 고독, 여자, 아이러니, 상상력의 중요성 같은 테마에 천착했고 치밀하고 섬세한 언어가 두드러진다. 2001년 할리스꼬에서 사망했다.

■ 전철수(轉轍手) El guardaguias

판타지와 아이러니의 대가인 아레올라는 부조리에 대한 예리한 감각을 통해 근대기술의 좌절된 약속과 그 기괴한 부산물을 비꼬기를 즐긴다. 전철수 노인과 기차를 타고 T라는 도시에 가고 싶어하는 젊은이에 관한 기이한 이야기인 「전철수」에는 이러한 특징이 잘 나타나 있다. 작품에서 서술된 상황은 관행적인 질서와 존재에 대한 일체의 논리적·현실적 개념에서 벗어나 과장되고 그로테스크하고 터무니없는 세계로 들어간다. 그러나 작가는 제시된 현실의 첫번째 차원인 그로테스크에 머물고 스승인 카프카처럼 비극과 악몽으로 나아가지 않는다. 카프카는 우리를 울게 하지만 아레올라는 우리를 웃게 만든다. 그의 작품은 현실에 대한 악마적인 혹은 숭고한 성격화가 아니라 현실의 아이러니화인 것이다. 이처럼 아이러니는 작가에게 진리의 탈을 쓴 현실의 허위적 양상, 비진정성의 양식들, 존재의 무의미를 고발하기 위한 효과적인 수단이다. 이 작품은 다양한 방식으로 해석할 수 있다. 우선 여기에서 비유와 전형은 부조리와 한계를 지닌 보편적 인간조건과 현실을 가리키며, 기차여행은 인생여정에 상응한다고 볼 수 있다. 그러나 동시에 겉만 그럴싸한 현실의 환상에 사로잡힌 터무니없는 기획의 집행자, 전횡적 권력에 의해 우연과 기만에 내던져진 여행자라는 멕시코인의 존재방식의 표명으로 해석할 수도 있다. 이 작품을 멕시코 정부의 관료주의와 철도체계의 비효율성에 대한 통렬한 풍자로 받아들이든, 방향성을 상실한 국가현실의 끔찍하고 유쾌한 캐리커처로 읽든, 아니면 현대 기술사회 혹은 우주 일반에 대한 알레고리로 해석하든, 그것은 독자의 몫이다. 일부 비평가들은 동시대 멕시코 문학의 전반적인 흐름인 국가현실에의 참여와 동떨어진 아레올라의 코스모폴리터니즘에 의혹의 눈길을 보내며, 이 점에서 종종 민족주의적이고 민중적이고 토속적인 테마에 천착하는 룰포의 작품과 불리한 입장에서 비교되곤 한다. 그러나 그를 멕시코인의 현실문제에서 유리된 작가로 평가하는 것은 옳지 못하다. 결정적인 민족주의적 관심사나 특정한 이데올로기적 참여는 찾아볼 수 없지만, 그는 비유·우화·알레고리·인간존재의 역사적 이미지 등을 통해 멕시코 현실을 다룬다. 보르헤스의 말대로 역사적·지리적·정치적 환경을 경멸했던 아레올라는 완고한 민족주의의 시대에 우주와 환상적 가능성에 시선을 고정한 열린 작가였다. 1918년 멕시코에서 태어났지만 어느 시대 어느 장소에서나 태어날 수 있었던 작가였다.

전철수

한 이방인이 힘없이 황량한 역에 도착했다. 아무도 그의 커다란 행낭을 들어주지 않아 기진맥진해 있었다. 손수건으로 얼굴을 훔치고는 손바닥으로 차양을 만들어 지평선 너머로 사라지는 기찻길을 바라보았다. 그는 맥이 풀린 채 골똘히 시계를 보았다. 정확히 기차가 출발해야 할 시간이었다.

어디선가 불쑥 나타난 사람이 그의 어깨를 톡톡 쳤다. 이방인이 돌아보니 그의 앞에 흐릿한 모습의 늙은 역무원이 서 있었다. 손에는 빨간 손전등이 들려 있었는데, 너무 작아서 마치 장난감처럼 보였다. 역무원은 미소 띤 얼굴로 여행객을 바라보았고, 여행객은 불안해하며 그에게 물었다.

"실례지만, 기차가 벌써 떠났습니까?"

"이 나라에 온 지 얼마 안된 모양이지요?"

"당장 떠나야 합니다. 내일까지 꼭 T에 도착해야 하거든요."

"정말 세상물정엔 깜깜이구려. 지금 당장 여인숙에서 묵을 방을 찾아보는 게 상책이오." 이렇게 말하면서 역무원은 감옥이나 진배없는 야릇한 회색빛 건물을 가리켰다.

"묵을 생각이 없습니다. 기차로 떠나야 해요."

"남아 있을지 모르겠소만, 당장 가서 방을 잡으시오. 방이 있거든 한 달로 계약하시구려. 그 편이 더 싸고 대접도 융숭할 거요."

"제정신이세요? 전 내일까지 꼭 T에 도착해야 한다니까요."

"솔직히 그건 운에 맡겨야 할 거요. 하지만 내가 정보를 좀 주리다."

"제발……"

"아시다시피 이 나라는 철도로 유명하지요. 지금까지는 제대로 된 철도체계를 만드는 것이 불가능했소. 하지만 열차시간표와 열차표 발행에 있어서는 큰 발전이 있었다오. 철도안내서에는 이 나라의 모든 지역이 포함되어 있고 또 각 지역들은 거미줄처럼 연결돼 있소. 그래서 아주 작은 외딴 마을까지도 표를 끊을 수 있다오. 열차는 그저 안내서의 지시에 따라 실제로 역들을 거치기만 하면 되는 거요. 이 나라 국민들은 그렇게 되기를 기다리고 있소. 그동안은 파행적인 운행을 받아들이고, 또 투철한 애국심으로 일절 불평불만을 터뜨리지 않는 것이오."

"그런데 이 도시를 지나는 기차가 있기는 한 겁니까?"

"엄밀하게 보면 그렇다고 말하기는 좀 곤란하다오. 보시다시피, 좀 파손이 되긴 했지만, 엄연히 기찻길은 있지 않소. 그저 바닥에 분필로 선을 두 줄 그어놓기만 한 마을들도 있다오. 지금의 사정이 그러하니 어떤 열차도 이곳에 들러야 할 의무는 없지만, 그렇다고 들르지 말란 법도 없잖소. 난 살아오면서 기차가 지나는 걸 많이 보았고, 또 기차를 탈 수 있었던 몇몇 여행객들도 알고 있소. 당신도 적당히 기다린다면 혹시 압니까? 내가 영광스럽게도 멋지고 편안한 객차에 오르도록 당신을 돕게 될지 말이오."

"그 기차가 저를 T로 데려다줄까요?"

"그런데 왜 당신은 꼭 T로 가야 한다고 고집하는 거요? 기차에 올라

탈 수만 있어도 감지덕지해야 할 판에 말이오. 일단 기차에 오르고 나면, 실제로 당신 인생의 행로가 정해지지 않겠소. 그 방향이 T가 아닌들 그게 무슨 대수겠소?"

"실은 T로 가는 정식 열차표를 가지고 있습니다. 그러니 당연히 그리로 가야지요. 그렇지 않은가요?"

"누구나 당신 말이 맞다고 할 테지요. 여인숙에 가면 만일의 사태에 대비해 열차표를 다량으로 구입한 사람들을 만날 수 있을 거요. 대체로, 선견지명이 있는 사람들은 이 나라의 방방곡곡 어디라도 갈 수 있게 열차표를 많이 구입해두지요. 표를 사느라고 가산을 탕진한 사람도 있어요……"

"전 T로 가려면 표 한장으로 족하다고 생각했는데요. 이것 좀 보세요……"

"국립철도의 다음 구간은 얼마 전 하나의 열차노선을 위한 왕복열차표에 엄청난 돈을 쏟아부은 단 한사람의 돈으로 건설될 거요. 그런데 수많은 터널과 다리를 포함하고 있는 그 설계도는 아직 건설회사 엔지니어들의 승인조차 받지 못하였소."

"하지만 T를 지나는 기차는 이미 운행중 아닌가요?"

"그뿐이 아니오. 실은 이 나라에 수많은 기차가 있고 여행객들은 상대적이긴 하지만 빈번하게 기차를 이용할 수 있소. 하지만 공식적이고 정기적인 운행을 하지는 않는다는 것을 잊어서는 안되오. 다시 말해, 기차에 오르면 누구도 자신이 원하는 곳으로 가리라는 기대는 하지 않소."

"그게 말이 됩니까?"

"시민들에게 봉사하겠다는 일념으로 철도회사는 필사적인 대책들을 강구합니다. 지나갈 수 없는 곳에 기차를 운행하기도 하지요. 이런 원정 기차들은 이따금 한번 운행하는 데에 여러 해가 걸리기도 해서 여행객들의 신상에 중대한 변화가 일어나기도 합니다. 이런 경우에 사람이 죽는 일도 왕왕 있지만, 회사는 그 모든 것을 예견하고 기차에 빈소용 차량과 묘지용 차량을 추가로 연결한다오. 그래서 호화롭게 방부처리된 여행객의 시신을 그의 표에 적힌 역의 플랫폼에 안치하고 기관사들은 자부심을 느끼기도 하지요. 경우에 따라, 이 기차들은 한쪽 레일이 없는 노선을 억지로 달리기도 합니다. 기차 바퀴가 침목 위에 부딪히는 충격에 객차의 한쪽 면 전체가 처참하게 덜컹거리지요. 철도회사는 이런 상황 역시 예견해서 일등석 승객들에게는 레일이 있는 쪽 자리를 배정해주지요. 이등석 승객들은 어쩔 수 없이 충격을 감수해야합니다. 하지만 양쪽 레일이 다 없는 구간도 있는데, 이런 곳에서는 기차가 산산조각날 때까지 모든 승객들이 다같이 고통을 받게 되지요."

"맙소사!"

"보시오. F마을은 그런 사고로 인해 생겨났다오. 도저히 운행할 수없는 지역에 기차가 처박힌 거라오. 모래에 파묻혀서 바퀴는 축까지닳아버렸지요. 승객들이 오랜 시간을 함께 보내다보니 부득이하게 나누는 진부한 대화에서 친밀한 우정이 싹텄다오. 어떤 우정은 곧 달콤한 사랑으로 변했고, 그 결과, 녹슨 기차 잔해를 갖고 노는 개구쟁이들로 북적거리는 진보적인 마을인 F가 생겨난 거라오."

"세상에, 전 그런 모험을 할 만한 사람이 못됩니다!"

"당신도 용기를 낼 필요가 있소이다. 어쩌면 영웅이 될 수도 있지 않겠소. 승객들이 용기와 희생정신을 보여줄 기회가 없었다고는 생각지마시오. 한번은 이름없는 이백 명의 여행객들이 우리 철도사(鐵道史)의 가장 영광스러운 한면을 장식했다오. 사정은 이러했지요. 시험운행을 하던 중에 기관사가 선로공사에 심각한 하자가 있음을 적시에 알아챘소. 그 노선에는 협곡 위를 지나가야 하는 교량이 없었던 거지요. 그런데 기관사는 후진하는 대신, 장광설로 승객들을 부추겨 계속 전진하는 데 필요한 용기를 그들에게서 이끌어냈지요. 그의 강력한 지휘 아래, 승객들은 기차를 조각조각 분해한 다음 어깨에 둘러메고 협곡 건너편으로 옮겼다오. 더욱 놀라운 것은 까마득한 협곡 아래에 거대한 강물이 일렁이고 있었다는 거지요. 그 영웅적인 행위의 결과는 대단히 만족스러워서 회사는 그런 부가적인 불편함에 과감히 맞서는 승객들에게 귀가 솔깃할 정도의 요금할인 혜택을 주기로 하고, 결정적으로 교량건설 계획을 폐기했소."

"그래도 전 내일까지 꼭 T에 도착해야 합니다!"

"아주 좋아요! 계획을 포기하지 않는 당신이 마음에 드는구려. 당신은 분명 확신에 차 있는 사람이로군요. 우선은 여인숙에 묵도록 하고 지나가는 첫차를 타시오. 적어도 노력은 해보시게나. 수많은 사람들이 훼방을 놓을 거요. 기차가 도착하면, 너무 오랜 기다림에 격분한 여행객들이 난리법석을 떨며 여인숙을 빠져나와 우르르 역사(驛舍)로 몰려온다오. 믿기지 않을 정도로 예절이나 신중함은 온데간데없어서 사고가 나기 일쑤지요. 차례대로 기차에 오르기는커녕, 정신없이 서로 밀치고 넘어뜨리기 바쁘다오. 심지어는 서로 기차에 오르는 걸 방해하는 사이에 기차는 역 플랫폼에 난동꾼들을 버려두고 떠나버린다오. 지칠대로 지쳐 격노한 승객들은 자신들의 교양머리없음을 저주하고, 오래도록 욕설을 주고받으며 서로 주먹질을 해대지요."

"그런데 경찰이 개입하지 않나요?"

"역마다 경찰대를 조직하려고 시도했지만 기차가 언제 도착할지 예측할 수 없는 상황에서 그런 업무는 무용지물에다 막대한 예산낭비를 초래했다오. 게다가 경찰대원들은 특별히 돈많은 승객들만 이용할 수 있는 전용 출입구를 지켜주는 댓가로 그들이 소지한 모든 것을 받아챙기는 데 혈안이 됨으로써 금세 속물근성을 드러냈지요. 그래서 훗날의 여행자들이 기차에서 살아가는 데 필요한 예절교육과 적절한 훈련을 받게 되는 특수학교를 설립하기로 결정했다오. 거기서는 기차가 빠른 속도로 움직일 때도 올라탈 수 있는 올바른 방법을 가르치지요. 다른 여행자들이 늑골을 부러뜨리는 것을 막기 위해 갑옷 같은 것도 제공한다오."

"그런데 기차에 오르고 나서 다른 문제는 없습니까?"

"비교적 특별한 문제는 없다고 할 수 있어요. 단지 역을 뚫어져라 주시할 것을 권합니다. 그냥 꿈일 뿐인데, 이미 T에 도착했다고 믿게 되는 경우가 있으니까요. 승객들로 북적이는 객차에서의 생활을 통제하기 위해 회사는 불가피하게 편법을 동원할 수밖에 없었지요. 단지 껍데기뿐인 역사도 있었는데, 밀림 한가운데에 지어졌고 어느 중요한 도시 이름으로 불린다오. 하지만 조금만 주의를 기울이면 속임수를 알아차리기는 식은죽 먹기지요. 그것들은 마치 극장의 무대장치처럼 보이고, 무대 위의 사람들은 톱밥으로 채워져 있으니까요. 그 마네킹들은 악천우에 손상된 흔적이 역력하지만, 얼굴에 피로감이 가득해 때로는 완벽한 현실의 이미지를 보여줍니다."

"다행히 T는 여기서 그리 멀지 않잖아요."

"그래도 당장은 직행열차가 없다오. 하지만 당신이 바라는 대로 내일 당장 T에 도착하게 될 가능성도 있겠지요. 아직 철도체계가 불완전하긴 하지만 논스톱 여행의 가능성도 배제하지 않으니까요. 보시다시피, 무슨 일인지 영문도 모르는 사람들도 있어요. 이들은 T로 가는 열차표를 삽니다. 기차가 오면 올라타고, 이튿날 'T에 도착했습니다'라는 기관사의 안내방송을 듣게 되지요. 승객들은 아무 경계심 없이 기차에서 내리고 실제로 T에 있게 된다오."

"제가 그런 결과를 손쉽게 얻을 방법이 있을까요?"

"물론이오. 하지만 그게 당신에게 조금이나마 소용이 될지는 알 수 없습니다. 어떤 식으로든 시도해보구려. T에 도착할 거라는 일념으로 기차에 오르시오. 승객 누구와도 말하지 마요. 그들은 여행담으로 당신을 낙담시킬 수도 있고, 또 심지어는 당신을 당국에 고발할 수도 있으니까요."

"도대체 무슨 말씀을 하시는 겁니까?"

"현재의 상황이 이렇다보니 여행하는 기차는 첩자들로 우글거립니다. 대부분 자원자들인 첩자들은 회사의 건설정신을 촉진하는 데 일생을 바치지요. 때때로 사람들은 무슨 말을 하는지도 모른 채 그저 말하기 위해 말하기도 합니다. 그러나 첩자들은 아무리 단순한 말 한마디라도 그것이 가질 수 있는 모든 의미를 즉각 추론해내지요. 그들은 전혀 악의 없는 진술에서도 트집거리를 찾아낼 줄 압니다. 만일 조금이라도 경솔한 말을 내뱉는다면, 당신은 그것만으로 체포되어 남은 인생을 감옥차량에서 보내거나, 아니면 밀림 속에 버려진 가짜 역에 강제로 하차하게 될 거요. 신념을 가지고 여행하시오. 그리고 음식은 최대한 아껴먹고 T에서 아는 얼굴이 눈에 띄기 전까지는 플랫폼에 발을 내려놓지 마시오."

"하지만 저는 T에 아는 사람이 하나도 없는걸요."

"그렇다면 각별히 조심하시오. 분명히 말하지만, 당신은 여행중에 숱한 유혹을 받게 될 겁니다. 차창으로 밖을 내다보면, 당신은 신기루의 함정에 노출될 수 있어요. 차창에는 승객들의 마음에 온갖 환영을 만들어내는 교묘한 장치가 설치되어 있지요. 꼭 마음이 약한 사람만 그런 환영에 속아넘어가는 건 아닙니다. 기관차에서 조작하는 어떤 장치들은 소리와 움직임 때문에 열차가 달리고 있다고 믿게 만듭니다. 하지만 승객들이 창유리로 매혹적인 풍경이 지나가는 것을 바라보는 동안 기차는 몇주씩 꼼짝 않고 멈춰서 있지요."

"도대체 왜 그러는 겁니까?"

"철도회사는 승객들의 불안과 이동하고 있다는 느낌을 최대한 줄여주려는 건전한 의도로 이 모든 것을 행하지요. 회사의 바람은 언젠가 승객들이 모든 것을 운명에, 무소불위의 회사의 손에 맡기고 자신들이 어디로 가는지 어디에서 오는지 더이상 상관하지 않게 되는 거라오."

"그런데 당신은 기차로 여행을 많이 해보셨나요?"

"신사양반, 난 한낱 전철수에 불과해요. 그것도 실은 은퇴한 전철수라오. 그저 이따금씩 좋았던 시절을 기억하기 위해 이곳에 올 뿐입니다. 난 한번도 여행을 해본 적이 없고, 그럴 마음도 없어요. 하지만 여행객들은 나에게 이야기를 들려주지요. 내가 생겨난 경위를 말해준 F마을 외에도 기차 때문에 많은 마을들이 생겨났다는 것을 압니다. 때로는 기차 승무원들이 비밀지령을 하달받기도 한다오. 그들은 보통 어떤 특정지역의 아름다움을 감상한다는 구실을 내세워 승객들에게 객차에서 내리도록 권유하지요. 그들은 동굴이나 폭포, 혹은 유명한 유적에 대해 얘기합니다. 기관사는 '주변의 동굴을 구경하시도록 십오분간 정차하겠습니다'라고 친절하게 말하지요. 일단 승객들이 어느정도 멀어지면, 기차는 전속력으로 달아납니다."

"승객들은요?"

"한동안 당혹감에 우왕좌왕하지만, 결국은 한데 모여 부락을 세우게됩니다. 이러한 불시착은 자연의 풍요가 넘치고 문명세계에서 멀리 떨어진, 살기 적당한 곳에서 일어나지요. 선택된 젊은이들의 무리, 특히 많은 수의 여자들이 그곳에 버려집니다. 생의 마지막 나날들을 그림

같은 미지의 장소에서 젊은 여자와 함께 보내고 싶지 않으시오?"

왜소한 노인은 싱글거리며 눈짓을 보냈고, 자상함과 장난기 가득한 얼굴로 여행객을 바라보고 있었다. 그 순간, 멀리서 기적소리가 들려왔다. 전철수 노인은 당황하여 펄쩍펄쩍 뛰었고, 손전등으로 제멋대로 우스꽝스러운 신호를 보내기 시작했다.

"기차가 오나요?" 이방인이 물었다.

노인은 정신없이 선로를 따라 내닫기 시작했다. 어느정도 멀어졌을 때, 그가 돌아서서 소리쳤다.

"당신은 운이 좋은 줄 아쇼! 내일 당신이 말하는 그 유명한 역에 도착하게 될 거요. 그런데 역 이름이 뭐라고 했소?"

"X!" 여행객이 대답했다.

바로 그 순간 왜소한 노인은 서서히 투명한 아침 속으로 사라졌다. 그러나 손전등의 빨간 점은 경망스럽게 껑충대며 기차를 맞으러 계속 선로 사이를 내달렸다.

아스라한 풍경 서 벌리서 기관차가 요란한 소리를 내며 다가오고 있었다.

■■ **더 읽을거리**

작품에는 『잡다한 허구』(*Varia invención*, 1949) 『이야기꾼의 일기』(*Confabulario*, 1952) 『실버팁』(*Punta de Plata*, 1958) 『동물우화』(*Bestiario*, 1958) 등의 단편집과 그의 유일한 소설로 고향 사뽀뜰란의 삶을 풍자하고 있는 『장날』(*La feria*, 1963)이 있다. 「전철수」가 「역무원」(『탱고』, 1999)이라는 제목으로 번역되어 있으며, 그밖에 「진심으로 당신들에게 말하니」(『붐 그리고 포스트붐』, 2005), 「경이로운 밀리그램」(『알보라다 알만사의 행복한 죽음』, 2004) 등의 단편이 우리말로 번역 소개되어 있다.

Augusto Monterroso

| 아우구스또 몬떼로소 |

1921~2003

1921년 온두라스의 떼구시갈빠에서 태어났으나 부계 가문이 과떼말라 출신이어서 과떼말라 작가로 여겨진다. 1944년 독재자 호르헤 우비꼬에 저항하다 멕시코로 망명했으며 외교관과 멕시코 국립자치대학(UNAM) 교수를 역임했고, 2003년 심장질환으로 사망했다. 거의 배타적으로 단편 창작에만 전념했지만 대체로 붐 세대의 중심인물로 평가된다. 1988년 멕시코 정부로부터 최고훈장인 아길라 아스떼까를 받았으며 2000년에는 스페인의 아스뚜리아스 왕자상을 수상했다.

일식 El eclipes

몬떼로소의 글쓰기는 작가와 독자에게 익숙한 정보를 사용해 독자가 내용을 채우고 완성하도록 유도한다. 또 냉정하고 객관적인 서술과 극단적인 사건들의 익살스럽고 터무니없는 성격 사이의 대립을 이용한다. 가령, "깨어나 보니 공룡은 아직도 거기에 있었다(Cuando despertó, el dinosaurio todavía estaba allí)"라는 단 한 줄짜리 미니픽션 「공룡」(El dinosaurio)은 독자에게 창조적인 상상력의 발동을 제안하는 '여백'의 미학을 극적으로 보여준다. 이 작품에서 서술자와 독자가 공유하는, 단편 형식을 규정짓는 요소나 구조 — 가령, 긴장이나 서사적 기대 — 에 대한 헤아림이 없다면, 단 한 줄의 작품을 쓰겠다는 작가의 과감한 제안은 효력을 잃을 것이다. 『전집(그리고 다른 이야기들)』(Obras Completasly otros Cuentos, 1959)에 실려 있는 「일식」은 폭넓은 천문학적 지식을 지니고 시간의 흐름과 천체의 움직임을 유심히 관찰하여 기록했던 마야인들, 그리고 그들에 무지했던 한 가톨릭 사제의 사례를 들어 서구중심주의적 사유체계를 탈신화화하고 있다. 교훈적인 성격이 강한 몬떼로소의 단편은 풍자와 아이러니, 그리고 인간조건에 대한 정확하고 익살스럽고 잔인한 통찰로 특징지어진다. 대통령, 자선가, 제3세계주의자, 수집가, 발견과 정복의 전도사 등 몬떼로소의 아이러니하고 카니발적인 파괴에서 자유로울 수 있는 것은 거의 없다. 이런 맥락에서 자신의 지식을 이용해 위기상황을 모면하려 했던 사제가 역으로 마야 원주민들의 희생양이 되는 아이러니적 전복에 주목할 필요가 있다. 어느 비평가의 표현대로 그의 글쓰기는 "(문학적) 엄숙주의에 맞선 독특한 십자군전쟁"이다.

일식

길을 잃었다는 생각이 들자 바르똘로메 아라솔라 신부는 이제 구조될 가망이 전혀 없다는 것을 기정사실로 받아들였다. 과떼말라의 가공할 밀림이 옴짝달싹 못하게 그를 가둬버린 것이다. 주변 지형에 어두운 신부는 차분하게 앉아서 죽음을 기다렸다. 그는 밀림 속에 고립된 채, 한가닥 희망도 없이, 오로지 머나먼 스페인의 로스 아브로호스 수도원만을 머릿속에 그리며 죽음을 맞고 싶었다. 한번은 그 수도원에서 황공하게도 카를 5세(Karl V, 1500~58, 신성로마제국 황제(재위 1519~56)이며, 스페인 왕으로는 까를로스 1세(재위 1516~56)에 해당한다. 1556년 모든 공직에서 물러난 뒤 까세레스의 유스떼 수도원에 은거해 여생을 보냈다──옮긴이)가 친히 옥좌에서 내려와 구원사업을 향한 그의 종교적 열의를 신임한다고 격려해주었다.

잠에서 깨어보니, 한무리의 원주민들이 무표정한 얼굴로 그를 에워싸고 있었다. 원주민들은 그를 제단 앞에 희생물로 바칠 채비를 하고 있었다(마야족은 아스떼까족과 마찬가지로 인간의 심장을 신에게 바치는 인신공양을 행했다──옮긴이). 바르똘로메 신부의 눈에 제단은 마침내 두려움과 운명 그리고 그 자신에게 놓여나 영면하게 될 침상처럼 보였다.

그 나라에서 삼년을 산 터라 신부는 그런대로 원주민어를 구사할 수 있었다. 그는 어설프게나마 애를 쓴 끝에 가까스로 원주민들이 알아들을 수 있는 말을 몇마디 내뱉었다.

그 순간 그의 재능과 폭넓은 교양 그리고 아리스토텔레스에 대한 심오한 지식에 값하는 묘안이 불현듯 떠올랐다. 그날 개기일식이 있을 것이라는 사실을 기억해낸 것이다. 그는 내심 그 지식을 이용해 적들을 속이고 목숨을 건질 궁리를 했다.

그는 원주민들에게 "날 죽인다면 태양이 중천에 떠 있을 때 캄캄하게 만들어버릴 테다"라고 엄포를 놓았다.

원주민들은 바르똘로메 신부를 뚫어지게 보았고, 그는 그들의 눈에서 미심쩍어하는 기색을 읽어냈다. 그들이 웅성거리는 모습을 본 신부는 안심하고 기다렸다. 물론 일말의 경멸감도 없지 않았다.

두 시간 후 바르똘로메 아라솔라 신부의 심장은 희생제단(일식상태의 태양에서 새어나온 흐릿한 빛 아래서 눈부시게 반짝였다) 위에서 격렬하게 피를 뿜고 있었다. 그사이 한 원주민이 전혀 목소리의 변화 없이, 차분하게, 날짜들을 끝없이 줄줄 읊고 있었다. 바로 일식과 월식이 일어날 날짜들이었다. 마야족 천문학자들은 아리스토텔레스의 유익한 도움 없이도 그 날짜들을 예측해 자신들의 고문서에 기록해두었던 것이다.

■ **더 읽을거리**

『전집(그리고 다른 이야기들)』 외에 아이러니로 가득한 『검은 양과 다른 우화들』(*La oveja negra y demás fábulas*, 1969) 작가 자신을 조롱하고 있는 『영원한 운동』(*Movimiento perpetuo*, 1972) 등의 단편집이 있다. 앞에서 언급한 「공룡」이나 「미스터 테일러」(*Míster Taylor*) 등은 단편의 정전으로 평가된다. 『검은 양과 또다른 우화들』(김창민 옮김, 지만지고전천줄 2008)과 「영원한 운동」(송병선 옮김 『붐』, 예문 1995)이 우리말로 번역되어 있다.

Gabriel García Márquez

| 가브리엘 가르시아 마르께스 |

1928~

1928년 꼴롬비아 북부의 아라까따까에서 태어났다. 어려운 집안형편 때문에 8세까지 외조부모 밑에서 자라게 되는데, 어린시절 전해들은 이야기는 훗날 그가 20세기 최고의 이야기꾼으로 성장하는 데 결정적인 토양을 제공한다. 꼴롬비아 국립대학과 까르따헤나 대학에서 법학과 저널리즘을 공부하였다. 1947년에 「세번째 체념」(La tercera resignación)으로 문단에 입문하였으며, 1950년 『엘 우니베르살』(El Universal) 지에 '셉띠무스'라는 필명으로 글을 쓰면서 저널리스트로서 첫발을 내디뎠다. 가르시아 마르께스는 헤밍웨이나 포크너처럼 방대한 허구적 세계와 짜임새있는 짧은 서사를 동시에 창조할 수 있는 능력의 소유자다. 특히, 그의 문학적 특성이 온축된 『백년 동안의 고독』(Cien años de soledad, 1967)은 '마술적 사실주의'라는 문학적 트렌드를 유행시키며 그를 세계적인 작가의 반열에 올려놓았다. 2002년 『이야기하기 위해 살다』(Vivir para contarla)라는 제목의 자서전을 펴냈다.

거대한 날개가 달린 상늙은이
Un señor muy viejo con unas alas enormes

　　　　　　가르시아 마르께스는 흔히 마술적 사실주의를 대표하는 작가로 알려져 있다. 말 그대로 마술적 사실주의는 내용과 기법에서 현실과 환상, 사실과 허구가 자유롭게 뒤섞이는 모순어법적 글쓰기 양식을 일컫는다. 1968년에 발표된 「거대한 날개가 달린 상늙은이」 역시 마술적 사실주의의 전형으로 간주되는 작품이다. 폭풍우가 치던 날 바닷가 마을에 나타난 처참한 몰골의 날개 달린 노인, 부모 말을 듣지 않아 거미가 된 여자, 삶과 죽음에 대해 모든 것을 꿰고 있는 이웃집 여자 등 가르시아 마르께스의 작품에서 흔히 찾아볼 수 있는 마술적 사실주의의 요소들이 많이 등장한다. 특히, 등장인물들이 초자연적이고 기이한 사건들에 반응하는 방식은 마술적 사실주의의 명백한 표지다. 등장인물들은 사람에게 날개가 달렸다는 사실을 용인할 수 있는 현실의 일부로 받아들이며 천사에 대한 통념과 거리가 먼 그로테스크한 몰골의 노인을 보통사람 대하듯 친숙하게 받아들인다. 그리고 이러한 태연함은 독자에게도 전달된다. 작가는 불가사의한 것을 일상적인 것으로 제시하는 주도면밀한 서사전략을 따를 뿐 환상문학가처럼 사건들의 미스터리를 정당화하거나 이에 대한 논리적 설명을 제공하지는 않는다. 따라서 설명할 수 없는 사건들이 아무런 구속 없이 자유롭게 작품에 흐른다. 한편, 사실주의적 요소들 또한 등장한다. 특히 자본주의는 결코 잊히지 않는 사실주의적 요소다. 기회주의적인 뻴라요와 엘리쎈다 부부는 마당에 울타리를 치고 관람료를 받으며 날개 달린 노인을 상품화한다. 이러한 사실주의적 요소는 비사실주의적 요소와 완벽한 이중나선구조를 이루며 둘 사이에는 모순이 존재하지 않는다. 이러한 양상은 독자로 하여금 일상의 시간을 단순히 관행적으로 받아들이기를 거부하고 현실을 다른 눈으로 바라보게 만든다. 이처럼 마술적 사실주의는 문학뿐 아니라 삶에도 적용되는 새로운 세계인식의 방법으로 정의할 수 있다.

거대한 날개가 달린 상늙은이

사흘째 비가 내리고 있었다. 뻴라요는 집안에 들어온 게를 수도 없이 죽여 진창이 된 안마당을 가로질러 바다에 버려야 했다. 갓난아기가 밤새 고열에 시달린 게 악취 때문이라고 생각한 것이다. 화요일부터 세상은 잔뜩 찌푸려 있었다. 하늘과 바다는 온통 잿빛이었고, 삼월이면 불꽃처럼 반짝이던 해변 백사장은 진흙탕과 썩은 조개의 뒤범벅으로 변해버렸다. 대낮인데도 날이 흐려서 뻴라요는 게를 버리고 집에 돌아왔을 때 마당 한구석에서 신음소리를 내며 움직이는 것을 알아보는데 애를 먹었다. 바싹 다가가 살펴보고 나서야 그게 한 늙은 남자임을 알아챘다. 노인은 진창에 엎어져 있었는데, 거대한 날개가 거치적거려 제아무리 용을 써도 일어나지 못했다.

이 기괴한 광경에 소스라치게 놀란 뻴라요는 아픈 아이에게 거즈수건으로 냉찜질을 해주고 있던 아내 엘리쎈다를 찾아서 마당 구석으로 데리고 나왔다. 두 사람은 망연자실한 표정으로 쓰러져 있는 몸뚱이를 묵묵히 살펴보았다. 영락없는 비렁뱅이 행색이었다. 벗어진 머리에는 희끗희끗한 머리털이 몇올 붙어 있었고, 입에는 이가 듬성듬성 남아 있었다. 물에 흠뻑 젖은 상늙은이 같은 처참한 몰골에서는 위엄이라곤 눈곱만큼도 찾아볼 수 없었다. 꼬질꼬질하고 군데군데 깃털이 빠진 그의 거대한 독수리 날개는 줄곧 진창에 처박혀 있었다. 뻴라요와 엘리쎈다가 그를 어찌나 오랫동안 꼼꼼히 살펴보았는지 처음의 놀라움은 금세 사라지고 어느덧 그를 친근하게 느끼게 되었다. 그러자 그들은 뱃심좋게 그에게 말을 걸었고, 그는 알아들을 수 없는 방언으로, 그러나 항해자의 우렁우렁한 목소리로 대답했다. 이렇게 해서 그들은 날개가 주는 어색함을 간과했고, 그가 풍랑에 좌초된 외국 배의 고립된 조난자일 거라고 아주 그럴싸하게 결론지었다. 그래도 미심쩍은 데가 있어 삶과 죽음의 문제를 훤히 꿰고 있는 이웃집 여자를 불러 보여주었다. 그녀는 그를 한번 척 보더니 그들의 잘못된 판단을 바로잡아주었다.

"천사야." 그녀가 말했다. "아이 때문에 온 게 분명한데, 가엾게도 너무 늙어서 빗속에 나뒹굴고 만 게야."

날이 밝자 뻴라요의 집에 살아 있는 진짜 천사가 붙잡혀 있다는 소문이 온 동네에 파다했다. 해박한 이웃집 여자는 요즘 천사들은 천국에서 역모를 꾸몄다가 도망친 생존자들이라는 견해를 피력했지만, 부부는 그를 몽둥이로 때려죽일 용기가 없었다. 뻴라요는 오후 내내 경찰봉을 들고 부엌에 지키고 서서 그를 감시했고, 잠자리에 들기 전에 그를 진창에서 끌어내 불밝힌 닭장 속에 암탉들과 함께 가두었다. 한밤중에 비가 그쳤는데, 뻴라요와 엘리쎈다는 그때까지 계속 게를 잡아죽이고 있었다. 조금 뒤에 아이가 열이 내린 상태로 깨어나 먹을 것을 찾았다. 그러자 그들은 한결 마음이 너그러워져서 사흘치 양식과 마실 물을 실은 뗏목에 천사를 태운 다음 망망대해로 띄워보내 그 자신의 운명에 맡기기로 했다. 그러나 그들이 첫새벽에 마당에 나갔을 때, 이웃사람들이 닭장 앞에 떼지어 모여 있었다. 사람들은 일말의 신앙심도 없이 천사에게 짓궂게 장난을 쳤고, 초자연적인 창조물이 아니라 써커스의 동물을 다루듯 철망의 틈새로 먹을 것을 던져주었다.

곤사가 신부는 괴이한 소식에 놀라 일곱시도 되기 전에 부리나케 달려왔다. 그 시각에 이미 새벽에 모였던 사람들보다 덜 경망스러운 구경꾼들이 몰려와서 포로의 장래에 대해 갖가지 억측을 늘어놓았다. 아주 순진한 사람들은 그가 세계의 시장에 임명될 것이라고 생각했다. 좀더 성질이 포악한 사람들은 그가 오성장군 자리에 올라 전쟁이란 전쟁은 모조리 휩쓸 것이라고 추측했다. 일부 몽상가들은 그를 번식용 수컷으로 보존해 우주를 관장할 날개 달린 현자들의 종족이 지구상에 퍼지기를 바랐다. 그러나 곤사가 신부는 사제가 되기 전에는 건장한 나무꾼이었다. 그는 철망 옆에 기대서서 잠시 교리문답서를 훑어보고는 얼빠진 암탉들 틈에서 차라리 노쇠한 거대한 암탉처럼 보이는 그 가련한 남자를 가까이서 살펴볼 수 있게 문을 열어달라고 거듭 요청했다. 그는 구석에 처박힌 채 젖은 날개를 펼치고 햇볕에 말리고 있었는데, 주변에는 사람들이 아침 일찍 던져준 음식찌꺼기와 과일껍질이 나뒹굴었다. 그는 마을사람들의 뻔뻔한 행동에도 아랑곳하지 않고 골동품상처럼 퀭한 눈을 뜨는 둥 마는 둥했다. 곤사가 신부가 닭장에 들어가 라틴어로 아침인사를 건네자 방언으로 무슨 말인가를 중얼거렸다. 신부는 그가 하느님의 언어를 알아듣지도 못하고 성직자들에게 인사할 줄도 모른다는 것을 확인하자 문득 사기꾼이 아닐까 의심했다. 나중에 신부는 가까이서 보니 그가 사람과 아주 흡사하다는 것을 알게 되었다. 그는 참을 수 없이 고약한 냄새를 풍겼고, 날개 뒷면에는 기생해조류가 다닥다닥 달라붙어 있었다. 또 큰 깃털들은 육지의 바람에 혹사당한 흔적이 역력했고, 그의 비참한 몰골은 천사의 고귀한 품격에 전혀 걸맞지 않았다. 닭장에서 나온 신부는 짤막한 설교를 통해 구경꾼들에게 순진한 생각은 위험천만하다고 경고했다. 그는 사탄에게는 방심한 자들을 미혹하기 위해 써커스의 속임수를 쓰는 못된 버릇이 있다는 사실을 상기시켰다. 그는 날개만으로는 본질적으로 새매와 비행기도 구별하기 어려운데, 하물며 천사는 말할 것도 없다고 주장했다. 그렇지만 그는 주교 앞으로 서한을 보내겠다고 약속했다. 그러면 주교는 다시 교황에게 편지를 쓸 것이고, 결국 최상급 법원에서 최종평결이 나올 것이라고 했다.

그의 신중한 처신에 줏대없는 사람들은 주춤했다. 천사가 포로로 잡혀 있다는 소문은 삽시간에 퍼져나갔고, 얼마 지나지 않아 마당은 시끌벅적한 장터로 변했다. 이미 집을 무너뜨릴 태세인 군중을 해산시키기 위해 총검으로 무장한 군대를 불러와야 했다. 아수라장이 된 집안의 쓰레기를 치우느라 등이 휠 지경이던 엘리쎈다는 문득 마당에 담을 둘러치고 천사 관람료로 5쎈따보씩 받으면 어떨까 하는 기발한 생각을 떠올렸다.

멀리 마르띠니끄(카리브해의 프랑스령 섬나라──옮긴이)에서도 구경꾼들이 왔다. 공중을 날아다니는 곡예사와 함께 유랑곡마단이 도착했다. 곡예사가 여러 차례 휘잉 소리를 내며 군중 위를 날아다녔지만 아무도 눈길을 주지 않았다. 천사가 아닌 항성 박쥐의 날개를 달고 있었기 때문이다. 카리브해 지역의 가장 불운한 환자들이 병을 고치러 찾아왔다. 한 가련한 여자는 어려서부터 심장박동수를 헤아린 탓에 이제는 숫자가 바닥이 났고, 한 자메이까 남자는 별들의 소음에 들볶여 잠을 이루지 못했으며, 또 한밤중에 홀연히 일어나 깨어 있는 동안 한 일을 망쳐놓는 몽유병자도 있었다. 그밖에 그다지 병세가 심하지 않은 환자들도 부지기수였다. 뻴라요와 엘리쎈다는 땅을 뒤흔드는 북새통 속에서 몸은 녹초가 되었지만 마음만은 행복했다. 채 일주일도 되지 않아 침실마다 돈이 가득 쌓였으며, 아직도 들어오려고 차례를 기다리는 순례자들의 행렬이 멀리 지평선 너머까지 이어졌기 때문이다.

자신 때문에 벌어진 일인데도 유독 천사만은 이 사건에 끼어들지 않았다. 철망 앞에 늘어놓은 석유램프와 봉헌초의 지독한 열기에 정신이 혼미해진 그는 급기야 닭의 둥지에 눌러앉았고 시간이 지나자 점차 그의 둥지가 되어갔다. 처음에는 그에게 좀약을 먹이려고 했는데, 박식한 이웃집 여자의 얘기에 따르면, 천사들이 먹는 특별음식이라고 했다. 그러나 고행자들이 가져다준 교황의 점심에 입도 대지 않은 것처럼, 그는 좀약을 거들떠보지도 않았다. 그가 끝내 가지로 만든 죽만 먹은 이유가 천사여서인지, 아니면 늙어서인지는 전혀 알 길이 없었다. 그가 유일하게 가진 초자연적 능력은 인내심인 것 같았다. 특히 처음 며칠 동안에 보여준 인내심은 실로 놀라웠다. 암탉들이 그의 날개에 득실거리는 별나라 기생충을 찾아 부리로 쪼아댔고 불구자들은 장애 부위에 대고 문지르기 위해 그의 깃털을 뽑았으며, 또 아주 인정 많은 사람들조차 그를 일으켜세워 몸뚱이 전체를 보려고 돌멩이를 던져댔지만 그는 꿈쩍도 하지 않았다. 그가 단 한번 움직인 적이 있었는데, 너무 오랫동안 움직이지 않자 사람들이 죽었다고 믿고서 송아지용 낙인으로 그의 옆구리를 지졌을 때였다. 화들짝 놀란 그는 알아들을 수 없는 신비한 말을 횡설수설하며 눈물이 그렁그렁해서 자리에서 벌떡 일어났다. 그가 두어 번 날갯짓을 하자 닭장의 닭똥과 희뿌연 먼지가 회오리바람을 일으켰고, 돌연 지상에서는 보기 힘든 가공할 일진광풍이 일었다. 사람들은 대부분 그가 화가 나서가 아니라 고통 때문에 그런 반응을 보였다고 믿었지만, 그뒤로는 그를 괴롭히지 않으려고 조심했다. 대다수의 사람들은 비록 지금은 그가 저항하지 않지만 푹 쉬고 있는 퇴역한 영웅이라기보다는 언제 폭발할지 모르는 휴화산 같은 존재임을 알고 있었다.

포로의 정체에 대한 최종판결이 도착하기를 기다리는 동안, 곤사가 신부는 판에 박은 상투적인 말로 군중들의 경거망동을 제지했다. 분초를 다투는 화급한 일인데도 로마에서는 감감무소식이었다. 붙잡힌 자가 배꼽은 달렸는지, 그의 방언이 아람어(쎔어족 북서 쎔어파에 속한 언어—옮긴이)와 모종의 관련이 있는지, 그가 바늘 끝에 몇번이고 자유자재로 올라설 수 있는지, 또 그가 그저 날개만 달린 노르웨이인은 아닌지 사람들이 꼬치꼬치 캐묻는 사이에 시간이 흘러갔다. 만일 신의 섭리로 신부가 처한 곤경에 종지부를 찍지 못했다면, 그 느려터진 편지들은 세상이 끝나는 날까지 끝없이 오갔을 것이다.

그 무렵에 카리브해 지역의 다른 많은 유랑 써커스단들 틈에 섞여 부모의 말을 듣지 않아 거미로 변한 여자의 눈물겨운 쇼가 마을에 도착했다. 그녀를 구경하기 위한 입장료는 천사를 보는 것보다 저렴했다. 게다가 그녀의 우스꽝스러운 상태에 대해 어떤 질문이라도 할 수 있었고, 또 가공할 진실을 아무도 의심하지 않도록 그녀를 앞뒤에서 살펴볼 수도 있었다. 양만한 몸집에 슬픈 처녀의 머리가 달린 무시무시한 독거미였다. 그러나 무엇보다 공포스러운 것은 그녀의 기이한 생김새가 아니라 자신의 불행을 낱낱이 털어놓을 때의 거짓없는 고통이었다. 어린시절, 그녀는 댄스파티에 가기 위해 부모의 집을 빠져나와 허락도 없이 밤새도록 춤을 추고는 숲을 통해 돌아가고 있었다. 그런데 그때 무시무시한 천둥소리가 하늘을 두 쪽으로 가르더니 그 틈에서 유황번개가 떨어져 그녀를 거미로 만들어버렸다. 그녀가 먹을 수 있는 음식이라곤 마음씨 좋은 사람들이 그녀의 입에 넣어주는 미트볼이 전부였다. 심오한 인간적 진실과 무서운 교훈을 담고 있는 이 구경거리는 굳이 의도하지 않고도 사람들에게 거의 눈길 한번 주지 않는 오만불손한 천사의 구경거리를 압도할 수밖에 없었다. 게다가 천사의 덕분이라고 말하는 드문 기적들은 사람들을 어리둥절하게 만들었는데, 가령 맹인은 앞을 보게 된 것이 아니라 이 세 대가 새로 났고 중풍환자는 걸을 수 있게 된 것이 아니라 거의 복권에 당첨될 뻔했다. 또 문둥병자의 문드러진 상처에서는 해바라기가 싹텄다. 마치 조롱하는 것처럼 보이는 이러한 위로의 기적들로 인해 천사의 평판은 이미 땅에 떨어진 상태였는데, 그나마 거미로 변한 여자가 나타나 철저히 뭉개버린 셈이었다. 이렇게 해서 곤사가 신부는 영원히 불면증에서 벗어났고, 뻴라요의 마당은 사흘 동안 비가 내리고 게들이 침실에서 기어다니던 시절처럼 다시 쓸쓸해졌다.

집주인들은 한탄할 이유가 전혀 없었다. 그들은 벌어들인 돈으로 발코니와 정원이 딸린 이층짜리 호화저택을 지었다. 겨울에 게가 집안에 들어오지 못하도록 집 둘레에 벽돌로 담을 높이 쌓았고, 창문에는 천사들이 들어오지 못하게 쇠창살을 박았다. 또 뻴라요는 읍내 가까이에 토끼사육장을 지었고 알량한 경관자리도 아예 때려치웠다. 그리고 엘리쎈다는 반짝거리는 하이힐과 그 시절에 멋쟁이 부인들이 일요일 나들이 때 즐겨 입던 번들거리는 비단 드레스를 여러 벌 장만했다. 닭장은 유일하게 주목을 받지 못하는 곳이었다. 이따금 크레올린으로 닭장을 씻어내거나 닭장 안에서 몰약방울을 태우기는 했지만, 천사에게 경의를 표하기 위해서가 아니라 이미 유령처럼 온 집안을 구석구석 떠돌며 새집을 망가뜨리는 닭똥 더미의 악취를 몰아내기 위해서였다. 아이가 처음 걸음마를 배우기 시작했을 때는 닭장 근처에 얼씬도 못하게 신경을 썼다. 그러나 나중에는 두려움을 잊어버리고 차츰 악취에 익숙해졌다. 이갈이도 하기 전에 벌써 아이는 녹슨 철망이 부스러져 떨어지던 닭장 안에 들어가 놀았다. 천사는 다른 사람들을 대할 때처럼 아이에게도 무뚝뚝하긴 했지만, 환상 따위는 알지 못하는 개처럼 온순하게 그의 교묘하기 짝이 없는 못된 짓거리를 꾹 눌러참았다. 그들은 둘이 동시에 수두에 걸렸다. 아이의 진찰을 맡은 의사는 유혹을 떨치지 못하고 천사의 몸도 검사를 해보았다. 그는 도저히 살아 있다고 보기 어려울 정도로 천사의 심장에서 쉑쉑거리는 바람소리가 심하게 들리고 신장에서 여러 소리가 난다는 것을 알아냈다. 그러나 의사를 더욱 놀라게 한 것은 그의 날개가 전혀 눈에 거슬리지 않았다는 사실이다. 철저히 인간적인 그 생물체에 달려 있는 날개가 너무 자연스러운 나머지 왜 다른 사람들에게는 날개가 없는지 의아해질 정도였다.

아이가 학교에 들어갔을 때는 태양과 비에 닭장이 무너진 지 이미 오래였다. 천사는 다 죽어가는 길잃은 떠돌이처럼 여기저기 몸뚱이를 끌고 돌아다녔다. 부부가 그를 빗자루로 내리쳐 침실에서 쫓아내고 나서 조금 있다보면 어느새 부엌에 들어가 있었다. 마치 동시에 수많은 장소에 있는 것 같아서 그들은 천사가 복제되어 온 집안에 들끓고 있다고 생각하기에 이르렀다. 화가 치민 엘리쎈다는 천사들이 득실거리는 생지옥에서 사는 것은 끔찍한 불행이라고 바락바락 소리를 질렀다. 그는 거의 먹지도 못했고, 골동품상처럼 쾡한 그의 눈은 너무 침침해져서 돌아다니다가 기둥에 부딪히기 일쑤였으며, 이제 그에게 남은 거라곤 깃털이 다 빠져 맨살이 훤히 드러난 깃대밖에 없었다. 뻴라요는 그에게 담요를 씌워주고 헛간에서 잠을 자도록 자비를 베풀었다. 그제야 비로소 그들은 그가 밤새 고열에 시달리며 고대 노르웨이어의 발음하기 힘든 말로 헛소리를 지껄인다는 것을 알아챘다. 평소에는 어지간한 일에 놀라는 법이 없던 그들도 이때만큼은 당황하지 않을 수 없었다. 왜냐하면 그들은 그가 곧 죽을 것이라고 생각했는데, 박식한 이웃집 여자조차 천사들이 죽으면 어떻게 해야 하는지 알지 못했기 때문이다.

그러나 천사는 몹시 혹독했던 그 겨울을 견뎌냈을 뿐만 아니라 봄햇살이 들기 시작한 첫 며칠 동안은 상태가 한결 좋아 보였다. 그는 눈에 띄지 않는 마당의 가장 후미진 구석에 처박혀 몇날 며칠을 꼼짝 않고 있었다. 그리고 십이월 초에는 그의 날개에서 뻣뻣하고 커다란 깃털들이 돋아나기 시작했다. 차라리 노쇠의 또다른 재앙으로 보이는 늙은 괴조의 깃털이었다. 그러나 그는 분명 이러한 변화의 이유를 알고 있었다. 왜냐하면 누구도 그 변화를 눈치채지 못하게 신경을 썼고, 또 이따금씩 별 아래서 들리지 않게 조심조심 항해자들의 뱃노래를 불렀기 때문이다. 어느날 아침, 엘리쎈다가 점심을 준비하려고 양파조각을 썰고 있을 때, 높은 바다에서 불어오는 듯한 바람이 부엌으로 들어왔다. 그래서 창문으로 내다보니 천사가 하늘로 날아오르려고 발버둥치는 모습이 보였다. 서투른 나머지 그는 발톱으로 채소밭에 고랑을 냈고, 햇빛 속에 미끄러지고 허공을 채지도 못하는 그 볼품없는 날갯짓으로 막 헛간을 무너뜨릴 참이었다. 그러나 가까스로 공중에 떠오르는 데 성공했다. 엘리쎈다는 천사가 늙은 콘도르의 불안한 날갯짓으로 가까스로 몸을 지탱하며 마지막 집들 위로 날아가는 것을 보고는 그녀 자신과 그를 위해 안도의 한숨을 내쉬었다. 그녀는 양파를 다 썰 때까지 계속해서 그를 바라보았다. 더이상 그가 보이지 않을 때까지 하염없이. 그때는 그가 더이상 그녀의 삶에서 성가신 존재가 아니라 바다의 수평선 위에 떠 있는 상상의 점이었기 때문이다.

Luisa Valenzuela

| 루이사 발렌수엘라 |

1938~

1938년 부에노스아이레스에서 태어났다. 보르헤스가 관장으로 있던 국립도서관에서 일하며 17세부터 신문에 글을 쓰기 시작했다. 1959년 빠리에 정착하여 첫 소설 『웃어야만 합니다』(*Hay que sonreír*, 1966)를 집필했다. 귀국하여 『끄리시스』(*Crisis*)와 『라 나시온』(*La Nación*)의 기자를 역임했다. 1972~74년 멕시코, 빠리, 바르셀로나에 체류했으며 1979년 미국으로 이주하여 컬럼비아대학과 뉴욕대학에서 강의를 하며 1980년대의 대부분을 보냈다. 1970년대 이후 남미에서 가장 널리 알려진 여성작가의 한사람으로 여성의 권리를 위해 투쟁했으며 조국 아르헨띠나의 정치현실과 군사독재의 억압과 폭력을 고발했다.

검열관 Los censores

　　발렌수엘라의 글쓰기는 젊은 작가들의 근본 테마인 권력의 문제를 둘러싸고 전개된다. 그는 추악한 전쟁(1976~83)으로 일컬어지는 아르헨띠나 독재시기에 자행된 정치권력의 억압과 남성중심적인 문화권력에 의해 여성에게 가해진 왜곡과 검열, 그리고 서구에서 영혼과 육체의 관계를 계서화한(영혼에 우월성을 부여하고 육체를 폄하하는) 도덕적·종교적 권력(『웃어야만 합니다』에서 '머리와 육체'의 메타포를 통해 전개된다)에 의해 만들어진 분리와 이항대립을 탐사한다. 발렌수엘라는 라틴아메리카의 지배문화가 여성작가 특유의 것으로 간주해온 주관성, 감상성, 부드러움이라는 전통적인 특징으로부터 해방되고자 했다. 작가의 정치의식이 잘 드러나 있는 「검열관」에서는 아이러니를 통해 모든 대상을 통제하고 조작하는 권력의 본질을 파헤친다. 권력은 그 희생자들뿐만 아니라 그것을 집행하는 사람들조차 삼켜버린다. 강박적으로 업무에 매달리던 검열관의 터무니없고 불합리한 최후는 정부의 억압적인 통치방식에 대한 통렬한 풍자다. 주제는 젊은 작가들에게 지대한 영향을 끼쳐온 보르헤스의 몇몇 제안과 맞닿아 있다. 자신의 피조물에 의해 삼켜진 작가의 개념은 현저히 보르헤스적이다. 그러나 이 작품에서 발견되는 전체주의 권력의 알레고리적 재현은 『픽션들』에 나타난 작가의 중심적인 관심사를 비껴간다.

검열관

가엾은 후안! 그날 넋을 놓고 있다가 체포된 그는 자신이 뜻밖의 행운이라고 여겼던 것이 실은 빌어먹을 운명의 농간이었음을 도저히 납득할 수 없었다. 그런 일은 방심할 때 일어나며, 우리는 너무나 자주 부주의해지기 쉽다. 내밀한 경로를 통해 그때 빠리에 살고 있던 마리아나의 새 주소를 입수하고, 또 그녀가 자신을 잊지 않았다고 믿게 되었을 때, 후안시또(후안의 축소사로, 애칭으로 사용됨——옮긴이)는 걷잡을 수 없는 기쁨——참으로 당혹스러운 감정——에 사로잡혔다. 그때 그는 주저없이 책상에 앉아 즉석에서 편지 한통을 썼다. 그 편지. 바로 그 편지 때문에 이제 그는 낮 동안에는 일에 집중하지 못했고 밤에는 잠을 설쳤다(그 편지에 뭐라고 적었을까, 마리아나에게 보낸 그 편지에 무슨 내용이 담겼을까?).

후안은 그 편지에 트집잡힐 만한 불온한 내용이 없었으므로 문제될 게 없음을 알고 있다. 하지만 다른 문제는 없나? 그는 또한 그들이 편지를 철저히 검사하고, 냄새를 맡아보고, 손으로 만져보고, 행간을 읽고, 대수롭지 않은 구두점, 심지어는 어쩌다가 생긴 작은 얼룩까지도 조사한다는 것을 알고 있다. 그는 편지가 방대한 검열국을 통해 손에서 손으로 옮겨지며, 온갖 종류의 절차를 거쳐 최종적으로 검열을 통과한 극소수의 편지들만 발송된다는 것을 알고 있다. 보통은 몇달이 걸리고, 문제가 복잡하면 몇년이 걸리기도 한다. 이 긴 기간 동안 발신인은 물론 수취인의 자유, 어쩌면 생명까지도 보류상태에 놓이게 된다. 우리의 후안을 깊은 비탄에 잠기게 한 것은 바로 그의 과실로 빠리에 있는 마리아나에게 불미스러운 일이 생길 수도 있다는 생각 때문이었다. 그것도 다름아닌 마리아나에게. 언제나 살고 싶어했던 그곳 빠리에서 누구보다도 안심하고 마음편히 지내야 하는 그녀에게 말이다. 그러나 그는 비밀검열 사령부가 세계 각지에서 활동하며 상당한 항공료 할인혜택을 누린다는 것을 알고 있다. 따라서 그들이 이 땅에서 자신들이 수행하는 숭고한 임무를 확신하며 빠리의 후미진 구역까지 찾아가 마리아나를 납치한 후 본국으로 송환하는 것을 막을 방법은 전혀 없다.

그렇다면 그들보다 선수를 쳐야 한다. 남들이 하는 대로 해야 한다. 톱니바퀴에 모래알을 뿌려 기계장치를 파괴해야 한다. 다시 말해, 문제를 막기 위해서는 문제의 근원으로 돌아가야 한다.

후안도 바로 그런 건전한 목적을 가지고 다른 많은 사람들처럼 검열국에 지원했다. 소수의 사람들처럼 소명의식이 있어서도 아니었고, 다른 사람들처럼 일자리가 필요해서도 아니었다. 그는 단순히 자신이 쓴 편지를 중간에서 가로챌 목적으로 지원했다. 이런 구상은 전혀 새로울 것도 없었지만 위안이 되었다. 갈수록 더 많은 검열관이 필요한데다 경력을 까다롭게 따질 계제도 아니어서 그는 곧바로 채용되었다.

검열국 고위간부들이 감별 부서에서 일하고 싶어하는 사람들의 욕망 뒤에 숨어 있는 비밀스러운 동기를 눈치채지 못했을 리 없다. 그러나 그들 역시 지나치게 엄격히 굴 상황이 아니었다. 요컨대, 무엇 때문에 그러겠는가? 그들은 부주의한 그 가련한 사람들이 원하는 편지를 발견한다는 게 얼마나 어려운지 잘 알고 있었다. 또 설령 그들이 편지를 찾아낸다고 한들, 결정적인 단계에서 새로운 검열관이 잡아낼 다른 모든 편지들에 비한다면 검열 장벽을 빠져나가는 편지 한두 통이 무슨 대수겠는가? 이렇게 해서 우리의 후안은 일말의 희망을 안고 통신부 검열국에 입사할 수 있었다.

밖에서 보면 건물은 하늘이 비쳐 보이는 젖빛 창유리 때문에 경쾌한 분위기를 풍겼다. 그러나 이와는 사뭇 다르게 건물 내부에서는 삼엄한 분위기가 짓누르고 있었다. 후안은 점차 집중력을 요하는 새로운 일의 분위기에 익숙해져갔다. 또 편지를 위해──다시 말해, 마리아나를 위해──최선을 다하고 있다는 생각은 그의 불안감을 덜어주었다. 그래서 첫달에 아주 조심스럽게 편지봉투를 개봉해 안에 폭발물이 들어 있는지 확인하는 작업을 수행하는 K과로 배치되었을 때도 그는 걱정하지 않았다.

사실은 사흘째 되던 날에 편지 한통이 동료의 오른팔을 날려버렸고 그의 얼굴을 뭉크러뜨렸다. 그러나 과장은 피해자측의 단순한 부주의라고 주장했고, 후안과 나머지 직원들은 전보다 훨씬 더 불안해하면서도 계속 일을 할 수밖에 없었다. 또다른 동료는 퇴근시간에 위험수당 인상을 요구하기 위해 파업을 조직하려고 시도했다. 그러나 후안은 가담하지 않았고, 오히려 잠시 생각한 뒤에 승진할 속셈으로 당국에 그를 밀고하러 갔다.

후안은 과장실을 나오면서 "한번 밀고했다고 버릇이 되지는 않지"라고 혼잣말을 했다. 조심조심 편지를 펼쳐서 독극물이 들어 있는지 확인하는 부서인 J과로 옮겨갔을 때, 그는 이제 한단계 승진했고, 따라서 남의 일에 끼어들지 않는 그의 건전한 습관으로 돌아갈 수 있을 것만 같았다.

그는 공로를 인정받아 J과에서 E과까지 고속 승진했다. E과의 업무는 이제 한층 더 흥미로워졌는데, 편지내용 읽기와 분석이 시작되었기 때문이다. 심지어 이 부서에서는 뜻밖에도 마리아나에게 보낸 자신의 편지를 발견할 수도 있다는 기대를 품을 수 있었다. 그동안 경과한 시간으로 판단할 때, 그 편지는 다른 부서들을 줄줄이 거치는 기나긴 절차 뒤에 대략 여기쯤에 와 있음에 틀림없었다.

점차 업무에 심취하게 된 나머지 순간순간 그를 검열국까지 오게 한 숭고한 임무를 망각하는 날들이 생겨나기 시작했다. 어떤 날은 긴 단락들에 빨간 줄을 긋거나 많은 편지를 가차없이 부적격 판정 편지함에 던져버렸고, 또다른 날은 전복적인 메씨지를 전달하기 위해 사람들이 고안해낸 치밀하고 교활한 방식에 진저리를 쳤다. 또 "일기가 불순해졌다"라든가 "물가가 계속 천정부지로 치솟고 있다" 같은 단순한 표현 뒤에서도 정부를 전복시키려는 비밀스러운 의도를 품은 사람의 다소 머뭇거리는 손놀림을 간파할 만큼 예리한 직관을 발휘하는 날들도 있었다.

그가 일에 쏟은 남다른 열의는 고속 승진으로 이어졌다. 그가 아주 기쁜 마음으로 그 일을 했는지는 알 길이 없다. B과에서는 하루에 그에게 넘어오는 편지가 극소수에 불과했다. 앞의 검열 장벽들을 통과하는 편지가 아주 드물었던 것이다. 그러나 대신 편지들을 수없이 되풀이해 읽어야 했고, 돋보기에 편지를 비춰봐야 했다. 또 전자현미경으로 미세한 점들을 찾아야 했고, 밤에 집에 돌아가면 녹초가 될 만큼 후각을 곤두세워야 했다. 그는 고작 소량의 수프를 데워먹거나 약간의 과일을 먹은 다음, 임무를 완수했다는 만족감 하나로 잠들 수 있을 뿐이었다. 마음을 졸인 사람은 성녀 같은 그의 어머니뿐이었다. 그녀는 아들을 다시 옳은 길로 인도하려고 애썼지만 소용이 없었다. 그녀는 아들에게 이렇게 말하곤 했는데, 때로는 없는 말을 지어내기도 했다. "롤라가 전화를 했더라. 너를 보고 싶어하는 여자애들과 바에서 기다리고 있다는구나." 그러나 후안은 무절제한 일들에 휩쓸리고 싶지 않았다. 조금만 방심해도 자신의 예리한 감각이 무뎌질 수 있었고, 완벽한 검열관이 되어 속임수를 탐지하려면 기민하고, 예리하고, 세심하고, 날카로운 감각이 필요했던 것이다. 그가 하는 일은 진정 애국적인일, 자기희생적인 숭고한 업무였다.

그의 부적격 판정 편지함은 곧 검열국 전체에서 가장 성과가 좋은 동시에 가장 치밀한 것이 되기에 이르렀다. 바야흐로 그가 자신에 대해 자부심을 느끼려는 순간이었다. 마침내 자신의 진정한 길을 찾았다는 것을 깨닫게 될 찰나였다. 바로 그때 마리아나에게 보낸 자신의 편지가 그의 손에 들어왔다. 당연히 그는 아무 거리낌없이 그 편지에 부적격 판정을 내렸다. 또 당연히 그는 새벽녘에 총살당하는 것을 피할 수 없었다. 그는 업무에 대한 헌신이 가져온 또 한명의 희생자였다.

■ 더 읽을거리

발렌수엘라의 작품에는 『웃어야만 합니다』 『전쟁 때처럼』(Como en la guerra, 1977) 『도마뱀 꼬리』(Cola de lagartija, 1983) 등의 소설과 『이곳에서는 희한한 일들이 일어난다』(Aquí pasan cosas raras, 1975) 『무기 교환』(Cambio de armas, 1982) 『독수리들이 사는 곳』(Donde viven las águila, 1983) 등의 단편집이 있다. 「탱고」(『탱고』, 1999)와 「독수리들이 사는 곳」(『붐 그리고 포스트붐』, 2005) 등의 단편이 우리말로 번역되어 있다.

Cristina Peri Rossi

| 끄리스띠나 뻬리 로씨 |

1941~

1941년 이딸리아 이민자 집안의 후손으로 우루과이의 몬떼비데오에서 태어났다. 대학에서 비교
문학을 전공했으며, 반란과 혁신으로 특징지어지는 시와 단편으로 일찍이 1960년대에 두각을 나
타냈다. 정치적 이유로 1972년 스페인으로 망명하여 바르셀로나에 정착했다. 그의 글쓰기는 종종
여성을 다루지만, 젠더의 문제가 아이러니하고 기지 넘치며 형이상학적인 그의 작품세계의 폭넓
은 자장을 제한하지 않는다. 또 1973년의 우루과이 군사꾸데따를 비롯해 정치·사회적 문제와 실
제 역사적 사건을 다루는 경우도 많지만 직접적인 고발이나 이데올로기화된 증언의 차원에 머물
지 않고 상상의 차원으로 투사한다. 상상력과 욕망과 차이를 허용하는 '또다른 질서' '또다른 법'
의 가능성을 탐구한다는 점에서 그의 글쓰기는 전복적이라고 할 수 있다. 가령, 「아이들의 반란」
(La rebelión de los niños)에서는 아이의 시선을 통해 합법성과 질서의 이름으로 모든 권력을 찬
탈하고 차이와 타자성을 거부하는 어른세계의 상징과 억압적인 언어, 언술행위가 파괴된다.

■ 추락한 천사 El ángel caído

뻬리 로씨는 시와 에쎄이, 단편에서 종종 현대의 문제와 관심사, 사건을 고찰하기 위해 역사나 신화로부터 보편적 상징을 이끌어낸다. 그의 말을 인용하면, "나는 상징들을 창조하거나 그것들을 편입시킨다. 그러나 해석은 독자의 의식 혹은 무의식에 맡긴다." '추락한 천사'의 이미지는 서로 다른 문학적 경향으로 많은 라틴아메리카 단편에 등장한다. 뻬리 로씨의 작품 외에도 경이로운 어조의 모데르니스모를 대변하는 아마도 네르보의 「추락한 천사」(El ángel caído), 마술적 사실주의를 제시하는 가르시아 마르께스의 「거대한 날개 달린 상늙은이」, 그리고 여성주의적 포스트모더니즘을 대변하는 쏘니아 곤살레스 발데네그로의 「천사들을 위한 교훈」(Moraleja para ángeles) 등이 있다. 1984년에 발표된 뻬리 로씨의 「추락한 천사」에서 천사는 독특한 상징적 의미를 지닌다. 이 작품의 무대는 핵의 재앙이 만연한 미래도시다. 이방인에 대한 관심 부족과 편견이 도시를 지배하고 있다. 처음에 사람들은 자기 생각에만 골몰해 추락한 천사의 존재를 인식하지 못한다. 또 나중에는 천사라는 인종과 그의 언어, 음식 등에 관한 엉뚱하고 부적절한 질문들을 쏟아내며 편협한 생각을 드러낸다. 유일하게 천사를 친근하게 대하던 여자는 공습경보 상황에 도시를 활보했다는 이유로 경찰에 체포된다. 천사는 통속적인 사람들에 대한 항의의 표시로 줄곧 침묵을 지킨다. 이 작품에서 작가는 생태계 파괴, 환경오염, 소외와 인종주의적 편견 등 현대 산업사회가 유발한 문제점들에 대해 비판의 시선을 던진다.

추락한 천사

　천사는 미국 제10함대의 동태를 감시하다가 950킬로미터의 강력한 궤도에 진입하면서 고도를 잃은 러시아 위성과 똑같이 지상에 추락했다. 북해상의 러시아 함대의 동태를 감시하다가 역시 조작 실수로 지상에 추락한 미국 위성과 같은 형국이었다. 이 두 번의 추락사고는 수많은 대참사를 가져왔지만——캐나다 일부 지역은 사막으로 변하고 여러 종의 물고기가 멸종되었으며, 그 지역 주민들의 치아가 부스러지고 인근지역은 오염되었다——천사의 추락은 어떠한 생태적 교란도 일으키지 않았다. 천사는 무게가 거의 나가지 않아(이 신학적 신비에 대해 의심을 품는 것은 이단이다) 추락하면서 가로수를 쓰러뜨리지도 않았고 전선을 끊어놓지도 않았다. 텔레비전 프로그램이나 라디오방송국에 통신장애를 유발하지도 않았다. 또 지표면에 분화구를 파놓지도, 바다를 오염시키지도 않았다. 오히려 인도에 내려앉아 꼼짝 않고 있었고, 지독한 멀미증세를 보이며 어쩔 줄 몰라했다.
　처음에는 누구의 관심도 끌지 못했다. 핵의 대재앙에 지쳐서 그 지역 주민들은 놀라는 능력을 잃어버린데다 잔해를 치우고 음식물과 물을 분석하거나 가옥을 다시 세우고 가구를 찾아내며 함께 도시를 복구하느라 경황이 없었기 때문이다. 훨씬 더 우울해 보이긴 했지만, 영락없이 개미언덕이 무너졌을 때의 개미들 같았다.

"내가 보기엔 천사야." 가장 최근의 폭연(爆煙)에 목이 달아난 동상의 가장자리에 떨어진 작은 형체를 응시하며 첫번째 관찰자가 말했다. 실제로 날개가 부러지고(추락 때문인지는 알려지지 않았다) 불행한 얼굴을 한 몸집이 작은 천사였다.

한 여자가 그 옆을 지나쳤지만, 유모차를 미느라 정신이 없어 천사에게 눈길을 주지 않았다. 대신 굶주린 떠돌이개가 바싹 다가갔지만 갑자기 걸음을 멈추었다. 정체가 무엇이든 그것은 냄새가 나지 않았는데, 냄새가 없다는 것은 존재하지 않는다는 뜻이라 할 수 있다. 그래서 개는 시간을 허비하지 않고 천천히(다리를 절고 있었다) 발걸음을 돌렸다.

또다른 사람이 관심을 보이며 걸음을 멈추고는 조심스럽게 살펴보았다. 그러나 혹시라도 방사능에 오염될까 겁이 나서 손으로 만지지는 않았다.

"내가 보기엔 천사라니까." 벌써 새로운 발견물의 주인이라도 된 듯한 기분으로 첫번째 관찰자가 거듭 말했다.

"몰골이 말이 아니네. 아무짝에도 쓸모가 없겠는걸." 나중에 온 관찰자가 의견을 말했다.

한 시간이 지나자 몇몇 사람들이 모여들었다. 아무도 천사를 건드리지 않았지만, 자기들끼리 이야기를 나누며 다양한 견해를 내놓았다. 그러나 천사라는 걸 의심하는 사람은 아무도 없었다. 실제로 대부분의 사람들은 그것이 추락한 천사라고 생각했지만, 추락의 원인에 대해서는 의견이 분분했다. 몇가지 가설을 놓고 설왕설래했다.

"아마 죄를 저질렀을 겁니다." 오염 때문에 대머리가 된 한 젊은이가 말했다.

　가능한 일이었다. 그러면 천사가 어떤 종류의 죄를 저지를 수 있었을
까? 폭식의 죄를 지었다고 보기에는 피골이 상접했다. 또 교만의 죄를
짓기에는 너무 못생겼다. 그 자리에 있던 누군가에 따르면, 천사들은
조상이 없으므로 가문의 명예를 더럽혔을 가능성도 없었다. 또 성기가
없는 게 분명했으므로 색욕의 가능성 역시 배제되었다. 게다가 호기심
을 가지고 있을 것 같은 기색 역시 전혀 찾아볼 수 없었다.

　"글로 써서 그에게 물어봅시다." 겨드랑이에 지팡이를 끼고 있던 한
나이 지긋한 남자가 제안했다.

　제안이 받아들여져 기록담당자를 지명했지만, 그가 대단히 격식을
갖춰 직무를 수행할 준비가 되었을 때, '천사들은 어떤 언어를 사용하
는가?'라는 맥빠지는 문제가 제기되었다. 그들이 보기에 방문 천사는
예의상 그 지역의 언어(알 수 없는 일이지만, 제한된 언어에 불과한데
도 주민들은 자신들의 언어를 자랑스러워했다)를 알고 있으리라 생각
했지만, 아무도 속시원한 답을 내놓지 못했다.

　한편 천사는 살아 있다는 징후를 거의 보이지 않았다. 사실, 천사에
게 있어 생명의 징후가 무엇인지 아무도 알지 못했다. 천사는 처음 추
락한 장소에 계속 머물러 있었는데, 그곳이 편해서인지, 아니면 움직
일 수 없어서인지는 알 수 없었다. 또 살갗의 푸른 색조는 밝아지지도
어두워지지도 않았다.

　"천사는 어떤 인종일까요?" 나중에 도착한 젊은이가 더 잘 보려고
다른 사람들의 어깨 위로 상체를 구부리며 물었다.

　아무도 그의 질문에 어떻게 답해야 할지 몰랐다. 천사는 순수한 아리
아족은 아니었는데, 이 사실은 많은 구경꾼들에게 실망을 안겨주었다.
그렇다고 흑인도 아니었는데, 이는 몇몇 사람들에게 호감을 불러일으

컸다. 천사는 인디오나(인디오 천사를 상상할 수 있는 사람이 있을까?) 황인종도 아니었다. 오히려 푸른색에 가까웠다. 비록 놀라운 속도로 생겨나기 시작했지만, 이 색깔에 대해서는 아직 선입견이 없었다.

천사들의 나이는 또하나의 딜레마였다. 한무리의 사람들이 천사들은 '항상' 어린아이라고 주장했지만, 그 천사의 겉모습은 이러한 견해를 뒷받침하지도 반증하지도 않았다.

그러나 가장 놀라운 것은 천사의 눈 색깔이었다. 그들 중 누군가가 "가장 아름다운 곳은 푸른 눈이에요"라고 말할 때까지는 아무도 이를 눈치채지 못했다.

그때 천사 바로 옆에 있던 한 여자가 "무슨 말이에요? 눈이 분홍색인 게 안 보여요?"라고 말했다.

우연히 그곳을 지나던 한 정밀과학 교수가 고개를 숙여 천사의 눈을 자세히 관찰하고는 소리쳤다.

"당신들 모두 틀렸어요. 녹색입니다."

그 자리에 있던 사람들은 제각기 상이한 색깔을 보았다. 그러한 이유로 그들은 실제 천사의 눈이 하나의 특정한 색깔이 아니라 갖가지 색깔들로 이루어졌다고 추정했다.

'신분을 증명할 때 문제가 되겠군.' 오른손에 큼지막한 금반지를 끼고 의치를 한 늙은 행정공무원이 곰곰이 생각했다.

성별에 대해서는 의심의 여지가 없었다. 만약 생식기가 다른 곳에 숨겨져 있는 게 아니라면(이 가설은 즉시 무시당했다), 천사는 암수 구별이 없어 여자도 남자도 아니었다. 이러한 사실은 현장에 있던 일부 사람들을 상당히 곤혹스럽게 만들었다. (나침반처럼 단순한) 역사의 추 운동은 실질적인 성의 혼동과 무분별한 난혼의 시기를 거쳐 우리에게 완벽하게 판별이 가능한 차별화된 성의 행복한 시대를 돌려주었다. 그러나 그 천사는 이러한 진화를 모르는 것 같았다.

"불쌍한 것." 장을 보려고 집을 나섰다가 추락한 천사와 마주친 한 상냥한 부인이 한마디했다. "집에 데려가 보살펴주고 싶지만 난 한창 젊은 딸이 둘이나 있어요. 천사가 남잔지 여잔지 아무도 말해줄 수 없다면, 그건 곤란하겠네요. 그런 천사와 내 딸들을 함께 지내게 한다는 건 경솔한 일일 테니까요."

"난 개 한마리와 고양이 한마리가 있어요. 내가 천사를 집에 데려가면 질투가 심할 겁니다." 말쑥하게 차려입은 신사가 듣기 좋은 바리톤 목소리로 중얼거렸다.

"더욱이 그의 전력(前歷)을 알아야 하지 않겠어요." 토끼이빨에 이마가 좁고 뿔테안경을 쓴, 갈색 차림의 한 남자가 주장했다. "아마 허가증이 필요할 겁니다." 그는 경찰 끄나풀 같은 인상을 풍겼는데, 이는 그곳에 있던 사람들을 불쾌하게 했다. 그래서 사람들은 그의 말에 대꾸도 하지 않았다.

"게다가 천사가 뭘 먹고 사는지 아무도 모르잖아요." 웃을 때 가지런한 치아가 반짝이는 아주 깔끔한 외모의 상냥한 남자가 속삭이듯 말했다.

"천사들은 청어를 먹지요." 늘 술에 절어 있는데다 몸에서 풍기는 악취 때문에 모두들 멸시하는 비렁뱅이가 주장했다. 아무도 그에게 관심을 보이지 않았다.

"난 천사가 무슨 생각을 하는지 알고 싶어요." 호기심 많은 사람 특유의 반짝이는 눈빛을 가진 남자가 말했다.

그러나 현장에 있던 사람들의 중론은 천사들은 생각을 하지 않는다는 것이었다.

누군가 천사가 다리를 조금 움직인 것 같다고 말했고, 이는 큰 기대를 불러일으켰다.

"틀림없이 걷고 싶은 모양이에요." 한 노파가 의견을 말했다.

"천사들이 걷는다는 얘긴 생전처음 들어보네요." 밝은 자홍색 드레스를 입은 여자가 말했다. 어깨가 벌어지고 엉덩이는 펑퍼짐한데다 좁은 입은 어딘가 의심이 많아 보였다. "천사는 하늘을 날아야지요."

"날개가 부러졌는걸요." 맨 처음 다가갔던 남자가 알려주었다.

천사는 거의 알아채지 못할 정도로 다시 미세하게 움직였다.

"아마도 도움이 필요할 거예요." 우울한 분위기의 젊은 학생이 중얼거렸다.

"만지지 않는 게 좋을 겁니다. 우주공간을 지나왔으니 방사선이 남아 있을지도 몰라요." 자신의 상식을 자랑스럽게 생각하는 쾌활한 남자가 말했다.

갑자기 비상경보가 울렸다. 공습훈련 시간이었고, 사람들은 모두 건물 지하실에 있는 방공호로 대피해야 했다. 훈련과정은 최대한 신속해야 했고, 한순간도 꾸물거릴 시간이 없었다. 사람들은 천사를 남겨두고 재빨리 흩어졌다. 천사는 계속 같은 자리에 남아 있었다.

순식간에 도시가 텅 비었지만, 비상경보음은 계속 울리고 있었다. 자동차들은 인도에 방치되었고 상점들은 문을 닫았다. 또 광장은 텅 비었고 극장은 불이 꺼졌으며, 텔레비전은 소리가 나지 않았다. 천사는 또다시 약간 움직였다.

한때는 사치스러웠을 낡은 빨간색 코트를 걸친, 어깨가 꾸부정한 중년 부인이 일부러 싸이렌 소리를 못 들은 척 태연하게 천사가 있는 쪽으로 길을 걸어내려갔다. 그녀는 맥박이 다소 불규칙했고 눈 주위에 다크써클이 있었으며, 피부는 뽀얗고 아직 충분히 탄력이 있었다. 그녀는 애초에 담배를 살 생각으로 집을 나섰지만, 일단 거리로 나오자 공습경보 따위는 전혀 개의치 않기로 했다. 텅 비고 황량한 도시를 거닌다는 건 생각만 해도 썩 구미가 당기는 일이었다.

목이 잘린 동상에 이르렀을 때, 그녀는 받침돌 높이의 땅바닥에 놓인 꾸러미 같은 것을 보았다.

"어머나! 천사네." 그녀가 중얼거렸다.

비행기가 그녀의 머리 위로 지나가며 분필가루 같은 것을 쏟아부었다. 그녀는 본능적으로 눈을 들어 하늘을 쳐다보고 나서 거의 움직임도 없고 말도 없는 꾸러미 쪽으로 눈길을 돌렸다.

"놀라지 말아요." 여자가 천사에게 말했다. "도시를 소독하고 있는 거예요." 빨간 코트의 어깨와 제대로 손질하지 않은 갈색 머리, 그리고 약간 닳은 구두의 광택 없는 가죽 위에 하얀 가루가 내려앉았다.

"괜찮다면 잠시 동무가 되어드리지요." 이렇게 말하며 여자는 천사 옆에 앉았다. 사실, 그녀는 누구에게도 성가시게 굴지 않으려고 애쓰는 상당히 총명하고 독립심이 대단한 여자였지만, 진실한 우정, 유쾌하고 고독한 산책, 질좋은 담배, 양서 그리고 절호의 기회도 소중하게 여길 줄 알았다.

"내가 천사를 만난 건 이번이 처음이에요." 담배에 불을 붙이며 여자가 말했다. "흔히 있는 일이 아니라고 생각해요."

그녀가 예상한 대로, 천사는 말이 없었다.

"난 또 당신이 이렇게 우리를 방문할 의도가 전혀 없었다고 봐요." 그녀는 말을 이었다. "당신은 그저 기계 결함 때문에 추락했을 뿐이지요. 수백만년 동안 일어나지 않던 일이 단 하루 만에 일어나는 법이라고 어머니께서 말씀하곤 하셨죠. 그리고 바로 당신에게 그런 일이 일어난 거고요. 하지만 추락한 천사라면 누구나 똑같이 생각했으리라는 것을 깨닫게 될 거예요. 틀림없이 당신은 착륙지점을 선택할 수 없었을 테지요."

비상경보가 멎었고 무거운 적막감이 도시를 가득 채웠다. 그녀는 이러한 침묵을 증오했고 그 침묵의 소리를 듣지 않으려고 애썼다. 그녀는 다시 담배에 불을 붙였다.

"되는대로 살아요. 나 역시 이곳에 사는 게 편치 않지만, 내가 아는 다른 많은 곳에 대해서도 똑같은 이야기를 할 수 있을 거예요. 선택의 문제가 아니라 인내의 문제입니다. 그런데 난 참을성도 별로 없고 빨간 머리카락도 없어요. 누군가가 당신을 그리워할지 알고 싶네요. 분명 누군가가 당신의 추락 사실을 알아차릴 테지요. 폭탄이 갑자기 터지거나 수도꼭지에서 물이 새는 것과 똑같은 우주조직에서의 예기치 않은 사고, 정해진 계획의 변경. 정말 어쩌다 한번이지만 어쨌든 그런 일이 일어납니다. 그렇지 않나요?"

그녀는 대답을 기대하지 않았고 천사의 침묵에 마음을 쓰지도 않았다. 때때로 그녀는 말의 창조 위에 우주를 세우는 것은 공연한 일이라고 생각했다. 반면에 지금 도시를 덮친 침묵은 서서히 떨어져나가는 무수한 팔들의 불가사리처럼 영토를 점령하는 적군의 침략으로 느껴졌다.

"우리는 시간과 공간의 법칙에 지배를 받습니다만, 그렇다고 이것이 우리의 불안을 줄여주지는 못한다는 것을 곧 알게 될 겁니다." 그녀가 천사에게 알려주었다. "나는 이것이 지상에 추락한 것보다 당신에게 더 큰 충격이리라고 생각해요. 당신이 인간의 몸을 분간할 수 있다면, 우리가 남자와 여자로 나뉜다는 것을 알게 될 것입니다. 누구나 예외 없이 죽을 수밖에 없고 그것은 우리의 삶에서 가장 중요한 사건이기 때문에 이러한 구분은 아무 의미가 없는데도 말입니다."

그녀는 담뱃불을 껐다. 공습경보중에 담배에 불을 붙이고 있다는 것은 경솔한 처사였다. 그러나 그녀의 철학은 반란의 형식으로서 규범에 대한 반항을 포함하고 있었다. 천사는 다시 살짝 움직일 기미를 보였지만, 동작을 끝마치지 못하고 도중에 중단한 것 같았다. 그녀는 천사를 측은하게 바라보았다.

"가엾어라!" 그녀가 외쳤다. "난 당신이 움직이고 싶은 마음이 별로 없다는 걸 이해해요. 하지만 가상훈련은 대략 한시간 정도 계속돼요. 그때까지는 움직이는 걸 배우는 게 좋아요. 그러지 않으면, 당신은 자동차에 치이거나 누출된 가스에 질식할 수 있고, 또 공공질서를 어지럽혔다는 이유로 체포되거나 비밀경찰의 손에 취조를 받을 수도 있습니다. 그리고 충고하는데, 그 받침돌 위로 올라가지 마세요(그녀가 보기에 천사는 기둥 꼭대기가 마치 편안한 요람이라도 되는 듯 쳐다보고 있는 것 같았다). 왜냐하면 우리 도시에서 정치는 변덕이 죽 끓듯 해서 오늘의 영웅이 내일의 반역자가 되기 일쑤니까요. 더욱이, 이 도시는 이방인들에게 기념비를 세워주지 않아요."

느닷없이 옆의 거리에 밀집한 한무리의 군인이 딱정벌레들처럼 차도와 인도를 점거하고 나무들 사이를 기어서 이동하기 시작했다. 그들은 사전에 철저하게 준비된 각본대로 움직이고 있었고, 강한 광선을 내뿜는 헬멧을 쓰고 있었다.

"그들이 다 왔어요." 여자가 체념하며 중얼거렸다. "분명 나를 다시 체포할 거예요. 난 당신이 어떤 종류의 천국에서 떨어졌는지 모르겠군요." 그녀가 천사에게 말했다. "하지만 이놈들은 정말이지 깊은 땅속 지옥굴에서 기어나온 것 같다니까요."

정말로 딱정벌레들이 천천히 그리고 확고하게 전진하고 있었다.

그녀는 불시에 기습을 당하거나 군인들이 자기 몸을 함부로 다루는 게 싫어서 자리에서 일어섰다. 그녀는 지갑에서 운전면허증, 주민증,

주택등기부, 음식쿠폰 따위를 꺼낸 다음 체념한 듯 앞으로 몇발짝 내디뎠다.

그때 천사가 몸을 일으켰다. 가볍게 몸을 흔들어 팔다리에 쌓인 분필가루를 털어내고는 관절을 움직이려고 버둥거렸다. 그후에 천사는 장갑차에 난폭하게 실리기 전에 바닥에 쓰러졌던 그 여자를 그리워할 사람이 있을까 궁금해했다.

◼ 더 읽을거리

뻬리 로씨의 작품으로는 『내 사촌들의 책』(El libro de mis primos, 1969) 『광인들의 배』(La nave de los locos, 1984) 『도스또옙스끼의 마지막 밤』(La última noche de Dostoievski, 1992) 『사랑은 지독한 마약』(El amor es una droga dura, 1999) 등의 소설과 『공룡의 오후』(La tarde del dinosaurio, 1976) 『아이들의 반란』(1980) 『쓸모없는 노력의 박물관』(El museo de los esfuerzos inútiles, 1983) 등의 단편집, 그리고 『디아스포라』(Diáspora, 1976) 『야만스러운 바벨』(Babel bárbara, 1991) 등의 시집이 있다. 『쓸모없는 노력의 박물관』(정승희 옮김, 작가정신 2005) 「틈새」(『탱고』, 1999), 「첫사랑」(『엄마는 나의 딸』, 2003) 등이 우리말로 번역되어 있다. 『1984』에서 조지 오웰이 보여준 미래 전망을 1984년에 발표된 「추락한 천사」와 비교해보는 것도 좋을 것이다.

Isabel Allende

| 이사벨 아옌데 |

1942~

1942년 뻬루의 수도 리마에서 외교관의 딸로 태어났다. 저널리즘을 공부했고, 칠레의 아옌데 정권을 무너뜨린 1973년의 꾸데따 이후 가족과 함께 베네수엘라로 망명했다. 산띠아고의 유엔식량농업기구에서 일했으며 오랫동안 저널리스트로 활동했다. 까라까스에 정착하여 뒤늦게 문학에 뛰어들었다. 페미니즘적 문제의식과 정치·사회적 주제가 결합된 새로운 경향의 마술적 사실주의를 보여주며 소위 '포스트붐' 세대를 대표하는 작가로 널리 알려져 있다. 1988년 대통령 집권연장 찬반투표에서 삐노체뜨가 패배하면서 긴 망명생활을 끝내게 되었다.

■ 두 마디 말 Dos palabras

「두 마디 말」은 작가인 이사벨 아옌데의 파란만장한 인생여정과 밀접하게 관련되어 있으며, 주인공 벨리사는 아옌데의 분신과 같은 존재로 읽을 수 있다. 벨리사는 가난한 집안에서 태어나 열두살 때까지 배고픔과 고생을 견뎌야 했다. 죽음에 대한 두려움 때문에 그녀는 고향을 등지고 해안지대로 향하며 그곳에서 세상에는 '말'이라고 불리는 것이 존재한다는 사실을 알게 된다. 말은 땅처럼 특정 개인의 소유가 아니므로 그녀는 읽는 법을 배운다. 벨리사는 말에 대해 배움으로써 제2의 현실을 발견하며, 더 나아가 천막을 치고 사람들에게 말과 이야기를 팔아 장사를 하기에 이른다. 그런데 흥미롭게도 벨리사(Belisa)의 철자를 자리바꿈하면 작가의 이름인 이사벨(Isabel)이 된다. 이사벨 역시 꾸데따 이후 벨리사처럼 죽음의 공포 때문에 조국 칠레를 떠나야 했고 그의 글쓰기는 망명 이후 본격화되었다. 그는 베네수엘라에서 소설을 쓰기 시작했고 그 시기에 비평가들은 이사벨에게 가르시아 마르께스의 복사판이라는 이름을 붙였다. 심지어는 페미니스트가 아니라 모방자·표절자라는 비난을 듣기도 했다. 이러한 세부의 일치는 이야기 속 벨리사와 아옌데의 현실을 결부시킬 수 있게 한다. 벨리사는 모은 돈으로 사전을 구입하지만 "포장된 말"을 팔고 싶지 않아 이내 바다에 던져버린다. 아옌데 역시 자기만의 색깔을 지닌 진정한 작가로 부상하기 위하여 가르시아 마르께스라는 '사전'을 제거해야만 했다. 결국 「두 마디 말」은 여성의 지혜와 힘에 관한 이야기이며, 벨리사는 그 두 가지 모두를 보여주는 인물이다.

두 마디 말

그녀는 벨리사 끄레뿌스꿀라리오라는 이름으로 통했다. 그러나 그 이름으로 세례를 받은 것도, 어머니가 그 이름을 붙여준 것도 아니었다. 그녀 스스로 그 이름을 찾아내 가졌을 뿐이다. 그녀는 말(言)을 팔아 생계를 꾸렸다. 추운 산악지역에서 뜨거운 해안까지 온 나라를 돌아다녔다. 장터나 시장에 머물기도 했는데, 바닥에 막대 네 개를 세우고 천막을 씌운 다음, 그 아래서 태양과 비를 피하며 손님들을 맞았다. 방방곡곡을 돌아다녀 그녀가 누구인지 모르는 사람이 없었기 때문에 굳이 상품을 광고할 필요가 없었다. 일년 전부터 그녀를 기다려온 사람들도 있었는데, 그녀가 겨드랑이에 서류뭉치를 끼고 마을에 나타나면 그들은 노점 앞에 줄을 섰다. 그녀는 정해진 가격에 말을 팔았다. 5쎈따보에 암기하고 있는 시구를 건네주었고, 7쎈따보에는 좋은 꿈을 꾸게 해주었다. 또 9쎈따보에 연애편지를 써주었고, 12쎈따보에는 철천지원수를 위한 욕지거리를 지어주었다. 이야기들도 팔았는데, 공상적인 이야기가 아니라 그녀가 자구 하나 빠뜨리지 않고 막힘없이 암송하던 구구절절한 진짜 이야기였다. 그녀는 이렇게 한 마을에서 다른 마을로 새로운 소식을 실어날랐다. 사람들은 아이가 태어났다, 아무개가 죽었다, 우리 자식들이 결혼했다, 수확한 곡식이 불탔다 등등 한두 줄을 덧붙이기 위해 그녀에게 돈을 지불했다. 어디에서나 그녀가 이야기 보따리를 풀어놓기 시작하면 그녀의 말을 듣기 위해 주위에 삼삼오오 구경꾼들이 모여들었고, 그들은 이렇게 해서 타인들과 멀리 있는 친척들의 삶, 내전과 관련된 시시콜콜한 소식을 알게 되었다. 누구든 50쎈따보를 내는 사람이 있으면, 그녀는 우울함을 쫓아버릴 비밀스러운 말 한마디를 선물했다. 물론 모든 사람에게 똑같은 말을 선물한 것은 아니었다. 그랬다면 집단사기극에 해당했을 것이다. 사람들은 각자 세상 어느 누구도 그런 용도로 그 말을 사용하지 않을 것이라고 확신하며 자신만의 말을 받았다.

벨리사 끄레뿌스꿀라리오는 자식들에게 이름조차 붙여주지 못할 정도로 찢어지게 가난한 가정에서 태어났다. 그녀는 더없이 황량한 땅에서 태어나 성장했다. 어떤 해에는 비가 모든 것을 휩쓸어가는 홍수로 변하는가 하면, 또다른 해에는 하늘에서 비 한방울 내리지 않고 태양이 지평선 전체를 가득 채울 만큼 부풀어올라 온 세상이 사막으로 변해버리는 지역이었다. 열두살 때까지 그녀는 오랜 기아와 궁핍을 견디며 목숨을 부지하는 것 외에 다른 어떤 직업도 능력도 가지지 못했다. 가뭄이 한없이 계속되던 때에 그녀는 동생 넷을 땅에 묻어야 했고, 자신의 차례가 되었음을 깨닫자 평원을 가로질러 무작정 바다를 향해 길을 떠나기로 했다. 여행하는 도중에 죽음을 이겨낼 수 있을지도 모른다는 희망에서였다. 땅은 깊게 갈라진 채 침식되어 있었고, 돌멩이, 나무, 가시투성이 관목들의 화석, 태양열 때문에 하얗게 된 짐승들의 해골이 도처에 널려 있었다. 이따금씩 그녀처럼 물의 신기루를 좇아 남쪽으로 가는 가족들과 마주치기도 했다. 몇몇 사람들은 등짝이나 손수레에 물건을 잔뜩 싣고 길을 떠났지만, 자기 몸뚱이 하나 움직이는 것도 힘에 부쳤고 얼마 못 가 길바닥에 내팽개쳐야 했다. 살갗은 도마뱀 가죽처럼 갈라지고 눈은 태양의 반사열에 새카맣게 탄 채 사람들은 고통스럽게 발걸음을 옮겼다. 벨리사는 지나가면서 그들에게 손을 흔들어 인사를 건넸지만 걸음을 멈추지는 않았다. 동정심 때문에 힘을 소모할 수는 없었던 것이다. 도중에 많은 사람들이 쓰러졌지만, 그녀는 워낙 고집불통이라 지옥을 가로질러 마침내 최초의 샘들에 도착하는 데 성공했다. 샘이라고 해야 듬성듬성한 초목들에 물을 공급하는, 거의 눈에 띄지 않는 가는 물줄기에 불과했다. 나중에 가서야 개천과 늪지로 바뀔 것이다.

벨리사 끄레뿌스꿀라리오는 목숨을 건졌고, 게다가 우연찮게 글을 발견하게 되었다. 해안 근처에 있는 어느 마을에 도착했을 때, 신문지 한장이 바람에 날려와 그녀의 발밑에 떨어졌다. 그녀는 금방이라도 찢어질 것 같은 누런 종이를 집어들고는 용도를 가늠하지 못한 채 한동안 살펴보았다. 그러나 결국 호기심이 그녀의 소심함을 눌렀다. 그녀는 자기가 목을 축이던 바로 그 탁한 물웅덩이에서 말을 씻기고 있는 한 남자에게 다가갔다.

"이게 뭔가요?" 그녀가 물었다.

"신문의 스포츠면이구나." 그 남자는 그녀의 무지함에 놀라는 기색을 보이지 않고 대답했다.

대답을 들은 소녀는 어안이 벙벙했지만, 뻔뻔스러워 보이고 싶지 않아서 신문지에 그려진 파리 다리의 의미를 묻는 것으로 그쳤다.

"얘야, 그건 글자란다. 풀헨시오 바르바가 삼 라운드에 네로 띠스나오를 녹아웃시켰다고 써 있구나."

그날 벨리사 끄레뿌스꿀라리오는 말이라고 하는 것은 주인도 없이 제멋대로 떠돌아다니며 누구든 수완이 조금만 있으면 그것을 차지해

장사할 수 있다는 것을 알게 되었다. 그녀는 자신의 처지를 헤아려보고 나서 매춘부가 되거나 부잣집에서 식모로 일하는 것 말고는 할 수 있는 일이 거의 없다는 결론을 내렸다. 그녀에게 말을 파는 일은 그럴싸한 대안으로 보였다. 그 순간 이후로 그녀는 그것을 업으로 삼았고 다른 일에는 전혀 한눈을 팔지 않았다. 처음에는 신문이 아니고도 말이 쓰일 수 있다는 것을 생각지 못하고 상품을 제공했다. 그렇지 않다는 것을 알게 되자 그녀는 무궁무진한 사업구상을 했다. 모은 돈으로 사제에게 20뻬소를 주고 읽기와 쓰기를 배웠고, 남은 3뻬소로 사전을 한권 구입했다. A부터 Z까지 사전을 훑어본 다음 바다에 던져버렸다. 그녀의 의도는 포장된 말로 고객들에게 사기를 치는 것이 아니었기 때문이다.

여러 해가 지난 뒤, 팔월의 어느 아침, 벨리사 끄레뿌스꿀라리오는 광장 한복판에 있는 천막 아래에 앉아 17년 전부터 연금을 청구해온 한 노인에게 법적 논거를 팔고 있었다. 때마침 장날이어서 그녀의 주위가 떠들썩했다. 갑자기 말발굽소리와 고함소리가 들려왔다. 그녀는 문서에서 눈을 들어 먼저 먼지구름을, 그리고 곧이어 그곳에 난입한 한무리의 기수들을 보았다. 단검 다루는 날쌘 솜씨와 대장에 대한 충성심으로 방방곡곡에 이름이 널리 알려진 거인 물라또의 지휘 아래 온 대령의 수하들이었다. 대령과 물라또 두 사람은 내전에 휘말려 인생을 탕진했고 그들의 이름은 약탈이나 참화와 깊이 결부되어 있었다. 폭도들이 땀을 뒤집어쓴 채 소리에 휩싸여 질주하는 목축떼처럼 마을에 들이닥쳤고, 지나는 곳마다 공포의 회오리바람을 남겼다. 닭들은 푸드득거리며 날았고, 개들은 정신없이 뛰어 달아났으며, 아낙네들은 아이들을 둘러업고 내달았다. 마침내 장터에는 벨리사 끄레뿌스꿀라리오만 남아 있었다. 그녀는 물라또를 한번도 본 적이 없었고, 그래서 그가 자신을 향해 오는 것을 이상하게 생각했다.

"당신을 찾고 있었소." 그가 둥글게 감은 채찍으로 그녀를 가리키며 소리쳤고, 그의 말이 채 끝나기도 전에 두 남자가 천막을 짓밟고 잉크병을 깨뜨리며 그녀를 덮쳤다. 그러고는 그녀의 손발을 묶어 뱃사람의 짐짝처럼 물라또의 말 궁둥이 위에 가로로 걸쳐놓았다. 그들은 언덕 쪽으로 질주하기 시작했다.

몇시간 후에 벨리사 끄레뿌스꿀라리오는 말이 마구 날뛰는 통에 심장이 가루가 되어 죽을 지경이었다. 그때 그녀는 그들이 멈추어 섰고 억센 네 손이 자신을 땅에 내려놓는 것을 느꼈다. 그녀는 일어서서 머리를 꼿꼿이 세워보려고 했지만 힘이 달렸다. 그녀는 한숨을 내쉬며 바닥에 털썩 주저앉아 희미한 잠 속으로 빠져들었다. 그녀는 여러 시간이 지나 들판에 밤이 속삭일 때 잠을 깼다. 그러나 무슨 소리인지 헤아릴 경황이 없었다. 눈을 떴을 때, 물라또가 그녀 옆에서 무릎을 꿇고 초조한 눈빛으로 바라보고 있었기 때문이었다.

"마침내 깨어나셨군, 아가씨." 그녀가 술을 한모금 마시고 완전히 정신을 차릴 수 있도록 화약이 뽀얗게 내려앉은 수통을 내밀며 그가 말했다.

그녀는 자신을 그토록 거칠게 다룬 이유가 궁금했고, 그는 대령이 그녀의 도움을 필요로 한다고 해명했다. 그는 그녀가 얼굴을 씻도록 허락했고, 곧바로 막사의 한쪽 끝으로 그녀를 데려갔다. 그곳에는 온 나라가 벌벌 떠는 두려움의 대상인 한 남자가 나무 두 그루 사이에 걸린 해먹에서 쉬고 있었다. 그녀는 그의 얼굴을 볼 수 없었다. 얼굴 위에 무성한 나뭇잎의 흐릿한 그림자와 불한당으로 살아온 긴 세월의 지울 수 없는 그림자가 드리워져 있었기 때문이었다. 그러나 그녀는 거구의 부관이 쩔쩔매며 다가가는 것으로 보아 분명 험상궂은 인상일 거라고 생각했다. 그녀는 교수의 목소리처럼 부드러우면서도 억양이 적당한 그의 목소리에 적잖이 놀랐다.

"당신이 말을 파는 여자요?" 그가 물었다.

"무엇이든 분부만 내리세요." 그를 더 자세히 보기 위해 어둠속을 응시하며 그녀가 말을 더듬었다.

대령이 일어서자 물라또가 들고 있던 횃불의 빛이 그의 얼굴을 비추었다. 여자는 그의 시커먼 피부와 퓨마처럼 사나운 눈을 보았고, 자신이 이 세상에서 가장 고독한 남자 앞에 있다는 것을 한눈에 알아보았다.

"나는 대통령이 되고 싶소." 그가 말했다.

그는 부질없는 전쟁과 온갖 협잡을 동원해도 승리로 바꾸어놓을 수 없는 패배 속에서 그 저주받은 땅을 돌아다니는 데 지쳐 있었다. 그는 모기에 뜯기며 노천에서 잠을 자고 이구아나와 뱀 수프를 먹으며 여러 해를 보냈다. 그러나 그런 사소한 불편은 그의 운명을 바꿀 만한 충분한 이유가 되지 못했다. 실제로 그를 괴롭힌 것은 다른 사람들의 눈에 나타난 공포였다. 그는 형형색색의 깃발과 꽃들에 둘러싸인 채 개선문을 통해 마을에 입성하고 싶었다. 마을사람들이 그에게 환호를 보내고 신선한 달걀과 갓 구운 빵을 선사하길 바랐다. 그는 자신이 지나갈 때마다 남자들은 줄행랑을 치고, 여자들은 혼비백산해 유산을 하며, 갓난아기들은 몸을 부들부들 떠는 걸 보는 게 지긋지긋했다. 그래서 대통령이 되기로 결심했던 것이다. 물라또는 허락을 구하지 않고 다른 많은 것들을 약탈했던 것처럼 수도로 가서 정부를 찬탈하기 위해 대통령 궁으로 진격하자고 그에게 제안했다. 그러나 대령은 또다른 폭군이 되고 싶지 않았다. 폭군이라면 이미 널려 있었고, 더욱이 그런 식으로는 사람들의 호감을 살 수 없을 것이다. 그의 생각은 십이월 선거에서 국민투표로 대통령에 선출되는 것이었다.

"그러려면 후보로서 말을 해야 하오. 나에게 연설에 필요한 말을 팔 수 있겠소?" 대령이 벨리사 끄레뿌스꿀라리오에게 물었다.

그녀는 지금까지 숱한 의뢰를 받아보았지만 이런 경우는 생전처음이었다. 그러나 그녀는 거절할 수 없었다. 물라또가 두 눈 사이에 총을 쏠까봐 두려웠고, 또 설상가상으로 대령이 금방이라도 울음을 터뜨릴 것 같아서였다. 더구나 그녀는 그를 도와주고 싶은 충동을 느꼈다. 그녀는 자신의 살갗에서 고동치는 열기를 느꼈고, 또 그 남자를 손으로 만지고 애무하고, 품에 안고 싶은 강렬한 욕망을 느꼈기 때문이다.

밤을 지새우고 다음날 한나절이 되도록 벨리사 끄레뿌스꿀라리오는 자신의 레퍼토리에서 대통령 유세에 적합한 말을 찾고 있었다. 바로 옆에서 물라또가 감시를 하고 있었는데, 그는 방랑자 같은 그녀의 단단한 다리와 숫처녀의 가슴에서 한시도 눈을 떼지 못했다. 거칠고 무미건조한 말, 지나친 미사여구, 함부로 사용해서 퇴색한 말, 실현가능성이 없는 공약을 남발하는 말, 진실이 결여된 말, 막연한 말을 배제하고 나자 결국 남은 것은 남자들의 속마음과 여자들의 심금을 확실히 울릴 수 있는 말뿐이었다. 그녀는 사제에게 20뻬소에 산 지식을 이용해 종잇장에 연설문을 작성한 다음, 물라또에게 나무에 그녀의 발목을 묶었던 끈을 풀어달라고 손짓했다. 부하들은 다시 그녀를 대령이 있는 곳으로 데려갔다. 그를 보자 처음 만났을 때처럼 다시 가슴이 마구 두방망이질쳤다. 그녀는 그에게 종잇장을 건네주고 나서 그가 손가락 끝으로 잡고 살펴보는 동안 기다렸다.

"젠장, 도대체 이게 무슨 말이오?" 마침내 그가 물었다.

"읽을 줄 모르세요?"

"내가 할 줄 아는 건 전쟁뿐이오." 그가 대답했다.

그녀는 큰 소리로 연설문을 읽었다. 고객이 기억에 새길 수 있도록 세 번 읽었다. 읽기를 끝마쳤을 때, 그녀는 말을 듣기 위해 모여 있던 군인들의 얼굴에서 감격해하는 모습을 보았다. 또 그 정도 말이면 대통령 자리는 떼놓은 당상이라는 확신에 차 대령의 노란 두 눈이 열정으로 이글거리는 것을 알아챘다.

"같은 말을 세 번 듣고도 군인들이 여전히 벌어진 입을 다물지 못하고 있다면, 이 말은 틀림없이 도움이 됩니다, 대령님." 뽈라또가 맞장구를 쳤다.

"좋아요, 아가씨. 이 일에 대한 댓가로 얼마를 주면 되겠소?" 대장이 물었다.

"1뻬소요, 대령님."

"비싸지 않군." 가장 최근에 손에 넣은 다른 전리품들과 함께 허리춤에 차고 다니던 쌈지를 열며 그가 말했다.

"게다가 당신께는 덤으로 한 가지 권리를 더 드리지요. 비밀스러운 말 두 마디를 드리겠어요." 벨리사 끄레뿌스꿀라리오가 말했다.

"그건 어떤 거요?"

그녀는 손님이 50쎈따보를 지불할 때마다 독점적으로 사용할 수 있는 말을 하나씩 선사한다고 설명하기 시작했다. 그녀의 제안에 전혀 관심이 없었으므로 대장은 어깨를 으쓱했다. 그러나 그는 자신을 그토록 잘 섬긴 사람에게 결례를 하고 싶지 않았다. 그녀는 천천히 그가 앉아 있던 가죽의자 쪽으로 다가가 선물을 건네기 위해 몸을 구부렸다. 그녀가 그에게 권리가 있는 비밀스러운 두 마디 말을 귀에 속삭일 때, 대령은 그녀에게서 풍기는 산짐승 냄새와 그녀의 엉덩이가 발산하는 불타는 열기, 그녀의 머리카락이 살랑거리는 가공할 느낌, 박하향의 호흡을 느꼈다.

"이 말은 당신의 것입니다, 대령님." 그녀가 뒤로 물러나며 말했다.

"원하실 때 언제든 사용하실 수 있습니다."

물라또가 길 어귀까지 벨리사를 배웅했다. 물라또는 내내 길 잃은 개의 애원하는 눈빛으로 그녀를 바라보았다. 그러나 그가 그녀를 만지기 위해 손을 뻗었을 때, 그녀는 꾸며낸 말을 쉼없이 쏟아내며 그를 제지했다. 그녀의 말에는 그의 욕망을 잠재우는 효력이 있었다. 그가 어떤 돌이킬 수 없는 저주라고 믿었기 때문이다.

구월, 시월 그리고 십일월에 대령은 연설문을 수없이 낭독했다. 눈부시게 빛나는 영원불변의 말로 만들어지지 않았다면 너무 사용한 나머지 재가 되었을 것이다. 그는 전국 방방곡곡을 순회했다. 그는 자기에게 표를 던지라고 유권자들을 설득하기 위해 개선장군처럼 도시에 입성했다. 또 쓰레기의 흔적만이 그곳에 사람이 살고 있다는 것을 알려주는 가장 낙후된 오지마을에도 발걸음을 했다. 그가 광장 한복판의 연단 위에서 연설하는 동안, 물라또와 그의 수하들은 사람들에게 캐러멜을 나눠주고 벽마다 금빛 서리로 그의 이름을 그렸다. 그러나 아무도 그런 장사꾼의 수단을 거들떠보지 않았다. 왜냐하면 사람들은 대령이 내놓은 제안의 명료함과 그의 주장의 시적 광휘에 매혹되었고 역사의 오류를 바로잡겠다는 그의 강력한 의지에 감화되었으며, 또 난생처음 희열을 맛보았기 때문이다. 후보의 연설이 끝나자 군인들은 공중에 권총을 발사하고 폭죽을 터뜨렸다. 마침내 그들이 물러간 뒤에는, 혜성의 장대한 기억처럼 여러 날 동안 공중에 떠 있을 희망의 흔적만 남았다. 곧 대령은 가장 인기있는 정치인으로 환골탈퇴했다. 상처투성이로 내전에서 등장했고 교수처럼 말하는 그 남자는 결코 유례를 찾아볼 수 없는 현상이었다. 그의 명성은 조국의 심장부를 강타하며 전국 방방곡곡까지 퍼져나갔다. 신문은 그에 관한 기사로 채워졌다. 신문기자들이 그와 인터뷰하고 그의 구절들을 되풀이하기 위해 멀리서 찾아왔다. 이렇게 해서 갈수록 그의 추종자들과 적들의 수가 늘어났다.

"잘돼가고 있습니다, 대령님." 12주간의 성공적인 유세를 마쳤을 때 물라또가 말했다.

그러나 후보는 그의 말을 귀담아듣지 않았다. 그는 비밀스러운 두 마디 말을 되뇌고 있었다. 이런 일이 갈수록 빈번해졌다. 향수에 잠겨 있을 때에도 그 말을 했고, 잠들어서도 그 말을 중얼거렸다. 또 말을 탈 때도 몸에 지니고 다녔고, 그 유명한 연설을 하기 전에도 그 말을 생각했으며, 넋을 놓고 그 말을 음미하다가 소스라치게 놀라기도 했다. 그 두 마디 말이 마음속에 떠오를 때면 언제나 그는 벨리사 끄레뿌스꿀라리오의 존재를 떠올렸고, 산 냄새, 불타는 열기, 살랑거리는 머리카락, 박하향의 호흡에 대한 기억과 함께 그의 모든 감각이 일제히 깨어났다. 그러다가 급기야는 몽유병자처럼 떠돌아다니기 시작하자 그의 수하들은 대통령 자리에 오르기도 전에 그가 생을 마감하는 게 아닌가 걱정했다.

"대령님, 무슨 일이십니까?" 물라또가 그에게 수없이 물었고, 마침내 어느날 대장은 더이상 버틸 수 없었는지 자기가 제정신이 아닌 것은 두 개의 비수처럼 복부에 박혀 있는 그 두 마디 말 탓이라고 털어놓았다.

"그 말들이 정말로 대장님의 힘을 잃게 하는지 확인해보게 말해보세요." 충직한 부관이 그에게 청했다.

"자네한테 말하지 않겠네. 그 말들은 오직 나만의 것이야." 대령이 반박했다.

대장이 사형선고를 받은 사람처럼 날로 악화되어가는 것을 보는 데 지친 물라또는 어깨에 총을 둘러메고 벨리사 끄레뿌스꿀라리오를 찾아 길을 떠났다. 그는 그 광활한 지역을 샅샅이 뒤지며 그녀의 발자취를 뒤쫓았고, 마침내 남쪽의 한 마을에서 업무용 천막 밑에 앉아 소식 꾸러미를 풀어놓고 있는 그녀를 발견했다. 그는 손에 총을 든 채 다리를 벌리고 그녀 앞에 우뚝 섰다.

"나와 함께 가셔야겠소." 그가 명령했다.

그녀는 그를 기다리고 있었다. 그녀는 잉크병을 집어들고 노점의 천막을 접은 다음 어깨에 숄을 걸치고는 말없이 말에 올라탔다. 그들은 가는 내내 서로 말 한마디 주고받지 않았다. 그녀를 향한 물라또의 욕망은 이미 분노로 변해버린 뒤였고, 단지 그녀의 말이 불러일으키는 두려움만이 채찍질로 그녀를 갈가리 찢어놓지 못하게 막고 있었기 때문이다. 또한 그는 대령의 정신이 혼미해졌으며 그녀가 귓가에 속삭인 환술이 숱한 세월의 전쟁도 이루지 못한 것을 해냈다고 말할 용의가 없었다. 그들은 사흘 뒤에 막사에 도착했고, 물라또는 모든 군인들이 지켜보는 가운데 즉시 포로를 대통령 후보 앞에 데려갔다.

"대장님은 이 여자에게 말을 되돌려주고 이 여자는 대장님께 남자다움을 되돌려주도록 이 마녀를 데려왔습니다, 대령님." 그는 여자의 목덜미에 총구를 겨누며 말했다.

대령과 벨리사 끄레뿌스꿀라리오는 멀찍이서 절도를 지키며 오랫동안 서로를 바라보았다. 그때 그의 부하들은 이미 대장이 저주받은 그 두 마디 말의 마법에서 벗어날 수 없다는 것을 깨달았다. 그녀가 다가가 그의 손을 잡았을 때 모두들 퓨마의 눈처럼 사나운 그의 눈이 온순해지는 걸 볼 수 있었기 때문이다.

더 읽을거리

아옌데는 라틴아메리카의 정치·경제적 격변을 배경으로 3대에 걸친 한 칠레 가문의 일대기를 그린 『영혼의 집』(*La casa de los espíritus*, 1982)으로 전세계적인 베스트셀러 작가가 되었다. 그밖에 『사랑과 그림자에 대하여』(*De amor y de sombra*, 1984) 『에바 루나』(*Eva Luna*, 1987) 『빠울라』(*Paula*, 1994) 『운명의 딸』(*Hijas de la fortuna*, 1999) 『세피아빛 초상』(*Retrato en sepia*, 2000) 등의 소설과 『에바 루나 이야기』(*Cuentos de Eva Luna*, 1989)를 비롯한 단편집이 있다. 『에바 루나』(황병하 옮김, 한길사 1991) 『운명의 딸』(권미선 옮김, 민음사 2001) 『영혼의 집』(권미선 옮김, 민음사 2003) 『세피아빛 초상』(조영실 옮김, 민음사 2005) 등의 소설과 「복수」(송병선 옮김 『난 여자들이 예쁘다고 생각했는데』, 생각의 나무 2002), 「배신당한 사랑의 연애편지」(『붐 그리고 포스트붐』, 2005) 등의 단편이 우리말로 번역되어 있다.

지역주의와 세계주의, 이중의 유혹

김현균

멕시코 독립전쟁이 한창이던 1816년에 출간된 페르난데스 데 리사르디의 『뻬리끼요 싸르니엔또』(*El Periquillo Sarniento*)가 첫 소설로 기록될 정도로 라틴아메리카에서 소설문학의 역사는 매우 짧다. 그러나 소설 장르의 미래가 라틴아메리카에서 결정될 것이라는 주장이 설득력을 얻을 만큼 1960년대의 '붐(boom) 소설' 이후 라틴아메리카 문학은 눈부신 성취를 보여주었으며, 이때부터 개별 국가문학을 넘어선 진정한 의미의 라틴아메리카 문학이 본격적으로 작동하기 시작한다. 칠레의 소설가 호세 도노소(José Donoso)는 라틴아메리카 소설의 붐을 이렇게 설명한다. "우리는 앞시대의 자연주의——각 나라의 충실한 역사, 자연환경, 민족지학을 이야기하고자 했던 작가들——에 매우 강하게 반발하고 있었다. 더 앞선 세대들은 사물들에 이름을 붙이고 그 사물들을 난생처음 목격했다. 그들은 우리에게 이 스푼과 이 나이프, 이 포크, 이 빵조각을 주었다…… 우리는 그 모든 것들을 그러모아 움직이게 하고 형상을 빚어냈다."

그러나 라틴아메리카 문학은 찬란한 성공을 거두기까지 오랜 암흑의 시기를 거쳐야만 했다. 보르헤스는 어느 해 자신의 책이 37부 팔린 것을 알게 되자 그 책을 구입한 독자들에게 감사의 글을 쓰고 싶은 기분이었다고 심경을 토로한 적이 있다. 그만큼 라틴아메리카의 독서시장과 출판환경은 열악하기 짝이 없었다. 불과 수십년 전만 해도 인구의 다수는 문맹으로 시골지역에 거주했고 문학은 극소수 특권층을 대상으로 극소수 특권층이 쓰는 여기(餘技)에 불과했다. 문화의 중심부에서 동떨어진 지역현실에 환멸을 느낀 작가들은 유럽, 특히 프랑스로 눈을 돌렸고 그들의 문학은 모방적이고 파생적인 경향을 띠기 일쑤였다. 전환기에 니까라과 시인 루벤 다리오가 주창한, '모데르니스모'(modernismo)로 알려진 새로운 문학운동이 시작되었다. 그들은 19세기 동안 라틴아메리카를 뒤흔들었던 전제적인 통치자들에 대항한 정치투쟁을 의식적으로 도외시한 채, 프랑스 상징주의의 영향 속에 스스로를 예술적 엘리트로 규정하고 시어와 기법의 혁신을 꾀했다. 세계주의를 표방하고 세계문화의 중심인 빠리와 동시대를 호흡한 모데르니스모와 함께 라틴아메리카 문학은 처음으로 국제적인 독자를 가지게 되었고, 식민모국인 스페인의 작가들에게까지 영향을 끼침으로써 바야흐로 문화적·정신적 독립을 성취하기에 이르렀다. 또 이 시기에 라틴아메리카에 비로소 문학잡지와 직업작가가 등장했다.

동양과 신화의 세계를 동경한 모데르니스따들과 달리 일단의 작가는 지역주의적 글쓰기의 전통 위에서 유럽에 제대로 알려지지 않은 광대한 라틴아메리카의 대지와 사람들, 그들의 전통을 묘사하기 시작했다. 물론 W. H. 허드슨처럼 아르헨띠나 빰빠스에서의 유년을 그림같이 생생하게 묘사한 책을 쓰거나 빰빠스를 독특하게 아메리카적인 것으로 그려내 서구 독자의 관심을 끄는 것이 그들의 궁극적인 목표는 아니었다. 초기의 지역주의 작가들은 자연이 인간문제와 밀접하게 결부되어 있다는 것을 발견했다. 빰빠스의 묘사는 그곳의 주민들인 가우초에 대한 묘사, 도시의 백인들이 그들을 말살하는 방식에 대한 묘사로 이어졌다. 또 안데스 산지의 이야기는 불가피하게 착취당하는 인디오들의 문제를 부각시켰고, 밀림 이야기는 고무농장 노동자들의 문제를 제기했다. 이리하여 지역주의 문학은 자연스럽게 사회저항 문학으로 발전하였다. 많은 작가들은 라틴아메리카 전역에서 기승을 부리던 가난과 불의에 눈을 감기 어려웠던 것이다. 또 그들은 대중교육과 사회변혁에 이바지해야 할 책무를 느꼈고 글쓰기는 사회진보의 수단이 되어야 했다.

이처럼 지역주의와 세계주의라는 서로 다른 두 흐름이 충돌하는 상황에서 곧 뿌리깊은 문학논쟁이 전개되었다. 문학은 고래의 보편적 주제에 관심을 기울여야 하는가, 아니면 엘리트에 호소해야 하는가. 문학은 무엇보다 예술이 되어야 하는가, 아니면 민중의 삶에 동참하고 그들이 접근가능한 문학으로서 라틴아메리카 고유의 것을 다루어야 하는가. 옥따비오 빠스가 지적했듯이, 아메리카니즘과 세계주의 사이의 긴장과 대립은 '이중의 유혹'(doble tentación)으로 라틴아메리카 문학사를 통해 항상적으로 되풀이되어 왔다.

이제 막 정치적 독립을 이룬 나라들에서 문학이 새로운 공화국의 정신을 표현하고 국가적 정체성의 문제를 다룬다는 것은 자연스럽다. 또 스페인으로부터 해방되었지만 미국에 예속되어 있다고 느끼는 작가들에게 라틴아메리카 전체의 문화적 통일성을 강조하고 구체적인 아메리카적 주제를 다룰 독창적인 문학을 욕망한다는 것도 지극히 자연스러운 일이다. 이러한 상황에서 1920, 30년대에는 문학이 라틴아메리카의 배타적 삶의 방식을 다루어야 한다는 믿음이 지배적이었다. 이 시기의 문학에서는 에밀 졸라의 자연주의의 영향이 눈에 띄며 러시아혁명이나 멕시코혁명 같은 구체적인 사회현실에 대한 관심이 두드러진다.

그러나 같은 시기에 적지 않은 수의 작가들은 국가적 정체성에 대한 관심은 근시안적이며 라틴아메리카 문화에 대한 국제적 인정은 문학적 아방가르드에서 비롯된다고 주장했다. 많은 작가들이 빠리로 갔고 그곳에서 앙드레 브르똥을 비롯한 초현실주의자들과 교우했다. 초현실주의의 때이른 영향은 몇몇 라틴아메리카 작가들의 작품에서 극명하게 드러난다. 거꾸로 빠리의 아방가르드는 이국적인 것과 원초적인 것을 이상화하고 라틴아메리카의 토착문화에 열광했다. 유럽으로 떠난 많은 작가들은 새로운 비전을 통해 아메리카를 돌아보았고 이제 점차 국가적 열등의식을 버리기 시작했다. 이들은 인구의 다수가 거대한 도시지역에 거주하므로 지역주의 문학은 전체를 대변할 수 없으며 현실의 복잡성을 반영하지 못하고 동일한 주제를 단조롭게 되풀이하는 경향이 있다고 지적했다. 알레호 까르뻰띠에르와 미겔 앙헬 아스뚜리아스는 기록문학적 성향을 벗어나기 시작한 새로운 유형의 픽션에서 진정한 라틴아메리카적 주제에 천착한 빠리의 라틴아메리카인들이었다. 또 스페인에서 아방가르드 유파인 울뜨라이스모(Ultraísmo)와 조우한 보르헤스는 아르헨띠나로 돌아가 라틴아메리카 작가들이 지역문화에 매몰되는 것은 어리석으며 그들은 서구문화의 일부를 이룬다고 주장하기에 이른다. 더 나아가 그는 환상성이 두드러지는 픽션에서 당대의 객관현실과 동떨어진 대안현실을 창조하려는 시도를 보여주기까지 한다. 우루과이 작가 후안 까를로스 오네띠 역시 서구의 독자들에게 친숙한 인간적 고립과 소외, 일상생활의 비인간화, 소통단절 등의 보편적 주제를 다룬다.

이처럼 작가들은 점차 '대중'에서 멀어져 개인의 내적인 갈등에 더욱 집중하는 경향이 있다. 그러나 가르시아 마르께스나 후안 룰포 같은 작가들의 예에서 볼 수 있듯이, 서구문화와 차별되는 라틴아메리카적 삶의 이국적 양상들, 좌절된 이상과 고갈된 꿈을 다루고자 하는 유혹은 쉽게 사라지지 않는다. 두 작가 모두 멕시코와 꼴롬비아의 전형적인 공간을 작품의 무대로 삼고 있는 지역성이 강한 작가들이다. 일견 가르시아 마르께스는 자연과 인간의 관계에 주목했던 1920, 30년대 문학의 주제를 되풀이하는 것처럼 보이지만, 대단히 심오한 방식으로 이러한 무대를 활용한다. 룰포의 인물들 역시 미신과 잔인함, 숙명론의 매우 멕시코적인 조합이지만 무대가 지역적임에도 묘사된 열정은 보편적이다. 이들은 꿈과 현실, 신화적인 것과 개인적인 것, 사회적인 것과 주관적인 것, 역사적인 것과 형이상학적인 것이 혼재하는, 소위 '마술적 사실주의'라는 글쓰기 양식을 창안해 세계 독서시장에서 폭발적인 반응을 이끌어낸다. 이러한 경향의 대표작으로 손꼽히는 가르시아 마르께스의 『백년 동안의 고독』은 그의 단편들에 뿌리를 두고 있다.

오랫동안 마술적 사실주의는 라틴아메리카의 특수한 역사적·사회적·문화적 토양에서만 꽃필 수 있는 배타적 문학양식으로 여겨져왔다. 그러나 최근 들어 1968년을 전후로 태어난 소위 '환멸의 세대'는 라틴아메리카 현실에 접근하는 새로운 방식을 제안하며 상투화된 마술적 사실주의의 죽음을 천명하고 나섰다. 가령, 칠레의 알베르또 푸겟(Alberto Fuguet)이나 쎄르히오 고메스(Sergio Gómez)로 대표되는 '맥콘도'(McOndo) 작가들은 라틴아메리카는 더이상 신화적·상상적 공간인 마꼰도(Macondo)로 대변될 수 없다고 보며 대신 맥도날드, 매킨토시, 콘도미니엄을 환기시키는 '맥콘도'를 실제적 현실공간으로 제시한다. 또 호르헤 볼삐(Jorge Volpi), 이그나시오 빠디야로 대표되는 멕시코의 '크랙 그룹'(Grupo del Crack)은 오랫동안 국가정체성을 화두로 삼아온 멕시코 문학의 뿌리깊은 민족주의 전통을 탈신화화한다. 라틴아메리카와 그 문학의 '차별적 가치'를 부정하고 지구상의 모든 사람들과 동시대를 살아가는 세계주의자를 꿈꾸는 젊은 작가들에게서 라틴아메리카적 정체성의 표지를 발견하기는 쉽지 않다.

대체로 1930년대까지는 문학이 사회변화에 복무해야 한다는 강한 의식이 있었다면, 붐세대 작가들을 거쳐 최근으로 올수록 역사적 가능성에 대한 시각이 점점 더 비관적으로 변한다. 또 사회문제가 소설에서 다뤄질 수 있다는 믿음도 점차 줄어든다. 그러나 작가들이 정치나 사회적 변화에 무관심하다는 것은 결코 아니다. 가르시아 마르께스나 루이사 발렌수엘라 등의 경우에서 보듯, 많은 작가들이 정치와 강하게 결부되어 있으며 주로 좌파에 속한다. 라틴아메리카의 여러 나라에서 정치는 망명이나 수감의 형태로 대부분의 작가들의 삶에 결정적인 영향을 끼쳤으며, 독재 치하의 나라들에서는 글쓰기 자체가 저항을 의미하기도 했다.

한편, 20세기말에 폭넓게 대두된 현상의 하나가 여성작가들의 대규모 등장이다. 이들은 이상적인 여성, 창녀, 혹은 과거의 문학에서 빈번하게 발견되는 스테레오타입보다 개성있는 자신들의 이야기를 제공한다. 이사벨 아옌데의 지적대로, 소르 후아나 이네스 델 라 끄루스(Sor Juana Inés de la Cruz) 같은 아주 예외적인 경우를 제외하고는 최근까지도 라틴아메리카 문학은 남성작가들의 전유물이었으며, 엄밀하게 말해 여성문학은 존재하지 않았다. 그러나 1970년대 이후 여성작가들이 남성들의 문학적 아성에 도전하며 자신들을 표현하고 규정할 권리를 가지게 되었다. 여성작가들의 목소리는 남성작가들이 구축한 가부장적 신화를 깨뜨리며 라틴아메리카 문학에 풍요로운 다양성을 가져다주었다.

라틴아메리카 문학은 19세기말 정체성을 모색하는 과정에서 한때 스페인의 문학전통을 부정하기도 하였고 두 문학 사이에 큰 차이가 존재하는 것도 사실이다. 그러나 짧은 시간에 눈부신 성취를 이룩한 저변에는 스페인 문학의 찬란한 전통이 자리잡고 있다. 어떤 유럽 국가도 스페인만큼 이른 시기에 자국어로 서사산문을 만들어내지 못했다. 이는 일찍이 8세기부터 15세기까지 스페인에 머물렀던 무슬림의 영향에 주된 원인이 있을 것이다. 그들의 방대한 이야기 보물과 이야기에 대한 그들의 애호는 피정복자들에게도 전해졌을 것이다. 다른 유럽 국가들의 경우에는 운문 내러티브를 선호했고 산문은 주로 역사적·신학적 글쓰기로 옮겨갔다는 점도 또다른 이유가 될 수 있다. 어쨌든 14세기에 스페인은 이미, 실천적인 윤리지침서로 기획되었지만 본질적으로 풍자적·사실적 색채를 띤 50여편의 짧막한 우화선집인 돈 후안 마누엘의 『루까노르 백작』(*El Conde Lucanor*)을 세상에 내놓았다. 이는 서구문학사에서 근대소설의 효시로 평가되는 보카치오의 『데카메론』보다 10여년이나 앞서는 것이다. 작가가 직접 창안한 것은 별로 없지만, 대중적인 문체로 민간풍속은 물론 무슬림과 기독교도, 동양인들의 문화적 유산을 전달했으며, 이를 통해 인간존재를 극화함으로써 자연스럽게 윤리적 교훈을 전달했다.

매일매일의 투쟁, 윤리적 가치와 행동에 대한 관심은 스페인의 글쓰기에서 항상적인 요소였다. 스페인인들은 언제나 '살과 뼈'의 인간의 노력과 고뇌에 대해 더 많은 것을 알고자 하는 욕망에 이끌렸다. 비현실적인 성격이 강한 목가소설이나 기사소설에 대한 반동으로 등장한 『라사리요 데 또르메스』(*Lazarillo de Tormes*, 1554)는 삐까레스끄소설의 효시로 하층계급에 속하는 개인의 인생편력에 촛점을 맞추고 있다. 익명의 작가는 생존 자체를 위협받는 인간이 냉혹하고 잔인한 사회에 맞서기 위해 견뎌야 할 고된 시련에 관심을 집중한다. 삐까레스끄소설에서 악한(惡漢)은 바로 사회현실이다. 라사리요는 반(反)영웅으로,

독자에게 윤리적 모델도 아니고 기독교적 덕목의 모범도 아니다. 그러나 작가는 라사리요의 배경과 그의 멘토에 대해 충분한 정보를 제공하며, 이를 통해 또르메스 출신의 악동이 전적으로 비난받을 대상은 아니라는 것을 설득력있게 제시하고, 더 나아가 "해가 지지 않는 나라" 스페인의 궁핍한 사회현실에 비판과 풍자의 화살을 겨눈다. 삐까레스끄소설은 사실주의 전통이 강한 스페인 문학의 뿌리를 보여준다.

또다른 '모범'의 위대한 대표자는 미겔 데 세르반떼스다. 『돈 끼호떼』(Don Quijote de la Mancha)와 더불어 그의 가장 뛰어난 작품 중의 하나가 12편의 단편으로 이루어진 『모범소설집』(Novelas ejemplares, 1613)이다. 세르반떼스의 손을 거치면서 스페인 문학의 문체는 돈 후안 마누엘의 초보적인 소박함과 단순함, 『라사리요 데 또르메스』의 신랄한 저널리즘에서 바로끄적 반향과 수다로 가득한 복잡한 영감으로 바뀌었다. 세르반떼스 이후 프란시스꼬 께베도, 루이스 데 공고라를 거치며 황금기를 구가한 바로끄의 유산은 농익은 깔데론 델라 바르까와 발따사르 그라시안을 거쳐 18세기까지 이어진다.

합스부르크 왕가가 멸망하고 부르봉 왕가가 지배하던 18세기말에는 대항 종교개혁 산문에 대한 반발이 일어나는데, 부분적으로 프랑스 신고전주의와 백과전서파의 강력한 영향에 기인한다. 18세기에는 주로 에쎄이가 씌었고 이그나시오 데 루산, 베니또 헤로니모 페이호오, 호세 까달소, 호베야노스 등의 작가들이 역사 연구와 인문학 분야에서 괄목할 만한 업적을 남겼다.

한편, 낭만주의와 사실주의의 결과로 19세기에는 스토리텔링에 대한 관심이 재차 일었다. 즐거움과 재미를 찾는 광범한 신문독자층이 형성되었기 때문에 가독성 또한 강조되었다. 이 시기에 역량있는 많은 단편작가들이 등장했다. 호세 데 에스쁘론세다, 두께 데 리바스 같은 재능있는 낭만주의자들은 그들의 이야기를 운문으로 쓰기를 선호했지만, 대부분은 결국 산문으로 돌아섰는데 이러한 현상은 사실주의의 희미한 빛이 나타나기 시작한 시기에 매우 지배적이었다. 이 과도기에 지방색이 강한 풍속주의(costumbrismo)와 전통주의가 주된 흐름을 이룬다. 안또니오 데 알라르꼰이 가장 두드러진 작가였고 그의 『삼각모자』(*El sombrero de tres picos*, 1874)는 이 경향의 대표작으로 알려져 있다. 사실주의 문학은 『포르뚜나따와 하신따』(*Fortunata y Jacinta*), 『국민일화집』(*Eposodios nacionales*)을 쓴 베니또 뻬레스 갈도스에 이르러 절정에 달한다. 한편, 레오뽈도 알라스(끌라린), 에밀리아 빠르도 바산 등과 더불어 생기넘치는 감미로움은 스페인 생활의 저속한 양상에 대한 폭로와 풍자에 자리를 내주게 된다. 두 작가 모두 당대에는 무신론자에 포르노 작가라는 공격을 받았다. 끌라린의 소설 『레헨따』(*La Regenta*, 1885)에 대한 격렬한 분노와 성토는 스페인 전역을 뒤흔들었다. 또 자연주의와 러시아 소설에 대한 빠르도 바산의 때이른 관심은 음란하고 불경한 문학으로 폄훼되기에 이르렀다. 자연주의의 완벽한 모델을 제시한 그는 다른 문학들과의 접촉을 통해 문학의 지평을 넓혔고 다른 어떤 스페인 소설가보다 단편 장르를 풍요롭게 했다. 갈도스, 알라르꼰, 끌라린, 빠르도 바산 등 19세기의 작가들에게서 대화는 자연스럽고 설득력이 있으며 묘사와 서술은 직접적이고 정확한 언어로 표현되고 있음을 쉽게 확인할 수 있다.

스페인이 1898년 미국과의 전쟁에서 패배한 직후인 20세기 첫 30년 동안에는 뻬레스 데 아얄라, 우나무노, 바예 잉끌란, 가브리엘 미로, 삐오 바로하 등이 등장했고, 바예 잉끌란의 기형화 미학인 '에스뻬르뻰또'(Esperpento)와 우나무노의 '니볼라'(nivola) 개념이 보여주듯, 이들은 예술에 접근하는 데 있어 개성이 매우 강했다. 한편, 작가들에게 사상의 존재방식을 물었던 스페인내전(1936~39)은 현대문학의 결정적인 분수령이 되었다. 많은 작가들이 망명길에 올랐다는 점에서, 그리고 내전의 경험 자체가 작가들에게 분열적이었다는 점에서 그렇다. 전후에 등장한 뛰어난 작가들로는 까밀로 호세 셀라, 까르멘 라포렛, 미겔 델리베스 등이 있다. 프로이트, 카프카, 실존주의를 지나 우리 시대로 가까이 올수록 형식과 내용의 문제는 훨씬 더 복잡해진다. 만일 실존적 문제에 천착하는, 거칠고 비약이 심한 개성적 스타일의 우나무노(Miguel de Unamuno)가 포착하기 쉽다면, 셀라나 후안 고이띠솔로를 묘사하는 것은 녹록지 않다. 그들의 공통점은 모두 탁월한 글쟁이라는 것이다. 그러나 그들의 스타일은 영감의 원천이나 소재 못지않게 천차만별이다. 셀라는 삐까레스끄에 경도되어 있다. 그의 초기작 중의 하나가 『라사리요 데 또르메스』의 속편을 표방한다는 것은 의미심장하다. 그는 재앙적인 사회현실의 한가운데서 악의와 열정으로 가득 찬 스페인 전역을 돌아다니는 괴상한 개인주의자를 선호한다. 고이띠솔로에 이르면 익살스러움이 줄어들고 초기 헤밍웨이를 연상시키는 거칠고 원초적인 언어가 두드러진다.

고이띠솔로를 비롯해 이그나시오 알데꼬아, 루이스 마르띤 산또스, 헤수스 페르난데스 산또스, 아나 마리아 마뚜떼, 까르멘 마르띤 가이떼 등 '메디오 시글로' 세대의 젊은 작가들은 1950년대 초에 글쓰기에 입문해 단편을 되살리는 데 남다른 노력을 기울였다. 특히, 알데꼬아는 이 장르에서 가장 두각을 나타냈다. 대부분의 작가들에게 단편은 서사산문을 혁신하는 방식을 제공한다고 생각되었다. 이 네오리얼리즘 작가들은 19세기 방식의 전통적인 장르 개념을 전복하였다. 단편에서 발단, 갈등, 결말 등으로 구성되는 복잡한 일화의 사슬을 끊어버리고 시간의 파편, 경험의 파편밖에 없는 이야기의 골격 속에 내버려둔다.

지금까지 살펴본 대로 스페인어권 문학에서 단편은 전통적으로 문학의 혁신을 이끈 핵심적인 장르의 위상이었으며, 특히 20세기 중반 이후 세계문학을 선도해온 라틴아메리카 소설은 단편 장르에 결정적으로 빚지고 있다.

| 수록작품 출전 |

안녕, 꼬르데라!
Alas, Leopoldo. *¡Adiós, Cordera! y otros cuentos*. Crítica. Barcelona. 2001.

마리 벨차
Baroja, Pío. *Cuentos*. Alianza. Madrid. 1983.

영 산체스
Aldecoa, Ignacio. *El corazón y otros frutos amargos*. Alianza. Madrid. 1995.

태만의 죄
Matute, Ana María. *Historias de la Artámila*. Destino. Barcelona. 2005.

까까머리
Fernández Santos, Jesús. *Cabeza rapada*. Seix Barral. Barcelona. 2003.

중국 여제의 죽음
Darío, Rubén. *Cuentos*. Cátedra. Madrid. 1997.

목 잘린 암탉
Quiroga, Horacio. *Cuentos*. Cátedra. Madrid. 1994.

씨앗으로 돌아가는 여행
Carpentier, Alejo. *Cuentos completos*. Bruguera. Barcelona. 1981.

비
Uslar Pietri, Arturo. *Cuentos completos*. Páginas de Espuma. Madrid. 2006.

환영해, 밥
Onetti, Juan Carlos. *Cuentos completos*. Alfaguara. Madrid. 1998.

나무
Bombal, María Luisa. *Obras completas*. Andrés Bello. Barcelona. 2000.

드러누운 밤

Cortázar, Julio. *Obras completas I*: Cuentos. Galaxia Gutenberg. Barcelona. 2003.

날 죽이지 말라고 말해줘!

Rulfo, Juan. *El llano en llamas*. Cátedra. Madrid. 1993.

전철수

Arreola, Juan José. *Narrativa completa*. Alfaguara. México D. F.. 1997.

일식

Monterroso, Augusto. *Obras completas(y otros cuentos)*. Anagrama. Barcelona. 2003.

거대한 날개가 달린 상늙은이

García Márquez, Gabriel. *La increíble y triste historia de la cándida Eréndira y de su abuela desalmada*. Plaza y Janés. Barcelona. 2006.

검열관

Valenzuela, Luisa. *Cuentos completos y uno más*. Alfaguara. Mexico D.F.. 1999.

추락한 천사

Peri Rossi, Cristina. *Cuentos reunidos*. Lumen. Barcelona. 2006.

두 마디 말

Allende, Isabel. *Cuentos de Eva Luna*. Plaza y Janés. Barcelona. 1990.

| 원저작물 계약 상황 |

태만의 죄

Pecado De Omision by Ana Maria Matute

© Ana Maria Matute, 1961

비

La Lluvia by Arturo Uslar Pietri

© Heirs of Arturo Uslar Pietri, 1975

까까머리
Cabeza rapada ©Fernández Santos, Jesús

중국 여제의 죽음
La muerte de la emperatriz de la China ©Darío, Rubén

목 잘린 암탉
La gallina degollada ©Quiroga, Horacio

씨앗으로 돌아가는 여행
El viaje a la semilla ©Carpentier, Alejo

나무
El árbol ©Bombal, María Luisa

전철수
El guardagujas ©Arreola, Juan José

일식
El eclipse ©Monterroso, Augusto

검열관
Los censores ©Valenzuela, Luisa

추락한 천사
El ángel caído ©Peri Rossi, Cristina